史铁生◎著

树林里的上帝

华夏出版社
HUAXIA PUBLISHING HOUSE

目录

1 —— 树林里的上帝

3 —— 猎人

5 —— 听妈妈讲那过去的事

7 —— 猴群逸事

9 —— 命若琴弦

32 —— 葵林故事（上）

59 —— 葵林故事（下）

81 —— 关于詹牧师的报告文学

140 —— 关于《务虚笔记》的一封信

150 —— 关于《我的丁一之旅》的一封信

161 —— 好运设计

182 —— 比如摇滚与写作

195 —— 诚实与善思

207 —— 昼信基督夜信佛

225 —— 病隙碎笔 5

树林里的上帝

人们说，她是个疯子。她常常到河边那片黑苍苍的树林中去游荡，穿着雪白的连衣裙，总嘀嘀咕咕地对自己说着什么，像一个幽灵。

那儿有许多昆虫：蝉、蜻蜓、蜗牛、蚂蚱、蜘蛛……她去寻找每一只遇难的小虫。

一只甲虫躺在青石上，绝望地空划着细腿。她小心地帮它翻身。看它张开翅膀飞去，她说："它一定莫名其妙，一定在感谢命运之神呢。"

几只蚂蚁吃力地拖着一块面包屑。她用树叶把面包屑铲起，送到了蚁穴近旁。她笑了，想起一句俗话：天上掉馅饼。"它们回家后一定是又惊又喜。"她说，"庆祝上帝的恩典吧！"

一个小伙子用气枪瞄准着树上的麻雀。她急忙捡起一块石子，全力向树上抛去，鸟儿"扑棱棱"飞上了高空……几个老人在河边垂钓。她唱着叫着，在河边奔跑，鱼儿惊惶地沉下了河底……孩子们猫着腰，端着网，在捕蜻蜓。她摇着一根树枝把蜻蜓赶跑……这些是她最感快慰的事情。自然，这要招来阵阵恶骂："疯子！臭疯子！"但她毫无反应。她正陶醉在幸福中。她对自己说："我就是它们的上帝，它们的命运之神。"

然而，有一种情况却使她茫然：一只螳螂正悄悄地接近一只瓢虫。是夺去螳螂赖以生存的口粮呢，还是见瓢虫死于非命而不救？她只是双手使劲地揉搓着裙子，焦急而紧张地注视着螳螂和瓢虫，脸色煞白。她不知道该让谁死、谁活。直至那弱肉强食的斗争结束，她才颓然坐在草地上。"我不是一个善良的上帝。"她说。而且她怀疑了天上的上帝：他既是苦苦众生的救星，为什么一定要搞成这你死我活的局面？

她在林中游荡，嘀嘀咕咕地，像一个幽灵。

一天，她看见几个孩子用树枝拨弄着一只失去了螫针的蜜蜂。那只蜜蜂滚得浑身是土，疲惫地昏头昏脑地爬。她小时候就听姥姥讲过，蜜蜂丢了螫针就要被蜂群拒之门外，它会孤独地死去。蜜蜂向东爬，孩子们把它拨向西，它向西爬，又被拨向东。她走过去，一脚把那只蜜蜂踩死了。她呆呆地望着天空……

她从此不再去那树林。

一九八一年

猎　人

早年，地坛里有个遛弯儿的老太太，手里一根拐杖常引得路人驻步。拐杖是一整条鹿腿做的：鹿蹄黑亮，腕部弯曲成手柄，筋骨分明，皮毛犹在。众人把玩一回，而后感叹："真东西，漂亮！"老太太落座石阶，面目冷峻。

有人问："这东西您哪儿来的？"

"抢来的！"老太太没好气儿。

"不不，咱是问您哪儿买的？"

"哪儿也不卖！"

"那，您这东西是？——"

"你才东西哪！"

"哎哟喂老太太，您别生气呀，咱是说……"

"猎人留下的。我那相好的，留下的。"

众人窃笑，不敢再问。老太太倒说开了——

猎人年轻时不打猎。猎人好跑，也能跑，跑一万米能把别人落下两三圈。猎人心憨，打小儿就实在；跑到一万米，他心想这也算跑？就又跑，一圈一圈总也不像要停下的样子。众人就喊："行嘞，行嘞！""够啦，傻小子！"可猎人压根儿没明白他们为啥要这么喊。

猎人跑得高兴，出了体育场，跑上大马路。不知啥时候喊声却变成了："加油，加油！""嘿，这哥们儿行啊！"路人以为他是在跑马拉松。

跑马拉松他也不含糊,跑过终点也不见有人追上来。可喊声就又变回来:"行嘞,行嘞!""哪儿这么个傻小子,还不快停下!"猎人心说我有的是劲儿哪,干吗停下?你们也不瞧瞧这四周的景色够多美!

那时候不是唱吗:我们的田野,美丽的田野……在群山那面,有野鹿和山羊……雄鹰在飞翔,一会儿在草原,一会儿又向森林飞去……

他就这么跑哇,跑哇,跑过田野,跑向群山,天也黑了,月亮也上来了,周围也没人喊了。行吧,今天就到这儿,回去领奖去,奖还能是别人的?

奖还真就是别人的了。万米奖,给了那个让他落下两圈的人。马拉松奖,给了一个他见也没见过的家伙。猎人问:我的呢?人家说:你是谁?

就这样,他干脆跑到山里打猎去了。那时候还允许打猎呢。

二〇〇八年末
二〇〇九年五月二日改定

听妈妈讲那过去的事情

二〇一七年,你外公尚未成婚,在 E 州做刑警。他师傅,刑警队长老路,正要退休。那年 E 州出了件大案,简单说吧,恐怖分子要在机场、车站搞一次连环爆炸。警方所知仅止于此,所幸抓获了一名嫌犯——据线人的情报,此人还是主谋之一。欲救万千无辜于危难,务必得从他嘴中掏出更多线索,这任务就交给了路队和你外公。

嫌犯果然顽固,任你千条妙计,他自一言不发。审问多日,师徒俩气得肝疼牙痒,仍无所获。嫌犯倒嚣张起来:"杀了我吧,这是你们惟一能做的。"老路拍案道:"我们能做的还很多!"嫌犯冷笑,继而闭目养神。

师徒俩出了审问室,在天井里抽烟。老路说:"这样下去咱非输不可。"二人抬头仰望,空中仿佛滚过隆隆巨响。老路说:"碰上这号不要命的谁也没辙。"二人低头默想,似已见那血肉横飞的惨景。

突然,老路把烟头一甩,盯住你外公说:"就不敢给他动动刑?"

"虐囚可是犯法的呀,师傅!"

天井里半晌无言。谁都明白:审问失败最多算你无能,若动刑,麻烦可就大了,就算上级睁只眼闭只眼,新闻媒体也饶不了你!

外公蹲在角落里,很久,冒出句话:"师傅,您说,这小子肯定知情吗?"

师傅就笑:"你是想,这两难局面会不会还给咱留着个缺口?"

天井里一无声息。谁都明白:真正的麻烦并不在媒体,而在良心——一边是法纪严明而置百姓的安危于不顾,一边是知法犯法却有望拯救万千无辜于危难。

半天,外公又说:"师傅,您说上面这情报……准吗?"

师傅又笑:"你不过是把缺口换了个部位。"

外公还要说什么,老路打断他:"甭说啦,老弟,有缺口还怕没部位吗?比如,动刑就一定能奏效?违法,就不能不走漏风声?唉!早年我有个老同事,也碰上这么个局面,左右无路,便一枪把缺口开在了自己的脑袋上……"

天上云飞风走,七月天,天井里竟冷得人发抖。可是那老同事的灵魂流连未去?老路的神情渐趋坚忍,焦灼的目光却平缓了许多。

他站起身,拍拍你外公的肩膀:"老弟,找个好人结婚吧。别的事交给我。"

"师傅,您想干吗?!"

"不干吗,今晚先去睡个好觉。"

第二天外公一上班就听说,昨夜,那个顽固的家伙终于开口了。外公顿觉不妙,忙去找他师傅。老路已被停职。上级的好意,让你外公去拘捕路队。师傅仍然坐在那个天井里,据说自审问结束后他就没动过地方。见你外公来了,他伸出双手。外公不忍,流泪道:"师傅,您的良心是完整的,可我算什么?"师傅说:"老弟,甭瞎想。要是不给我判了,咱这事就还算不上完整……"

二〇〇八年末
二〇〇九年五月二日改定

猴群逸事

群山幽谷之间,地势陡然舒缓,密林流溪,野兽出没。父辈们于此掘沟竖网,铺路架桥,建起一座野生动物园。若干年后,阿迪承其父业,在这里照看猴群。

某年围网失修,走漏了猴王麦。群猴不可一日无主,阿迪忧心忡忡。麦未走时,年轻的闪与雷即已各怀雄心,如今天赐良机,岂可坐视?于是"烽烟"顿起。优胜劣汰,天经地义,阿迪暗喜。

谁料二猴势均力敌,久战难分胜负。猴群遂分两派,各拥其主,相互厮杀,恰所谓"战斗正未有穷期"。阿迪转喜为忧,深知一山难容二虎,否则两败俱伤事小,猴群的长治久安才是重中之重。

久观战事,见闪每占上风却不足胜雷,阿迪心生一计:移雷别养。

闪称王,猴群治。

雷呢?虽是阶下囚,却如座上宾——住单间,吃小灶,可谓万事无忧。怎奈猴群的吵闹声不时隔山入耳,又不免心烦气躁。阿迪深感对它不住,常来探望。雷或怒目圆睁,或调头面壁。阿迪走后,雷绝一回食,发一顿狠,听听猴群那边依旧歌舞升平,也只好睡吧——"梦里不知身是客"。

雷的精神日渐委顿,胃口亦趋低迷。阿迪不忍,偶尔放它出来过过风。一日放风归来,阿迪有意无意地忘记锁门,回身再看时,雷已风行于崇山峻岭之间。阿迪唏嘘半晌,喜忧参半。喜的是,雷已重获自由;忧的是,它会不会养精蓄锐再来争王?

所幸雷一去不归,反惹得阿迪时有牵挂。

数年后阿迪进山采药,途遇一孤身老猴,或前或后地总是跟着他。疑为雷。投食引之,不理不睬。挥拳驱之,不惊不媚。开怀迎之,似笑非笑,作揖顿首,而后款款离去,隐于深山。

二〇一〇年十一月十七日

命若琴弦

莽莽苍苍的群山之中走着两个瞎子，一老一少，一前一后。两顶发了黑的草帽起伏攒动，匆匆忙忙，像是随着一条不安静的河水在漂流。无所谓从哪儿来，也无所谓到哪儿去，每人带一把三弦琴，说书为生。

方圆几百上千里的这片大山中，层峦叠嶂，沟壑纵横，人烟稀疏，走一天才能见一片开阔地，有几个村落。荒草丛中随时会飞起一对山鸡，跳出一只野兔、狐狸或者其他小野兽。山谷中常有鹞鹰盘旋。

寂静的群山没有一点阴影，太阳正热得凶。

"把三弦子抓在手里。"老瞎子喊，在山间震起回声。

"抓在手里呢。"小瞎子回答。

"操心身上的汗把三弦子弄湿了。弄湿了晚上弹你的肋条？"

"抓在手里呢。"

老少二人都赤着上身，各自拎了一条木棍探路，缠在腰间的粗布小褂已经被汗水洇湿了一大片。蹚起来的黄土干得呛人。这正是说书的旺季。天长，村子里的人吃罢晚饭都不待在家里；有的人晚饭也不在家里吃，捧上碗到路边去，或者到场院里。老瞎子想赶着多说书，整个热季领着小瞎子一个村子一个村子紧走，一晚上一晚上紧说。老瞎子一天比一天紧张、激动,心里算定:弹断一千根琴弦的日子就在这个夏天了,说不定就在前面的野羊坳。

暴躁了一整天的太阳这会儿正平静下来,光线开始变得深沉。远远近近的蝉鸣也舒缓了许多。

"小子!你不能走快点儿吗?"老瞎子在前面喊,不回头也不放慢脚步。

小瞎子紧跑几步,吊在屁股上的一只大挎包丁零哐啷地响,离老瞎子仍有几丈远。

"野鸽子都往窝里飞啦。"

"什么?"小瞎子又紧走几步。

"我说野鸽子都回窝了,你还不快走!"

"噢。"

"你又鼓捣我那电匣子呢。"

"嘿——鬼动来。"

"那耳机子快让你鼓捣坏了。"

"鬼动来!"

老瞎子暗笑:你小子才活了几天?"蚂蚁打架我也听得着。"老瞎子说。

小瞎子不争辩了,悄悄把耳机子塞到挎包里去,跟在师父身后闷闷地走路。无尽无休的无聊的路。

走了一阵子,小瞎子听见有只獾在地里啃庄稼,就使劲学狗叫,那只獾连滚带爬地逃走了,他觉得有点儿开心,轻声哼了几句小调儿,哥哥呀妹妹的。师父不让他养狗,怕受村子里的狗欺负,也怕欺负了别人家的狗,误了生意。又走了一会儿,小瞎子又听见不远处有条蛇在游动,弯腰摸了块石头砍过去,"哗啦啦"一阵高粱叶子响。老瞎子有点儿可怜他了,停下来等他。

"除了獾就是蛇。"小瞎子赶忙说,担心师父骂他。

"有了庄稼地了,不远了。"老瞎子把一个水壶递给徒弟。

"干咱们这营生的,一辈子就是走。"老瞎子又说,"累不?"

小瞎子不回答,知道师父最讨厌他说累。

"我师父才冤呢。就是你师爷,才冤呢,东奔西走一辈子,到了没弹够一千根琴弦。"

小瞎子听出师父这会儿心绪好,就问:"师父,什么是绿色的长乙(椅)?"

"什么?噢,八成是一把椅子吧。"

"曲折的油狼(游廊)呢?"

"油狼?什么油狼?"

"曲折的油狼。"

"不知道。"

"匣子里说的。"

"你就爱瞎听那些玩意儿。听那些玩意儿有什么用?天底下的好东西多啦,跟咱们有什么关系?"

"我就没听您说过,什么跟咱们有关系。"小瞎子把"有"字说得重。

"琴!三弦子!你爹让你跟了我来,是为让你弹好三弦子,学会说书。"

小瞎子故意把水喝得咕噜噜响。

再上路时小瞎子走在前头。

大山的阴影在沟谷里铺开来。地势也渐渐地平缓,开阔。

接近村子的时候,老瞎子喊住小瞎子,在背阴的山脚下找到一个小泉眼。细细的泉水从石缝里往外冒,淌下来,积成脸盆大的小洼,周围的野草长得茂盛,水流出去几十米便被干渴的土地吸干。

"过来洗洗吧,洗洗你那身臭汗味儿。"

小瞎子拨开野草在水洼边蹲下,心里还在猜想着"曲折的油狼"。

"把浑身都洗洗。你那样儿准像个小叫花子。"

"那您不就是个老叫花子了?"小瞎子把手按在水里,嘻嘻地笑。

老瞎子也笑,双手捧起水往脸上泼:"可咱们不是叫花子,咱们有手艺。"

"这地方咱们好像来过。"小瞎子侧耳听着四周的动静。

"可你的心思总不在学艺上。你这小子心太野。老人的话你从来不着耳朵听。"

"咱们准是来过这儿。"

"别打岔!你那三弦子弹得还差着远呢。咱这命就在这几根琴弦上,我师父当年就这么跟我说。"

泉水清凉凉的。小瞎子又哥哥呀妹妹地哼起来。

老瞎子挺来气:"我说什么你听见了吗?"

"咱这命就在这几根琴弦上,您师父我师爷说的。我都听过八百遍了。您师父还给您留下一张药方,您得弹断一千根琴弦才能去抓那服药,吃了药您就能看见东西了。我听您说过一千遍了。"

"你不信?"

小瞎子不正面回答,说:"干吗非得弹断一千根琴弦才能去抓那服药呢?"

"那是药引子。机灵鬼儿,吃药得有药引子!"

"一千根断了的琴弦还不好弄?"小瞎子忍不住哧哧地笑。

"笑什么笑!你以为你懂得多少事?得真正是一根一根

弹断了的才成。"

小瞎子不敢吱声了,听出师父又要动气。每回都是这样,师父容不得对这件事有怀疑。

老瞎子也没再作声,显得有些激动,双手搭在膝盖上,两颗骨头一样的眼珠对着苍天,像是一根一根地回忆着那些弹断的琴弦。盼了多少年了呀,老瞎子想,盼了五十年了!五十年中翻了多少架山,走了多少里路哇,挨了多少回晒,挨了多少回冻,心里受了多少委屈呀。一晚上一晚上地弹,心里总记着,得真正是一根一根尽心尽力地弹断的才成。现在快盼到了,绝出不了这个夏天了。老瞎子知道自己又没什么能要命的病,活过这个夏天一点儿不成问题。"我比我师父可运气多了,"他说,"我师父到了儿没能睁开眼睛看一回。"

"咳!我知道这地方是哪儿了!"小瞎子忽然喊起来。

老瞎子这才动了动,抓起自己的琴来摇了摇,叠好的纸片碰在蛇皮上发出细微的响声,那张药方就在琴槽里。

"师父,这儿不是野羊岭吗?"小瞎子问。

老瞎子没搭理他,听出这小子又不安稳了。

"前头就是野羊坳,是不是,师父?"

"小子,过来给我擦擦背。"老瞎子说,把弓一样的脊背弯给他。

"是不是野羊坳,师父?"

"是!干什么?你别又闹猫似的。"

小瞎子的心扑通扑通跳,老老实实地给师父擦背。老瞎子觉出他擦得很有劲。

"野羊坳怎么了?你别又叫驴似的会闻味儿。"

小瞎子心虚,不吭声,不让自己显出兴奋。

"又想什么呢?别当我不知道你那点儿心思。"

"又怎么了，我？"

"怎么了你？上回你在这儿疯得不够？那妮子是什么好货！"老瞎子心想，也许不该再带他到野羊坳来。可是野羊坳是个大村子，年年在这儿生意都好，能说上半个多月。老瞎子恨不能立刻弹断最后几根琴弦。

小瞎子嘴上嘟嘟囔囔的，心却飘飘的，想着野羊坳里那个尖声细气的小妮子。

"听我一句话，不害你。"老瞎子说，"那号事靠不住。"
"什么事？"
"少跟我贫嘴。你明白我说的什么事。"
"我就没听您说过，什么事靠得住。"

小瞎子又偷偷地笑。老瞎子没理他，骨头一样的眼珠又对着苍天。那儿，太阳正变成一汪血。

两面脊背和山是一样的黄褐色。一座已经老了，嶙峋瘦骨像是山根下裸露的基石。另一座正年轻。老瞎子七十岁，小瞎子才十七。

小瞎子十四岁上父亲把他送到老瞎子这儿来，为的是让他学说书，这辈子好有个本事，将来可以独自在世上活下去。

老瞎子说书已经说了五十多年。这一片偏僻荒凉的大山里的人们都知道他：头发一天天变白，背一天天变驼，年年月月背一把三弦琴满世界走，逢上有愿意出钱的地方就拨动琴弦唱一晚上，给寂寞的山村带来欢乐。开头常是这么几句："自从盘古分天地，三皇五帝到如今，有道君王安天下，无道君王害黎民。轻轻弹响三弦琴，慢慢稍停把歌论，歌有三千七百本，不知哪本动人心。"于是听书的众人喊起来，老的要听董永卖身葬父，小的要听武二郎夜走蜈蚣岭，女人们想听秦香莲。这是老瞎子最知足的一刻，身上的疲劳和心里的孤寂全忘却,不慌不忙地喝几口水,待众人的吵嚷声鼎沸,便把琴弦一阵紧拨,唱道:"今日不把别人唱,单表公子小罗成。"或者:"茶也喝来烟也吸,唱一回哭倒长城的孟姜女。"满场立刻鸦雀无声,老瞎子也全心沉到自己所说的书中去。

他会的老书数不尽。他还有一个电匣子,据说是花了大价钱从一个山外人手里买来,为的是学些新词儿,编些新曲儿。其实山里人倒不太在乎他说什么唱什么。人人都称赞他那三弦子弹得讲究,轻轻漫漫的,飘飘洒洒的,疯疯狂放的,那里头有天上的日月,有地上的生灵。老瞎子的嗓子能学出世上所有的声音,男人、女人、刮风下雨、兽啼禽鸣。不知道他脑子里能呈现出什么景象,他一落生就瞎了眼睛,从没见过这个世界。

小瞎子可以算见过世界,但只有三年,那时还不懂事。他对说书和弹琴并无多少兴趣,父亲把他送来的时候费尽了唇舌,好说歹说连哄带骗,最后不如说是那个电匣子把他留住。他抱着电匣子听得入神,甚至没发觉父亲什么时候离去。

这只神奇的匣子永远令他着迷,遥远的地方和稀奇古怪的事物使他幻想不绝,凭着三年朦胧的记忆,补充着万物的色彩和形象,譬如海,匣子里说蓝天就像大海,他记得蓝天,于是想象出海;匣子里说海是无边无际的水,他记得锅里的水,于是想象出满天排开的水锅。再譬如漂亮的姑娘,匣子里说就像盛开的花朵,他实在不相信会是那样。母亲的灵柩被抬到远山上去的时候,路上正开遍着野花,他永远记得却永远不愿意去想。但他愿意想姑娘,越来越愿意想,尤其是野羊坳的那个尖声细气的小妮子,总让他心里荡起波澜。直到有一回匣子里唱道"姑娘的眼睛就像太阳",这下他才找到了一个贴切的形象,想起母亲在红透的夕阳中向他走来的样子,其实人人都是根据自己的所知猜测着无穷的未知,以自己的感情勾画出世界。每个人的世界就都不同。

也总有一些东西小瞎子无从想象,譬如"曲折的油狼"。

这天晚上,小瞎子跟着师父在野羊坳说书,又听见那小妮子站在离他不远处尖声细气地说笑。书正说到紧要处——"罗成回马再交战,大胆苏烈又兴兵。苏烈大刀如流水,罗成长枪似腾云,好似海中龙吊宝,犹如深山虎争林。又战七日并七夜,罗成清茶无点唇……"老瞎子把琴弹得如雨骤风疾,字字句句唱得铿锵。小瞎子却心猿意马,手底下早乱了套数……

野羊岭上有一座小庙,离野羊坳村二里地,师徒二人就在这里住下。石头砌的院墙已经残断不全,几间小殿堂也歪斜欲倾百孔千疮,惟正中一间尚可遮蔽风雨,大约是因为这一间中毕竟还供奉着神灵。三尊泥像早脱尽了尘世的彩饰,还一身黄土本色返璞归真了,认不出是佛是道。院里院外、房顶墙头都长满荒藤野草,蓊蓊郁郁倒有生气。老瞎子每回到野羊坳说书都住这儿,不出房钱又不惹是非。小瞎子是第二次住在这儿。

散了书已经不早,老瞎子在正殿里安顿行李,小瞎子在侧殿的檐下生火烧水。去年砌下的灶稍加修整就可以用。小瞎子撅着屁股吹火,柴草不干,呛得他满院里转着圈咳嗽。

老瞎子在正殿里数叨他:"我看你能干好什么。"

"柴湿嘛。"

"我没说这事。我说的是你的琴,今儿晚上的琴你弹成了什么?"

小瞎子不敢接这话茬儿，吸足了几口气又跪到灶火前去，鼓着腮帮子一通儿猛吹。"你要是不想干这行，就趁早给你爹捎信把你领回去。老这么闹猫闹狗的可不行，要闹回家闹去。"

小瞎子咳嗽着从灶火边跳开，几步蹿到院子另一头，呼哧呼哧大喘气，嘴里一边骂。

"说什么呢？"

"我骂这火。"

"有你那么吹火的？"

"那怎么吹？"

"怎么吹？哼，"老瞎子顿了顿，又说，"你就当这灶火是那妮子的脸！"

小瞎子又不敢搭腔了，跪到灶火前去再吹，心想：真的，不知道兰秀儿的脸什么样。那个尖声细气的小妮子叫兰秀儿。

"那要是妮子的脸，我看你不用教也会吹。"老瞎子说。

小瞎子笑起来，越笑越咳嗽。

"笑什么笑！"

"您吹过妮子脸？"

老瞎子一时语塞。小瞎子笑得坐在地上。"日他妈。"老瞎子骂道，笑笑，然后变了脸色，再不言语。

灶膛里腾的一声，火旺起来。小瞎子再去添柴，一心想着兰秀儿。才散了书的那会儿，兰秀儿挤到他跟前来小声说："哎，上回你答应我什么来？"师父就在旁边，他没敢吭声。人群挤来挤去，一会儿又把兰秀儿挤到他身边。"噫，上回吃了人家的煮鸡蛋倒白吃了？"兰秀儿说，声音比上回大。这时候师父正忙着跟几个老汉拉话，他赶紧说："嘘！——我记着呢。"兰秀儿又把声音压低："你答应给我听电匣子你还没给我听。""嘘！——我记着呢。"幸亏那会儿人声嘈杂。

正殿里好半天没有动静。之后，琴声响了，老瞎子又上好了一根新弦。他本来应该高兴的，来野羊坳头一晚上就又弹断了一根琴弦。可是那琴声却低沉、零乱。

小瞎子渐渐听出琴声不对，在院里喊："水开了，师父。"

没有回答。琴声一阵紧似一阵了。

小瞎子端了一盆热水进来，放在师父跟前，故意嘻嘻笑着说："您今儿晚还想弹断一根是怎么着？"

老瞎子没听见，这会儿他自己的往事都在心中，琴声烦躁不安，像是年年旷野里的风雨，像是日夜山谷中的溪流，像是奔奔忙忙不知所归的脚步声。小瞎子有点儿害怕了：师父很久不这样了，师父一这样就要犯病，头疼、心口疼、浑身疼，会几个月爬不起炕来。

"师父，您先洗脚吧。"

琴声不停。

"师父，您该洗脚了。"小瞎子的声音发抖。

琴声不停。

"师父！"

琴声戛然而止，老瞎子叹了口气。小瞎子松了口气。

老瞎子洗脚，小瞎子乖乖地坐在他身边。

"睡去吧，"老瞎子说，"今儿个够累的了。"

"您呢？"

"你先睡，我得好好泡泡脚。人上了岁数毛病多。"老瞎子故意说得轻松。

"我等您一块儿睡。"

山深夜静。有了一点风，墙头的草叶子响。夜猫子在远处哀哀地叫。听得见野羊坳里偶尔有几声狗吠,又引得孩子哭。月亮升起来,白光透过残损的窗棂进了殿堂,照见两个瞎子和三尊神像。

"等我干吗?时候不早了。"

"你甭担心我,我怎么也不怎么。"老瞎子又说。

"听见没有,小子?"

小瞎子到底年轻,已经睡着。老瞎子推推他让他躺好,他嘴里嘟囔了几句倒头睡去。老瞎子给他盖被时,从那身日渐发育的筋肉上觉出,这孩子到了要想那些事的年龄,非得有一段苦日子过不可了。唉,这事谁也替不了谁。

老瞎子再把琴抱在怀里,摩挲着根根绷紧的琴弦,心里使劲念叨:又断了一根了,又断了一根了。再摇摇琴槽,有轻微的纸和蛇皮的摩擦声。惟独这事能为他排忧解烦。一辈子的愿望。

小瞎子做了一个好梦,醒来吓了一跳,鸡已经叫了。他一骨碌爬起来听听,师父正睡得香,心说还好。他摸到那个大挎包,悄悄地掏出电匣子,蹑手蹑脚出了门。

往野羊坳方向走了一会儿,他才觉出不对头,鸡叫声渐渐停歇,野羊坳里还是静静的没有人声。他愣了一会儿,鸡才叫头遍吗?灵机一动扭开电匣子。电匣子里也是静悄悄。现在是半夜。他半夜里听过匣子,什么都没有。这匣子对他来说还是个表,只要扭开一听,便知道是几点钟,什么时候有什么节目都是一定的。

小瞎子回到庙里,老瞎子正翻身。

"干吗哪?"

"撒尿去了。"小瞎子说。

一上午,师父逼着他练琴。直到晌午饭后,小瞎子才瞅机会溜出庙来，溜进野羊坳。鸡也在树荫下打盹儿，猪也在墙根下说着梦话，太阳又热得凶，村子里很安静。

小瞎子踩着磨盘，扒着兰秀儿家的墙头轻声喊："兰秀儿——兰秀儿——"

屋里传出雷似的鼾声。

他犹豫了片刻，把声音稍稍抬高："兰秀儿！兰秀儿！——"

狗叫起来。屋里的鼾声停了，一个闷声闷气的声音问："谁呀？"

小瞎子不敢回答，把脑袋从墙头上缩下来。

屋里吧唧了一阵嘴，又响起鼾声。

他叹口气，从磨盘上下来，快快地往回走。忽听见身后嘎吱一声院门响，随即一阵细碎的脚步声向他跑来。

"猜是谁？"尖声细气。小瞎子的眼睛被一双柔软的小手捂上了——这才多余呢。兰秀儿不到十五岁，认真说还是个孩子。

"兰秀儿！"

"电匣子拿来没？"

小瞎子掀开衣襟，匣子挂在腰上。"嘘！——别在这儿，找个没人的地方听去。"

"咋啦？"

"回头招好些人。"

"咋啦？"

"那么多人听，费电。"

两个人东拐西弯，来到山背后那眼小泉边。小瞎子忽然想起件事，问兰秀儿："你见过曲折的油狼吗？"

"啥？"

"曲折的油狼。"

"曲折的油狼?"

"知道吗?"

"你知道?"

"当然。还有绿色的长椅。就是一把椅子。"

"椅子谁不知道。"

"那曲折的油狼呢?"

兰秀儿摇摇头,有点儿崇拜小瞎子了。小瞎子这才郑重其事地扭开电匣子,一支欢快的乐曲在山沟里飘荡。

这地方又凉快又没有人来打扰。

"这是《步步高》。"小瞎子说,跟着哼。

一会儿又换了支曲子,叫《旱天雷》,小瞎子还能跟着哼。兰秀儿觉得很惭愧。

"这曲子也叫《和尚思妻》。"

兰秀儿笑起来:"瞎骗人!"

"你不信?"

"不信。"

"爱信不信。这匣子里说的古怪事多啦。"小瞎子玩着凉凉的泉水,想了一会儿,"你知道什么叫接吻吗?"

"你说什么叫?"

这回轮到小瞎子笑,光笑不答。兰秀儿明白准不是好话,红着脸不再问。

音乐播完了,一个女人说:"现在是讲卫生节目。"

"啥?"兰秀儿没听清。

"讲卫生。"

"是什么?"

"嗯——你头发上有虱子吗?"

"去——别动!"

小瞎子赶忙缩回手来,赶忙解释:"要有就是不讲卫生。"

"我才没有。"兰秀儿抓抓头,觉得有些刺痒。"噫——瞧你自个儿吧!"兰秀儿一把扳过小瞎子的头,"看我捉几个大的。"

这时候听见老瞎子在半山上喊:"小子,还不给我回来!该做饭了,吃罢饭还得去说书!"他已经站在那儿听了好一会儿了。

野羊坳里已经昏暗,羊叫、驴叫、狗叫、孩子们叫,处处起了炊烟。野羊岭上还有一线残阳,小庙正在那淡薄的光中,没有声响。

小瞎子又撅着屁股烧火。老瞎子坐在一旁淘米,凭着听觉他能把米中的沙子拣出来。

"今天的柴挺干。"小瞎子说。

"嗯。"

"还是焖饭?"

"嗯。"

小瞎子这会儿精神百倍,很想找些话说,但是知道师父的气还没消,心说还是少找骂。

两个人默默地干着自己的事,又默默地一块儿把饭做熟。岭上也没了阳光。

小瞎子盛了一碗小米饭,先给师父:"您吃吧。"声音怯怯的,无比驯顺。

老瞎子终于开了腔:"小子,你听我一句行不?"

"嗯。"小瞎子往嘴里扒拉饭,回答得含糊。

"你要是不愿意听,我就不说。"

"谁说不愿意听了?我说'嗯'!"

"我是过来人,总比你知道得多。"

小瞎子闷头扒拉饭。

"我经过那号事。"

"什么事?"

"又跟我贫嘴!"老瞎子把筷子往灶台上一摔。

"兰秀儿光是想听听电匣子。我们光是一块儿听电匣子来。"

"还有呢?"

"没有了。"

"没有了?"

"我还问她见没见过曲折的油狼。"

"我没问你这个!"

"后来,后来,"小瞎子不那么气壮了,"不知怎么一下就说起了虱子……"

"还有呢?"

"没了。真没了!"

两个人又默默地吃饭。老瞎子带了这徒弟好几年,知道这孩子不会撒谎,这孩子最让人放心的地方就是诚实、厚道。

"听我一句话,保准对你没坏处。以后离那妮子远点儿。"

"兰秀儿人不坏。"

"我知道她不坏,可你离她远点儿好。早年你师爷这么跟我说,我也不信……"

"师爷?说兰秀儿?"

"什么兰秀儿,那会儿还没她呢。那会儿还没有你们呢……"老瞎子阴郁的脸又转向暮色浓重的天际,骨头一样白色的眼珠不住地转动,不知道在那儿他能"看"见什么。

许久,小瞎子说:"今儿晚上您多半儿又能弹断一根琴弦。"想让师父高兴些。

这天晚上师徒俩又在野羊坳说书。"上回唱到罗成死，三魂七魄赴幽冥，听歌君子莫嘈囔，列位听我道下文。罗成阴魂出地府，一阵旋风就起身，旋风一阵来得快，长安不远面前存……"老瞎子的琴声也乱，小瞎子的琴声也乱。小瞎子回忆着那双柔软的小手捂在自己脸上的感觉，还有自己的头被兰秀儿扳过去时的滋味儿。老瞎子想起的事情更多……

夜里老瞎子翻来覆去睡不安稳，多少往事在他耳边喧嚣，在他心头动荡，身体里仿佛有什么东西要爆炸。坏了，要犯病，他想。头昏，胸口憋闷，浑身紧巴巴的难受。他坐起来，对自己叨咕："可别犯病，一犯病今年就甭想弹够那些琴弦了。"他又摸到琴。要能叮叮当当随心所欲地疯弹一阵儿，心头的忧伤或许就能平息，耳边的往事或许就会消散。可是小瞎子正睡得香甜。

他只好再全力去想那张药方和琴弦：还剩下几根，还只剩最后几根了。那时就可以去抓药了，然后就能看见这个世界——他无数次爬过的山，无数次走过的路，无数次感到过她的温暖和炽热的太阳，无数次梦想着的蓝天、月亮和星星……还有呢？突然间心里一阵空，空得深重。就只为了这些？还有什么？他朦胧中所盼望的东西似乎比这要多得多……

夜风在山里游荡。

猫头鹰又在凄哀地叫。

不过现在他老了，无论如何没几年活头了，失去的已经永远失去了，他像是刚刚意识到这一点。七十年中所受的全部辛苦就为了最后能看一眼世界，这值得吗？他问自己。

小瞎子在梦里笑，在梦里说："那是一把椅子，兰秀儿……"

老瞎子静静地坐着。静静地坐着的还有那三尊分不清是佛是道的泥像。

鸡叫头遍的时候老瞎子决定,天一亮就带这孩子离开野羊坳。否则这孩子受不了,他自己也受不了。兰秀儿人不坏,可这事会怎么结局,老瞎子比谁都"看"得清楚。鸡叫二遍,老瞎子开始收拾行李。

可是一早起来小瞎子病了,肚子疼,随即又发烧。老瞎子只好把行期推迟。

一连好几天,老瞎子无论是烧火、淘米、捡柴,还是给小瞎子挖药、煎药,心里总在说:"值得,当然值得。"要是不这么反反复复对自己说,身上的力气似乎就全要垮掉。"我非要最后看一眼不可。""要不怎么着?就这么死了去?""再说就只剩下最后几根了。"后面三句都是理由。老瞎子又冷静下来,天天晚上还到野羊坳去说书。

这一下小瞎子倒来了福气。每天晚上师父到岭下去了,兰秀儿就猫似的轻轻跳进庙里来听匣子。兰秀儿还带来煮熟的鸡蛋,条件是得让她亲手去拧那匣子的开关。"往哪边拧?""往右。""拧不动。""往右,笨货,不知道哪边是右哇?""咔嗒"一下,无论是什么便响起来,无论是什么俩人都爱听。

又过了几天,老瞎子又弹断了三根琴弦。

这一晚,老瞎子在野羊坳里自弹自唱:"不表罗成投胎事,又唱秦王李世民。秦王一听双泪流,可怜爱卿丧残身,你死一身不打紧,缺少扶朝上将军……"

野羊岭上的小庙里这时更热闹。电匣子的音量开得挺大,又是孩子哭,又是大人喊,轰隆隆地又响炮,嘀嘀嗒嗒地又吹号。月光照进正殿,小瞎子躺着啃鸡蛋,兰秀儿坐在他旁边。两个人都听得兴奋,时而大笑,时而稀里糊涂莫名其妙。

"这匣子你师父哪儿买来的?"

"从一个山外头的人手里。"

"你们到山外头去过?"兰秀儿问。

"没。我早晚要去一回就是,坐坐火车。"

"火车?"

"火车你也不知道?笨货。"

"噢,知道知道,冒烟哩是不是?"

过了一会儿兰秀儿又说:"保不准我就得到山外头去。"语调有些惆怅。

"是吗?"小瞎子一挺坐起来,"那你到底瞧瞧曲折的油狼是什么。"

"你说是不是山外头的人都有电匣子?"

"谁知道。我说你听清楚没有?曲、折、的、油、狼,这东西就在山外头。"

"那我得跟他们要一个电匣子。"兰秀儿自言自语地想心事。

"要一个?"小瞎子笑了两声,然后屏住气,然后大笑,"你干吗不要俩?你可真本事大。你知道这匣子几千块钱一个?把你卖了吧,怕也换不来。"

兰秀儿心里正委屈,一把揪住小瞎子的耳朵使劲拧,骂道:"好你个死瞎子!"

两个人在殿堂里扭打起来。三尊泥像袖手旁观帮不上忙。两个年轻的正在发育的身体碰撞在一起,纠缠在一起,一个把一个压在身下,一会儿又颠倒过来,骂声变成笑声。匣子在一边唱。

打了好一阵子,两个人都累得住了手,心怦怦跳,面对面躺着喘气,不言声儿,谁却也不愿意再拉开距离。

兰秀儿呼出的气吹在小瞎子脸上,小瞎子感到了诱惑,并且想起那天吹火时师父说的话,就往兰秀儿脸上吹气。兰秀儿并不躲。

"嘿，"小瞎子小声说，"你知道接吻是什么了吗？"

"是什么？"兰秀儿的声音也小。

小瞎子对着兰秀儿的耳朵告诉她。兰秀儿不说话。老瞎子回来之前，他们试着亲了嘴儿，滋味儿真不坏……

就是这天晚上，老瞎子弹断了最后两根琴弦。两根弦一齐断了。他没料到。他几乎是连跑带爬地上了野羊岭，回到小庙里。

小瞎子吓了一跳："怎么了，师父？"

老瞎子喘吁吁地坐在那儿，说不出话。

小瞎子有些犯嘀咕：莫非是他和兰秀儿干的事让师父知道了？

老瞎子这才相信：一切都是值得的。一辈子的辛苦都是值得的。能看一回，好好看一回，怎么都是值得的。

"小子，明天我就去抓药。"

"明天？"

"明天。"

"又断了一根了？"

"两根。两根都断了。"

老瞎子把那两根弦卸下来，放在手里揉搓了一会儿，然后把它们并到另外的九百九十八根中去，绑成一捆。

"明天就走？"

"天一亮就动身。"

小瞎子心里一阵发凉。老瞎子开始剥琴槽上的蛇皮。

"可我的病还没好利索。"小瞎子小声叨咕。

"噢，我想过了，你就先留在这儿，我用不了十天就回来。"

小瞎子喜出望外。

"你一个人行不?"

"行!"小瞎子紧忙说。

老瞎子早忘了兰秀儿的事:"吃的、喝的、烧的全有。你要是病好利索了,也该学着自个儿去说回书。行吗?"

"行。"小瞎子觉得有点儿对不住师父。

蛇皮剥开了,老瞎子从琴槽中取出一张叠得方方正正的纸条。他想起这药方放进琴槽时,自己才二十岁,便觉得浑身上下都好像冷。

小瞎子也把那药方放在手里摸了一会儿,也有了几分肃穆。

"你师爷一辈子才冤呢。"

"他弹断了多少根?"

"他本来能弹够一千根,可他记成了八百。要不然他能弹断一千根。"

天不亮老瞎子就上路了。他说最多十天就回来,谁也没想到他竟去了那么久。

老瞎子回到野羊坳时已经是冬天。

漫天大雪,灰暗的天空连接着白色的群山。没有声息,处处也没有生气,空旷而沉寂,所以老瞎子那顶发了黑的草帽就尤其攒动得显著。他踽踽珊珊地爬上野羊岭。庙院中衰草瑟瑟,蹿出一只狐狸,仓惶逃远。

村里人告诉他,小瞎子已经走了些日子。

"我告诉他我回来。"

"不知道他干吗就走了。"

"他没说去哪儿?留下什么话没?"

"他说让您甭找他。"

"什么时候走的?"

人们想了好久,都说是在兰秀儿嫁到山外去的那天。

老瞎子心里便一切全都明白。

众人劝老瞎子留下来,这么冰天雪地的上哪儿去?不如在野羊坳说一冬书。老瞎子指指他的琴,人们见琴柄上空荡荡已经没了琴弦。老瞎子面容也憔悴,呼吸也羸弱,嗓音也沙哑了,完全变了个人。他说得去找他的徒弟。

若不是还想着他的徒弟,老瞎子就回不到野羊坳。那张他保存了五十年的药方原来是一张无字的白纸。他不信,请了多少个识字而又诚实的人帮他看,人人都说那果真就是一张无字的白纸。老瞎子在药铺前的台阶上坐了一会儿,他以为是一会儿,其实已经几天几夜,骨头一样的眼珠在询问苍天,脸色也变成骨头一样的苍白。有人以为他是疯了,安慰他,劝他。老瞎子苦笑:七十岁了再疯还有什么意思?他只是再不想动弹,吸引着他活下去、走下去、唱下去的东西骤然间消失干净。就像一根不能拉紧的琴弦,再难弹出赏心悦耳的曲子。老瞎子的心弦断了。现在发现那目的原来是空的。老瞎子在一个小客店里住了很久,觉得身体里的一切都在熄灭。他整天躺在炕上,不弹也不唱,一天天迅速地衰老。直到花光了身上所有的钱,直到忽然想起了他的徒弟,他知道自己死期将至,可那孩子在等他回去。

茫茫雪野,皑皑群山,天地之间攒动着一个黑点。走近时,老瞎子的身影弯得如一座桥。他去找他的徒弟。他知道那孩子目前的心情、处境。

他想自己先得振作起来,但是不行,前面明明没有了目标。

他一路走,便怀恋起过去的日子,才知道以往那些奔奔忙忙兴致勃勃地翻山、赶路、弹琴,乃至心焦、忧虑都是多么欢乐！那时有个东西把心弦扯紧，虽然那东西原是虚设。老瞎子想起他师父临终时的情景。他师父把那张自己没用上的药方封进他的琴槽。"您别死，再活几年，您就能睁眼看一回了。"说这话时他还是个孩子。他师父久久不言语，最后说："记住，人的命就像这琴弦，拉紧了才能弹好，弹好了就够了。"……不错，那意思就是说：目的本来没有。老瞎子知道怎么对自己的徒弟说了。可是他又想：能把一切都告诉小瞎子吗？老瞎子又试着振作起来，可还是不行，总摆脱不掉那张无字的白纸……

在深山里，老瞎子找到了小瞎子。

小瞎子正跌倒在雪地里，一动不动，想那么等死。老瞎子懂得那绝不是装出来的悲哀。老瞎子把他拖进一个山洞，他已无力反抗。

老瞎子捡了些柴，点起一堆火。

小瞎子渐渐有了哭声。老瞎子放了心，任他尽情尽意地哭。只要还能哭就还有救，只要还能哭就有哭够的时候。

小瞎子哭了几天几夜，老瞎子就那么一声不吭地守候着。火光和哭声惊动了野兔子、山鸡、野羊、狐狸和鹞鹰……

终于小瞎子说话了："干吗咱们是瞎子！"

"就因为咱们是瞎子。"老瞎子回答。

终于小瞎子又说："我想睁开眼看看，师父，我想睁开眼看看！哪怕就看一回。"

"你真那么想吗？"

"真想，真想！——"

老瞎子把篝火拨得更旺些。

雪停了。铅灰色的天空中，太阳像一面闪光的小镜子。鹞鹰在平稳地滑翔。

"那就弹你的琴弦，"老瞎子说，"一根一根尽力地弹吧。"

"师父，您的药抓来了？"小瞎子如梦方醒。

"记住，得真正是弹断的才成。"

"您已经看见了吗？师父，您现在看得见了？"

小瞎子挣扎着起来，伸手去摸师父的眼窝。老瞎子把他的手抓住。

"记住，得弹断一千二百根。"

"一千二？"

"把你的琴给我，我把这药方给你封在琴槽里。"老瞎子现在才弄懂了他师父当年对他说的话——咱的命就在这琴弦上。

目的虽是虚设的，可非得有不行，不然琴弦怎么拉紧？拉不紧就弹不响。

"怎么是一千二，师父？"

"是一千二，我没弹够，我记成了一千。"老瞎子想：这孩子再怎么弹吧，还能弹断一千二百根？永远扯紧欢跳的琴弦，不必去看那张无字的白纸……

这地方偏僻荒凉，群山不断。荒草丛中随时会飞起一对山鸡，跳出一只野兔、狐狸，或者其他小野兽。山谷中鹞鹰在盘旋。

现在让我们回到开始：

莽莽苍苍的群山之中走着两个瞎子，一老一少，一前一后，两顶发了黑的草帽起伏攒动，匆匆忙忙，像是随着一条不安静的河水在漂流。无所谓从哪儿来、到哪儿去，也无所谓谁是谁……

一九八五年四月二十日

葵林故事（上）

121

当 C 无边的梦想变成了一种具体的噩梦，那时，以及在那样的情绪里，我经由诗人的消息听见了葵林里的故事。

诗人 L 成为消息，在这个叫作地球的地方流传。有一年，他在葵花盛开的季节走进了北方的葵林。

北方，漫山遍野的向日葵林里散布着很多黄土小屋，荆笆和黄土砌成的墙，荆笆和黄土铺盖的顶。那是养蜂人住的。黄土小路蛇似的钻在葵林里，东弯西拐条条相连，蜂飞蝶舞，走一阵子便能看见一间那样的小屋，或者有养蜂人住着，或者养蜂人已经离开，空空的土屋里剩一张草垫和一只水缸。养蜂人赶着车拉着他们的蜂箱，在那季节里追随着葵花的香风迁徙，哪儿的葵花开得旺盛开得灿烂开得漂亮，他们就到哪儿去，在那儿的小土屋里住些日子。几十只也许上百只蜂箱布置在小屋四周，数万只蜂儿齐唱，震耳欲聋，使养蜂人直到冬天耳朵里仍然是起起落落的蜂鸣，上瘾似的梦里也闻见葵花的香风。

诗人 L 在这个叫作地球的地方到处流浪，每时每地都幻想他的恋人忽然出现在他眼前。有一天他走进了北方无边无际的向日葵林，从日出走到日落，在葵花熏人欲醉的香风中迷了方向。天黑时他走到一个养蜂老人的小土屋，在那儿住了一宿。

养蜂老人问："你这是要到哪儿去呢？"

诗人L说："没一定，随便哪儿。"

老人笑笑，说："我不信。"

老人拿来干粮和新鲜的葵花蜜让诗人充饥，不再多问。

L贪馋地吃着，说："我不是要到哪儿去，我是哪儿都要去。"

老人微笑着摇头，闭目听着门外他的蜂群陆续归巢。

L说："真的，要是我不能走遍地球，那不可能是因为别的，只是因为我来不及。"

老人说："我可不管什么地球不地球。我是问你，心里想着要去找什么？"

诗人不语，看着养蜂的老人。

老人暗笑，吹熄了灯，不再问。

月光似水，虫鸣如唱，夜风吹动葵叶浪涛似的一阵阵地响。

诗人不能入睡，细细地听去，似乎在虫鸣和叶浪声中，葵林中这儿那儿隐隐约约似有一种更为熟悉的声音。

他问老人那是什么声音。

养蜂的老人说："笑声，要不就是哭声。"

L问："谁呀？怎么回事？"

养蜂的老人笑道："年轻人，谈情说爱呢。"

老人说："葵花叶子又都长得又宽又大了，这会儿，密密层层的葵花叶子后头少说也有一千对儿姑娘小伙儿在赌咒发誓呢。"

养蜂的老人说："这地方的孩子都是在这葵林里长大的，都是在这茂密的葵林里知晓人事的。"

养蜂的老人说:"这儿的姑娘小伙儿都是在这季节,在这密不透风的葵花叶子后面,头一回真正看见男人和女人的。"

老人说:"蜂儿在这季节里喝醉了似的采蜜,人也一样,姑娘小伙儿都到了时候。"

老人说:"父母认可的,到这儿约会,说不完亲不够,等不及地要看看女人的身子。家里反对的呢,到这儿来幽会,说呀哭呀一对泪人儿,赌咒发誓死不分开。可女人心里明白,这身子也许难免要给了别人,就在这葵花下自己做主先给了自己想要给的男人。"

老人说:"那就是他们的声音。"

老人说:"我在这儿养蜂儿养了一辈子,听的见的多啦。有的后来成了亲,有的到了还是散了,有的呢,唉,死啦。"

养蜂的老人说:"真有那烈性的男人和女人,一个人跑到这儿喝了毒药,不声不响地死了。也有的俩人一块跑到这儿,把旧衣裳都脱了,再亲热一回,里里外外换上成亲的衣裳整整齐齐漂漂亮亮,一瓶毒药俩人分着喝了,死在这密密匝匝的葵花林子里,一夏天都没人知道。"

养蜂的老人说:"这一辈子听的见的数不清。有多少性命是在这儿种下的,有多少性命是在这儿丢下的呀,世世代代谁能数得清?"

养蜂老人讲了一宿这葵林中男人和女人的故事。其中一个,似曾相识。

当年,葵花林中的一个女人,也是(像O曾经对青年WR)那样说的:"我不会离开这儿,你听见了吗?"她说:

"只要葵花还是葵花我就还在这片葵花林里。你要是回来了，要是我爹我娘还是不让你进门，你就到那间小土屋去找我。"

葵花林中的一个男人说："用不了几年我就回来。那时不管你爹你娘同不同意，我们就成亲，就在那间小土屋里。有你，有我，有那间小土屋就够了。"

葵花林里的女人说："我就在这儿，哪儿也不去，我就在这葵花林里一直到老，等你。"

葵花林中的男人说："不会的，用不了那么久，最多三年五年。"

那女人说："一百年呢，你等吗？头发都白了你还等吗？"

那男人说："不，我不等，我一回来我就要娶你。最多七年八年。"

"要是我爹我娘不让我在这儿，要是我们搬到城里，我也会常到那小土屋前去看看，看你回来没。"

"我会托人给你捎信来。"

"要是你没法捎信来呢？"

"我总能想办法捎信来的。"

"你的信往哪儿捎呢？"葵花林里的那个女人说，"我们要是搬了家，你回来，就到那间小土屋去找我。在屋里的墙上有我的住址。我搬到哪儿去我都会把我的住址写在小屋的墙上。然后你就给我捎信来，你就在那间小土屋住下等我来，我马上就来，我爹我娘他们不知道那间小屋……"

我想，这小土屋可能就是Z五岁那年跟着母亲去过的那间小土屋。这女人呢，就是Z的叔叔和Z的母亲谈话之间说起的那个女人吧（她有一个纤柔的名字）。那么，这男人就是Z的叔叔了。

诗人问:"后来呢?他回来了吗?"

养蜂老人说:"回来过。"

诗人问:"女人呢,还在等他?"

养蜂老人说:"女人死啦。"

诗人问:"死了?她爹娘逼的?"

养蜂老人说:"未必像你想的那么简单。"

养蜂老人说:"那姑娘她爹是这地界的大地主,这方圆几百里的葵花地都是他的。"

老人说:"先是姑娘的爹妈不让她跟那么一个不老老实实念书领头闹学潮的人好。那时候他们俩常来这葵林里见面,我碰上过,那男的魁魁伟伟真是配得上那姑娘。后来政府张榜捉拿领头闹事的学生,那男人跑了,一走好几年不知道去了哪儿。再后来,咱们的队伍打赢了,那男人跟着咱们的队伍打过来,打赢了,都说这下好了,真像那古书上说的穷秀才中了状元,这下姑娘她爹还有什么说的?可谁料想,男的这边又不行了。"

L问:"他不要她了?"

老人说:"那倒不是。"

L问:"那,为什么?"

老人说:"阶级立场。阶级立场你懂吗?男的这边的组织上,不让他跟那么个大地主的闺女成亲。"

老人说:"他们就又来这葵花林子里见面。夜里,蜂儿都回窝了不叫了,月亮底下,葵花的影子里,能听见那女人哭。听不见那男人说话但听得见他跟那女人在一起,光听见那女人一宿一宿地说呀说呀，哭呀，那男的什么话都不说。好多日子，夜夜如此。直到后来，组织上说这影响不好，把男的调走了。"

老人说："那男人走了。那女人就死在这葵花林里，死在那边一间小土屋子里。人们把她的尸首抬出来，就地埋了。我亲眼见了，那姑娘如花似玉可真是配得上那男人。"

诗人问："以后呢？"

养蜂老人说："有好些年，那间小土屋子里就闹鬼。"

诗人问："真的？"

养蜂老人说："第二年，有个也是养蜂的人住在那儿，半夜里睡得好好的忽然就醒了，听见有女人哭，听见那女人就在小土屋外的葵花林子里哭，像是一边走一边哭，一会儿在这儿一会儿在那儿，可是不离开那小土屋周围。那个养蜂的想爬起来看看，可是动弹不得，心里明明白白的可就是动弹不得。那女人的哭声真真儿的，可那个养蜂的一动也动不了，还听见那女人说'原来你的骨头，没有一点儿男人'。"

"什么，她说什么？"

"她说'原来你的骨头没有一点儿男人'。"

诗人L问："这是她说的吗？你没有记错？"

老人说："不是她还有谁？那就是她呀。"

诗人说："唔，老天！她真是这么说的吗？她还说了什么？"

老人说："她只说这么一句。'原来你的骨头没有一点儿男人……原来你的骨头没有一点儿男人……'翻来覆去就这么一句话。这话听着蹊跷，像似有些来由，说不定是一句咒语，那个养蜂的听得清清楚楚可是想动弹怎么也动弹不得。直到月亮下去，那女人才走，那女人的哭声没了那个养蜂的才能动弹了。"

养蜂老人说:"那个养蜂的第二天来跟我说,说他不敢住那儿了,要跟我一起住。我不信他说的。第二天夜里我跟他换了地方住。"

诗人问:"怎么样呢?"

老人说:"一点儿不假,真的。"

诗人问:"真的?你不是做梦吧?"

老人说:"我就没打算睡,想看个究竟。"

诗人问:"不是她还活着吧?"

老人说:"不,她死了。她还是死了的好。"

养蜂老人说:"月亮上来时我出去撒了泡尿,四周的葵花林子里只有蛐蛐儿呀蛤蟆呀不住地叫,葵花叶子像平时一样,让风吹得摇晃,发了水似的响。刚回到屋里躺下,可就动弹不得了。我听见她来了,听得真真儿的。她在那屋前哭一阵子,又到那屋后哭一阵子,左左右右总不离开那屋子周围,也不进来,还是那句话,'原来,你的骨头没有一点儿男人','原来你的骨头,没有一点儿男人',呜呜咽咽地就这么一句话颠来倒去地说。那个养蜂的没瞎说,我想爬起来瞧瞧,可说不清怎的,一点儿也动弹不得。动不得,可我心里清清楚楚的,我估摸那时辰正是当年她和那男人幽会的时候。"

养蜂老人说:"月亮下去天快亮时她才走。我看见月亮光慢慢儿地窄了,从窗户那儿出去了,我听见屋外的风声小了,哭声停了,我觉着身子轻了些,能动弹了。我坐起来,扒着窗户瞧瞧,葵花林子静静儿的像是什么事都没有,天蒙蒙地要亮了。我出来瞅瞅,在她哭过走过的地方瞅瞅,瞅不出有什么特别的。脚印儿都没有,一点儿痕迹都没留下。"

L问:"后来呢?"

老人说:"天亮时那个养蜂的来了,问我怎么样。我说咱俩一块儿去报告吧,互相做个证明。"

老人说:"我们跑到乡政府报告了。来了一个排长,带了一个兵,俩人在那儿住了一宿。"

L问:"怎么样呢?"

老人说:"一个样儿。俩人都带了枪,可是听见那女人的哭声,俩人就都不能动弹,想摸枪,枪就在身上可是人动不了,想喊也喊不出来。"

诗人L问:"他们也听见那句话了吗?"

养蜂的老人说:"一模一样,一字不差还是那句话。天亮了那排长去报告了连长,连长报告了营长,营长报告了团长。当天晚上团长来了,那团长大半不是个凡人,一个人在那儿睡了,卫兵也不要,真也怪了,一宿安安静静的什么事也没有。结果那个倒霉的排长给撤了职。"

124

养蜂老人讲的那个男人,看来并不是Z的叔叔,或者似是而非,似非而是。

因此就我的印象而言,葵花林里的那个男人,也可以是Z的叔叔,也可以不是Z的叔叔。比如说,也可以是F医生的父亲,或者别的什么人。比如说也可以是——不论为了什么事业、什么信仰,不论为了什么缘故,不得不离开了葵花林里的一个女人的其他男人。

如果那个男人,像养蜂老人所说,他回来过,但是不能与葵花林里的那个女人结婚,于是又离开了那块葵花盛开的土地,他很有可能就是Z的叔叔。如果那个女人没死,一直还在这个世界上,在这片无边无际的葵林里,那个男人,就是Z的叔叔。但如果那个女人,像养蜂老人所说,已经死去,在那个男人走后独自跑到葵林里去死了,那个男人就不再是Z的叔叔,而是别的什么人了。

Z的叔叔那次回到故乡,正是漫山遍野的葵花开得最自由最漂亮的时节。那天Z跟着爷爷去看向日葵,在向日葵林里与叔叔不期而遇,Z偎在爷爷怀里感到爷爷从头到脚都抖了一下。叔叔站在几步以外看着爷爷,脸上一丝笑意也没有。叔叔和爷爷谁也不说话,也不动,互相看了很久。后来爷爷把Z放下,叔叔便走过来看看Z,摸摸他的头。叔叔对Z说:"你应该叫我叔叔。"叔叔蹲下来,深深地看着Z的脸:"肯定就是你,我是你的亲叔叔呀。"Z觉得,他这话实际是说给爷爷听的。

爷爷心里明白,叔叔是为谁回来的。爷爷当然知道,但爷爷不敢告诉叔叔,葵花林里的那个纤柔的名字——那个女人,已经是别人的妻子了。

叔叔对Z说:"回去告诉你妈妈,说我回来了,让她到我这儿来好吗?"

Z说:"你这儿是哪儿?你不跟我们一起回家吗?"

叔叔站起身,看着爷爷,看了很久,问了一声"您身体还好吗",就朝葵林深处去了。

Z问爷爷:"叔叔他要去哪儿?"

爷爷不回答,眼泪流进心里。但是爷爷心里有了希望:只要葵花林里的那个女人活着,他就还有机会再看见自己的儿子,不管那女人嫁了谁只要她不离开这儿,儿子他就还会回来。爷爷相信必是会这样,他知道自己的儿子。所以他就又想起Z的父亲,Z的父亲至今不回来,肯定是他想回来但是没法回来,要不就是他真的死了。爷爷的眼泪流进心里。

爷爷在葵林边的土埂上坐下,空空地望着叔叔消失于其中的那片葵林，望着已经升高的太阳，把孙子搂在怀中。

"爷爷，叔叔他去找谁？"

"孩子，你将来长大了，爷爷只要你记住一件事，不要把自己的秘密告诉别人，也不要知道别人的秘密。"

"什么是秘密？"

"这你长大了自然就会懂得。爷爷只要你记住，不要去听别人的任何秘密，要是别人想告诉你什么秘密的事，你不要听。要是别人想对你说什么秘密，说那是秘密不能泄露给其他人，那样的事，你干脆不要知道，你不要让他告诉你，你不要听，如果别人要对你说，你别听，你走开，不听。记得住吗？"

"为什么？"

"你将来会懂的，那是比死还可怕的事。在你没有弄懂之前，记住爷爷的话行吗？千万记住，你的秘密不要对别人说，别人的秘密你也不去听。嗯？能记住吗？"

125

因为，葵花林里的那个女人，是叛徒。

"×××是叛徒。"这样的话我们非常熟悉。比如说，是很多电影里的台词。葵花林里的那个女人就是这样，是叛徒，而且不是冤案。

我们因此想象一个叛徒的故事，即一个革命者不慎被敌人抓住，被严刑拷打，被百般威胁，然后成为叛徒的经过。怎样想象都可以，都不为过，只要她终于屈服，成为叛徒，她就是葵花林里的那个女人。

因为我听说世界上有这样的人，有这样的女人。

至于葵花林里的那个女人成为叛徒的经过，Z 的叔叔从来不曾说起。所以需要想象，根据古往今来数不尽的这类故事、这类传说，去想象一种经历。

那个女人是那个男人的初中同学，两个人十三四岁的时候在一所学校里念书，在北方那座县城的中学，同在一个班上。初中毕业后那女人不再上学，Z 的叔叔继续读高中，读师范。初中毕业后两个人很少相见。但对于一个日益成为女人的少女来说，对于一个正在长成男人的青年来说，很少的相见足以创造出不尽的梦想了。很少的相见，会使他们记起两小无猜的儿童时代，记起他们在葵花林里跑迷了路互相喊着对方的名字，记起他们一起在月移影动的葵花林里捉蛐蛐儿、手拉着手在骄阳如火的葵花林里逮蝈蝈，记起女孩儿纳罕地看着男孩儿撒尿惊讶他为什么可以那样撒尿，记起他们在密密的葵林深处忽然发现了他们的哥哥，然后又在哥哥的怀里发现了他们的姐姐。很少的相见，但每一次都令他们心惊神荡，看见对方长大了，发现对方身体的奇妙变化，那光景大致很像诗人 L 的夏天吧。

有一天（当然是有一天），少女在葵花林里走着，青年忽然跳出在她面前，把她吓了一跳。他呢，满脸通红窘得说不清话，很久她才听清，他是说他要借给她一本书，他说她应该看书，说可以不上学但不可以不看书，不应该不关心世界上正在发生着什么。当然，肯定他还说了些别的什么，那情景可以想象，大约又与 WR 和 O 很相似，与 WR 和 O 在一排排书架间再次互相发现的时刻相似，但周围不是林立的书架和一万本书，只不过换成了万亩葵林和葵花阵阵袭人的香风。

是的，可能会有一只白色的鸟正飞在天空。永恒地飞在这样的时刻。

他不断地借书给她，她不断地把书还来，在密密的葵林里，越走越深。直到天上那只白色的鸟穿云破雾，美丽的翅膀收展起落，掀动云团，挥洒细雨。那时，如果另外的两个孩子碰巧走进葵林，在宽大重叠的葵花叶子下避雨，就会看见并且会饶有兴致地问自己——他们在干吗？他们的姐姐怎么会跑到了他们的哥哥怀中？

经由那些书，男人把女人带进了一种秘密，那种秘密被简单地称作：革命。女人，开始在那间小土屋前为一群男人放哨。当然，她心甘情愿，那秘密所描画的未来让她激动不已，憧憬联翩。她独自在小土屋周围走来走去，停下来细听虫鸣的变化，走到葵林边，拨开葵叶四处眺望，阳光明媚或者雷雨轰鸣或者月走星移，她感到奇妙的生活正滚滚而来因而感到从未有过的骄傲。（我想，几十年后少年诗人去"革命大串联"的时候，必也是这样的心情吧。一代一代，那都是年轻人必要的心情。）以后她又为他们送信，传递消息和情报，便不可避免地参与进那种秘密，知道了也许是她的软弱所不应该知道的事情。但她的软弱并不排斥那秘密中回荡着的浪漫与豪情，她真心地相信自己走进了真理，那真理不仅可以让所有的人幸福，而且也可以使她坚强，使她成为她所羡慕的人，和他所喜欢的人，使她与她所爱的男人命运相联，使她感到她是他的同志、他们的自己人。

这豪情，这坚强，或者还有这浪漫，便在那男人不得不离开北方老家的那个夜晚，使这女人一度机智勇敢地把敌人引向迷途，使男人脱离危险；那大智大勇，令男人惊讶，令敌人钦佩。

那夜晚，Z的叔叔最后看了一眼病重的母亲，与Z的父亲告别，之后，到了葵花林中的那座小土屋，女人正在那儿等他。男人的影子一出现，女人便扑上去。两个影子合为一个影子。寂静的葵林之夜，四处都是蟋蟀的叫声，各种昆虫的歌唱。时间很少了，他们只能互相亲吻，隔着衣服感到对方身体的炽热和颤抖。时间太少了，女人只是说"我等你，我等你回来，一百年我也等"，男人说"用不了那么久，三年五年最多七年八年，我就会回来，我回来我就要娶你"。时间太少了，况且大部分时间都用于亲吻，感受对方丰满或强健的身体，感受坚韧与柔润的身体之间炽热的欲望和颤抖着的向往，所以不见得能说很多话。

女人说："回来，就到这小土屋来找我，要是我搬了家，地址，会写在这墙上。你说一遍。"

男人说："回来，就到这小土屋来找你，要是你搬了家，地址会写在这墙上。"

女人说："要是这小屋没有了，你还是要在这儿等我，地址，我会写在这周围所有的葵花叶子上。你说一遍。"

男人说："要是这小屋没有了，我还是到这儿来等你，你的地址，会写在这周围所有的葵花叶子上。"

女人说："你回来，要是冬天，要是小屋没有了，葵花还没长起来，我的地址会写在这块土地上。"

男人说："我回来，要是在冬天，要是小屋没有了葵花也还没长起来，你的地址，就写在这块土地上。"

这时，葵花林中的虫鸣声有些异常。男人和女人轻轻地分开，他们太熟悉这葵花林子的声音了，他们屏住呼吸四目对视，互相指出自远而近的异常变化：仿佛欢腾的世界开始缩小，仿佛乐队的伴奏逐步停止，一个声部一个声部地停下去，寂静在扩大随之欢腾在缩小。他们搂在一起又听了一会儿。毫无疑问，远处的虫鸣正一层层地停下去，一圈圈地停下去，一个寂静的包围正在缩紧。不用说，有人来了。分明是有人来了。不止一个，不止几个，是一群，很显然是敌人来了，从四面而来。

惊慌的男人拉起女人跑。

软弱的女人瞬间明白，这是她应该献身的时候。很久以来她那浪漫的豪情中就写下了"献身"这两个字。

女人挣脱男人，匆忙向他嘱咐几句话，之后转身向另一个方向跑。男人一把没拉住她，她已经跑开了。纤柔的身体刮动得葵花叶子响，她有些怕，伸手安抚一下层层叠叠的葵叶，于是获得灵感，知道了这响声的妙用，这是能够拯救她的男人的响声呀，她便愈加放浪地跑起来，张开双臂，像一只在网中扑打的鸟抑或一条在池塘里乱蹦的鱼，她故意使葵花叶子如风如浪地喧嚣……

她停住脚步听一听，男人似乎远了，敌人似乎近了，在小屋前放哨时的骄傲感于此时成倍地扩大。她怕男人走得还不够远，怕敌人来得还不够近，她站在那儿说起话来，"啊，我是你的，我是你的，我从头到脚都是你的呀……"从来想说而羞于说的话，现在终于说出口，感觉真好，这感觉无比美妙，她继续说下去，"啊吻我，吻遍我吧，我永远都是你的你知道吗，哦，你随便把她怎么样吧那都是你的……"她激动地呻吟，不断地说下去，"啊，我的人呀，你多好，你多好看，你多么壮啊，你要我吧，你把我拿去吧，把我放在你的怀里，放在那儿，别丢了，和我在一起，永远，别丢了，别把我丢了……"没有虫鸣的月光多么难得，没有虫鸣的葵林之夜千古难寻，养蜂的老人说过，那夜出奇的寂静，只有一个女人的话语，清清朗朗，在地上，在天上，一个女人的声音在向日葵的每一片叶子上面。

没有虫鸣，一点儿也没有了。敌人近了，她知道。我相信那时候她未必是一个革命者，在那个时间里她只是一个恋人，一个炽烈的恋人或者：一个，疯狂的诗人。

枪声响起来了，乒乒乓乓四周都响起了枪声，有些子弹呼啸着从她的头顶上飞过，穿透葵叶，折断葵秆，打落葵花……她竟一点儿也没怕，又跑起来，在月光下掀动得葵叶也在呼喊："等等我，你等等我呀，我在这儿你拉我一把呀……噢，你慢点儿吧，我跑不动啦……不不，我不用你背我，不，我不用，我还行……"喊声并不扩大，并不扩大到让远去的男人听见，只喊给来近了的敌人听，为敌人指引一条迷途，指向一个离开她的恋人越来越远的方向。到底是什么方向，没时间去想，她满怀激情地跑，跑在皓月星空之下，跑在绿叶黄花之中，跑在诗里，她肯定来不及去想：这也许真正是离开她的恋人越来越远的方向，从此数十年天各一方……

我的想象可能太不实际，过于浪漫。成为叛徒的道路与通向理想的道路一样，五光十色奇诡不羁，可以想象出无穷无尽罄竹难书的样式。但这些故事，结尾都是一样，千篇一律。诗情在那儿注定无所作为，那是一片沙漠，或一眼枯井，如此而已，不给想象力留出任何空间。那儿不再浪漫，那儿真实、坚固，无边的沙砾或者高高的井壁而已。从古至今，对于叛徒，世界没有第二种态度，对叛徒的归宿不给予第二种想象。一个叛徒，如果不死，如果活着，除了被千夫所指万人唾骂之外没有第二种后果。人们一致认为，叛徒比敌人更可怕，更可憎恶，叛变是最可耻最可鄙视的行为。对此，全人类的意见难得地一致。自从我睁开眼睛看见这个世界，我日复一日地看它，一天又一天地走向它，试图接近它，谛听它的深处，但除去对叛徒的看法，迄今我没有发现再有什么事可以使全人类的意见如此统一。在这件事情上，没有持不同意见者，包括叛徒本人。所以，葵林深处那个女人的故事，不可能有第二种继续。就在她激情满怀，在葵林里说着跑着喊着伸开双臂兴风作浪之时,她已经死了。即便她不被敌人杀死,也不被"自己人"除掉,她也已经死了,在未来的时间里她只是一个叛徒,一个可憎可恶可耻的符号,一种使英雄豪杰志士仁人得以显现的背景比照。未来的时间对于她,只是一场漫长的弥留了。

126

敌人审问她,严刑拷打她,必然如此。听起来简单,但那不是电影中的模仿,是实实在在无止无休的折磨。无所不用其极的刑罚,不让你死只让你受的刑罚,让你死去活来,让你天赋的神经仅仅为疼痛而存在。刑罚间歇之时,进化了亿万年的血肉细胞尽职尽责地自我修复,可怜的神经却知道那不过是为又一次疼痛做的准备。疼痛和恐惧证明你活着,而活着,只是疼痛只是恐惧,只是疼痛和恐惧交替连成的时间。各种刑罚,我不想(也不能)一一罗列,但那些可恶又可怕的东西在人类的史料中都有记载,可以去想象(人类在这方面的想象力肯定超过他们的承受力,因为这想象力是以承受力所不及为快意的),可以想象自己身历其一种或几种,尤其应该想象它的无休无止……

也许,敌人还要当众剥光她的衣裳,让她在众人面前一丝不挂,让各种贪婪的眼睛猥亵她青春勃发的骨肉。但这已不值一提,这与其他刑罚相比并无特殊之处。猥亵如果不是经由勾引而是经由暴力,其实就只有猥亵者而没有被猥亵者,只有羞辱者而没有被羞辱者。

也许,狱卒们在长官的指使下会轮奸她?也许会的。但她无力反抗无法表达自己的意志,在她,已经没有了责任。

她甚至没有特殊的恐惧，心已僵死心已麻木，只有皮肉的疼痛，那疼痛不见得比其他刑罚更残酷。她不知道他们都是谁，感觉不到他们之间的差别，甚至辨认不出周围的嘈杂到底是什么声音，身体颠簸、颠簸……她感到仿佛是在空茫而冷彻骨髓的大海上漂流……所以对于她，贞操并没有被触动。

暴行千篇一律。罪恶的想象力在其极端，必定千篇一律。

（未来，我想只是在未来她成为叛徒之后，在生命漫长的弥留中，她才知道更为残酷的惩罚是什么。）

在千篇一律的暴行中，只有一件独特的事值得记住：她在昏迷之前感到，有一个人没有走近她，有一个狱卒没有参加进来，有个身影在众人狂暴之际默然离开。她在昏迷之前记住了那双眼睛，那双眼睛先是闭上，然后挤出人群，在扭歪的脸、赤裸的胳膊、腿、流汗的脊背，和狂呼怪叫之间挤开一条缝隙，消失不见。（这使我想到几十年后，少年Z双唇紧闭，不声不响地走出山呼海啸般狂热的人群时的情景。）

127

葵花林里的那个女人，她确实有过一段英勇不屈的历史。

在那段时间里，家家户户不大在意地撕去了几页日历，葵花籽多多少少更饱满了一些，气温几乎没有变化，葵花林里蜂飞蝶舞，昆虫们昼夜合唱激情毫不衰减，但她，在那段时间里仿佛度过了几个世纪。

我们可以想象她的煎熬，想象的时候我们顺便把身体在沙发上摆得更舒服些，我们会愤怒，我们会用颤抖的手去点一支烟，我们会仇恨一个黑暗的时代和一种万恶的制度。我们会敬佩那个女人，但，这是有条件的。如果葵籽多多少少饱满了一些之后，那女人走向刑场英勇赴死，那几天的不屈便可流芳百世，令我们感动令我们缅怀。但如果气温几乎没有变化，那个女人终于经受不住折磨经受不住死的恐吓而成为叛徒，那几个世纪般的煎熬便付之东流在历史中不留任何痕迹。历史将不再记起那段时间。历史无暇记住一个人的苦难，因为，多数人的利益和欲望才是历史的主人。

历史不重过程，而重结果。结果是，她终于屈服，终于说出她并不愿意说的秘密，说出了别人让她知道但不让她说的那些秘密。她原以为她会英勇不屈到底，她确实有过那么一段颇富诗情画意的暂短历史，但酷刑并不浪漫，无尽无休的生理折磨会把诗情画意消灭干净。

何况世界还备有一份过于刁钻的逻辑：如果所有人都能英勇不屈，残暴就没有意义了；残暴之所以还存在，就因为人是怕苦怕疼怕死的。听说，什么也不怕的英雄是有的，我常常在钦佩他们的同时胆战心寒。在残暴和怯弱并存的时间，英雄才有其意义。"英雄"这两个字要保留住一种意义，保留的方法是：再创造出两个字——叛徒。

她成了叛徒。或者说，成了叛徒的一个女人恰好是她，是葵花林里的那个女人。这使另外的人，譬如我，为自己庆幸。那些酷刑，在其灭亡之后使我愤怒，在其畅行时更多地让我庆幸——感谢命运，那个忍受酷刑和那个忍受不住酷刑的人，刚好都不是我。

几十年中很多危险的时刻，我记得我都是在那样的庆幸中走过来的。比如在那个八月我的奶奶被送回老家的时候，比如再早一些，当少年 WR 不得不离开母亲离开家乡独自去远方的时候,我就已经见过我阴云密布的心在不住地庆幸,在小心翼翼地祈祷厄运不要降临于我。

128

葵花林里的女人成了叛徒,这不是冤案这是事实。

一种可能是,面对死的威胁,她没能有效地抵制生的欲望。她还没来得及找到——不,不是找到,是得到——她还未及得到一条途径,能够使她抵挡以至放弃生的欲望。这途径不是找到的,没有人专门去找它,这途径只能得到。有三种境界能够得到它。一是厌世;她没有,这很简单,没有就是没有,不能使她有。二是激情,凭借激情;比如说在那个没有虫鸣的葵林之夜,在敌人的枪声中她毫无惧色,要是敌人的子弹射中了她,她便可能大义凛然地死去,但是那机会错过了,在葵籽更为饱满了的那些日子里,敌人留给她很多时间来面对死亡。三是坚强的意志,把理想和意志组成的美德看得比生命更重要;她不行,不行就是不行,有的人行有的人不行,葵花林里的这个女人恰恰不行,她也许将来能行,但当时她不行。她贪生怕死。虽然每个人都有生的欲望和生的权利,但在葵林故事里,在葵林故事并不结束的时间和空间里,贪生怕死注定是贬义的、可耻的,是无可争辩的罪行。

贪生怕死——今天,至少我们可以想一想它的原因了。

也许是因为她还想着她的恋人,想着他会回来,想着要把她的地址写在小土屋的墙上,想着如果他回来,在葵花林里找不到她,他会怎样……想着他终于有一天回来了,她要把自己交到他的怀里,她还没有闻够那个男人的气味儿,没看够那张英武的脸，没有体会够与他在一起的快乐和愁苦，没有尝够与那个结实的体魄贴近时的神魂飞荡……

当然也可能非常简单，仅仅因为她对虚无或对另一种存在充满恐惧，对死，有着无法抵挡的惧怕。

再有一种可能是，她无能权衡利弊，无能在两难中比较得失。比如说，敌人把她的亲人也抓了来（我们听说过很多很多这类"株连"的事），把她的母亲和妹妹抓了来，威胁她，如果她不屈服，她的母亲和妹妹也要有她一样的遭遇。那时候她没能够想到人民、更多的人的长远利益、社会的进步和人类的方向，就像她没有得到拒绝生的方法一样，她也没有找到在无辜的人民和无辜的亲人之间做出取舍的方法，没有找到在两个生命的苦难与千万人的利益之间做出选择的逻辑。看着母亲，看着妹妹，两个活生生的性命，真实的鲜血和号叫，她的理智明显不够。或者是智力，人的智力于此时注定不够。我常想，如果是我，如果我是她呢我怎么办？怎么选择？我能想到的惟一出路是死，我去死，不如自己先去死，一死了之，把后果推给虚无，把上帝的难题还给上帝。但是，如果万恶的敌人不让你先死呢？你不能一死了之呢？你必须做出选择呢？我至今找不到答案。两个亲人两个鲜活的性命真真切切在她眼前，她选择了让她们活下去让她们免受折磨……为她们，葵花林里的那个女人说出了秘密。

当然还可以有很多种设想，无比的浪漫，但无比的浪漫必要与无比的现实相结合。

129

Z的叔叔第一次回到老家，差不多可以算是没有见到他当年的恋人。他走进葵花林,找到了当年那间小土屋。小屋很破败了,像是多年没有人用过的样子。在那小土屋的墙上,没有她的地址,没有她留下的话,没有她的一点点痕迹。一切都与当年一样:太阳,土地,蜂飞蝶舞,无处不在的葵花的香风,和片刻不息的虫鸣。好像他不曾离开,从未离开过。蜜蜂还是那些蜜蜂?蝴蝶也还是那些蝴蝶?无从分辨。它们没有各自的姓名,它们匆匆地或翩翩然出现,又匆匆地或翩翩然消失,完全是它们祖辈的形象和声音。葵花,照旧地发芽、长大、开花,黄色的灿烂的花瓣,绿色的层叠的叶子,世世代代数不尽的葵花可有什么不同吗?太阳和土地生养它们,毁灭它们,再生养它们……它们是太阳的功能?是土地的相貌?还是它们自己呢?虫鸣声听久了,便与寂静相同,让人不安,害怕自己被淹没在这轰隆隆的寂静里再也无法挣脱。太阳渐渐西沉,葵林里没有别人来,看样子不会有谁来了。仿佛掉进了一本童话书,童话中一个永恒的情节,一个定格的画面。小时候我看过一本童话书,五彩的图画美丽而快乐,我不愿意把书合起来,害怕会使它们备受孤寂之苦。Z的叔叔试着叫了一声那个纤柔的名字,近旁的虫鸣停下来,再叫两声,更远一点儿的虫鸣也停下来。有了一点儿变化,让人松一口气。他便更大声些,叫那纤柔的名字,虫鸣声一层一层地停下去,一圈一圈地停下去。

晚风吹动葵叶,忽然他看见一个字,一张葵叶的背面好像有一个字。他才想起与她的另一项约定,因为小土屋并未拆除,他忽略了那一项约定。

他走过去把那张葵叶翻转,是个"我"字。再翻转一张,是个"不"字。再翻转一张,是"等"字。继续翻找,是:"叛""再""是""你""徒""要"。没了。再没了。

他把有字的叶子都摘下来,铺在地上,试图摆成一句话。但是，这九个字，可以摆成好几句话：

1. 我是叛徒，你不要再等。
2. 你是叛徒，我不要再等。
3. 我不是叛徒，你要再等。
4. 你不是叛徒，我要再等。

就不能摆成别的话吗？
太阳沉进葵林，天黑了。
他摸着那些叶子，怀疑它们是不是真的。
至少，在月光下，那些叶子还可以再摆成两句话：

5. 你我是叛徒，不要再等。
6. 你我不是叛徒，要再等。

130

养蜂老人告诉Z的叔叔，那女人昨天——或三天前，或一个月前，总之在Z的叔叔回来之前，在符合一个浪漫故事所需要的时刻——已同另一个男人成亲。

葵花林里的女人从狱里出来，到那小土屋去，独自一人在那儿住了三年。葵林，在三年里一如在千百年里，春华秋实周而复始，产生的葵籽和蜂蜜销往各地，甚至远渡重洋。她一天天地等待Z的叔叔回来，等候他的音讯。她越来越焦躁不安，有多少话要对他说呀，简直等不及，设想着如何去找他。当然没处去找，不知他在何方。她向收购蜂蜜的商贩们打听，听商贩们说外面到处都在打仗，烽火连天。没人知道他在哪个战场。

焦躁平息一些，她开始给男人写信。据养蜂的老人说：一个年轻的女人，在葵花的香风中默默游荡，在葵林的月色里，在蜂飞蝶舞和深远辽阔的虫鸣中，随处坐下来给远方的男人写信。据养蜂的老人说：在向日葵被砍倒的季节里，在收尽了葵花的裸土上，一个女人默默游荡，她随时趴下来，趴在土地上，给不知在何方的那个男人写信。用眼泪，而后用誓言，用回忆和祈盼，给那男人写信。她相信不管他在哪个战场上，他必定活着，必定会回来，那时候再把这些信给他看吧。

这样，她平平安安地过了一年。据养蜂的老人说：敌人认为她已经没用了，自己人呢所谓自己人呢，相信她大概是疯癫了，战争正打得火热胜利就在眼前，顾不上去理会一个疯子。于是她过得倒也太平。春天，又一代葵籽埋进土里，她才冷静下来，葵籽发芽、长大、开花，黄色的灿烂的花瓣，绿色的层叠的叶子，这女人才真正冷静了。她忽然醒悟，男人不管在哪个战场上，他必定活着，他必定回来，但必定，他不会再要她了，他不会再爱一个叛徒。她是叛徒，贪生怕死罪恶滔天。她就是这样的叛徒，毫无疑问，铁案如山。这时她才看清自己的未来，看清了叛徒的未来，和未来的长久。据养蜂的老人说：此后那女人，她不再到处游荡，白天和黑夜都钻在那间小土屋里，一无声息。就像无法挣脱葵林里轰隆隆的寂静，她无法挣脱叛徒的声名，无法证明叛徒应该有第二种下场，只能证明：那个男人会回来，但不会再要她。

就在我的生命还无影无踪的时候，1949 年，我的生命还未曾孕育的时候，这世界上已经有一个女人开始明白：未来，只是一场漫长的弥留。

革命的枪炮声越来越近，捷报频传，收购葵籽和蜂蜜的商贩们把胜利的消息四处传扬。夏天的暴雨之后，女人从那小土屋里出来，据养蜂的老人说，只有这时候她出来，认真地在葵林里捡蘑菇。据养蜂老人说：这葵林里有一种毒蘑菇，不用问，她必是在找那东西，她还能找什么呢？据养蜂老人说：见有人来了，不管是谁来了，她就躲起来，躲在层叠的葵叶后面，或是失魂落魄地跑回小土屋。

她躲起来看外面的人间，这时候她抑或我，才看到了比拷打、羞辱、轮奸更为残酷的惩罚：歧视与孤独。

最残酷的惩罚，不是来自野兽而是来自人。歧视不是来自敌人，而是来自亲人。孤独，不是在空茫而寒冷的大海上只身漂流，而是在人群密聚的地方，在美好生活展开的地方——没有你的位置。也许这仍然不是最残酷的惩罚，最残酷的惩罚是：悔恨，但已不能改变（就像时间不可逆转）。使一个怕死的人屈服的惩罚不是最残酷的惩罚，使一个怕死的人想寻死的惩罚才是最残酷的惩罚。

她在雨后的葵林里寻找那种有毒的蘑菇。据养蜂的老人说，就在这时候，另一个男人来了。老人说：这男人一直注意着这女人，三年里他常常出现在小土屋周围，出现在她所到之处，如影随形，躲在她看不见的地方注视她。他希望看到她冷静下来，打定主意要等她终于去找那毒蘑菇时才走近她。现在他走近她，抓住她的手，烫人的目光投向她，像是要把她烫活过来。

在写作之夜，诗人L或者Z的叔叔问："他是谁？"

我想，他可能就是没有参加轮奸的那个狱卒。

写作之夜，养蜂的老人说："对，就是那个狱卒，除了他还能是谁呢？"

诗人L或者Z的叔叔，问："他要干什么？"

养蜂的老人说:"他要娶她。"

诗人L或者Z的叔叔,问:"他爱她?"

养蜂的老人问:"什么是爱?你说,什么是爱?"

养蜂的老人说: "他想和她在一起,就这样。他想娶她。"

葵花林里的女人想了一宿。一切都将永远一样:月夜、烛光、四季来风、百里虫鸣。那虫鸣声听久了,便与寂静相同,让人恐怖,感到自己埋葬在这隆隆不息的寂静里了,永远无法挣脱,要淹死在这葵林里面了。她试着叫了一声Z的叔叔的名字,近处的虫鸣停止,再叫一声,远些的虫鸣也停止,连续地叫那名字,虫鸣一层层一圈圈地停下去。但是,如果停下来,一旦不叫他了,虫鸣声又一层层一圈圈地响开来,依旧无边的喧嚣与寂静。无法挣脱。毫无希望。她想了一宿,接受了那个狱卒的求婚。

131

Z五岁那年,叔叔站在葵林边,望着那女人的家。

鸡啼犬吠,土屋柴门,农舍后面的天缓缓地褪色,亮起来。他看见一个男人从那家门里出来,在院子里喂牛,一把把铡碎的嫩草撒进食槽,老黄牛摇头晃脑,男人坐在食槽边抽烟,那男人想必就是她的丈夫。屋后的烟囱里冒出炊烟,向葵林飘来,让另一个男人也闻到了家的味道。

Z的叔叔向葵林里退几步。

那个有家的男人走回屋里去,过了一会儿端了一大碗粥出来,蹲在屋门前"吸溜吸溜"地喝。一只狗和几只鸡走来看他喝,侧视期盼但一无所得。这时太阳猛地跳出远山,葵花都向那儿扭过脸去，葵叶上的露水纷纷闪耀。

Z的叔叔蹲下，然后坐在葵花下湿润的土地上。

那个有家的男人喝饱了粥，把大碗放在窗台上，冲屋里说了一声什么，就去解开牛，扛起犁，吆喝着把牛赶出柴门，吆喝着一路如同歌唱，走进玫瑰色的早霞。

Z的叔叔站起来，走几步，站到葵林边。

狗冲着他这边连声地嚷起来，农舍的门开了。

他想：躲，还是不躲？他想：不躲，看她怎样？

所以，那女人一出屋门就看见了他。

她看见葵林边站着一个男人，尚未看清他就已经知道他是谁了。还能是谁呢？其实她早听见他来了。夜里，在另一个男人连绵不断的鼾声中，她已经分辨出他的脚步声了。那时她已经听见，一个熟悉的脚步声穿过葵林，穿过月色，穿过露水和葵花的香风，向她走来。

他看见她的肚子不同寻常地隆起来，就要为别人生儿育女了。

他不躲避，目光直直地射向她，不出声。

她也不躲避，用自己的眼睛把他的目光全接过来，也不言语。

他想：看你说什么，怎么说。

她差不多也是这样想，想听见他的声音，听见他说话，想听他说什么，怎么说。

她想：要是你问我为什么不等你，那么你还要我吗？要是你还肯要我，我现在也敢跟你走。

她想：要是你骂我是叛徒，那你就把我杀了吧。那样最好，再好没有了，再没有什么比你把我杀了更好的了。

她想：但也许，他什么都不说。就怕他什么都不说……

果然，他什么也没说，转身走进葵林。

时间在沉默中走得飞快，朵朵葵花已转脸向西，伫望夕阳了。

　　他们什么也没说。女人一动不动站在柴门前，望着男人走进葵林。像当年那个没有虫鸣的深夜一样，他又消失在层层叠叠的葵叶后面。葵林边，几只蜜蜂和蝴蝶，依旧匆匆或翩翩出没而已。

选自《务虚笔记》第十三章

葵林故事（下）

150

WR一步步取得着权力的时候，他不知道，这个世界的隔壁并不止于他所经历过的那样一种存在。这个世界的隔壁，并不都要空间的隔离。不需要空间的隔离，仍有人被丢弃在这个世界之外。那样的"墙壁"不占有空间，比如说只要语言就够了，比如说只要歧视的目光就足以把你隔离在另一个世界里。WR期待着更高的权力以取消人间的隔壁，这时他肯定还来不及想到，有一种"墙壁"摸不着当然也敲不响，那中间灌满的不是沙子也不是几十年的一个时代，而是历经千年而不见衰颓的一种：观念，甚或习惯。WR未必知道，这样的"墙壁"不是权力能打破的，虽然它很可能是权力的作品。这样的"墙壁"所隔开的那边，权力，鞭长莫及。

比如葵花林里的那个女人，就曾在那边，如果她还活着她就只能还在那边。

151

Z的叔叔坐了一天一夜火车，天亮时又看见了久违的葵花。火车在越来越辽阔的葵林里奔驰,隆隆声越来越弱小,仿佛被海洋一样的葵林吸收去,烟雾甩动在蓝天里,小得如一缕白色的哈气。

火车在小县城的边缘停住,Z的叔叔完全不认得这儿了,若非四野盛开的葵花,Z的叔叔想:难道就凭一个名称来寻找自己的家乡么?车站是一座挺现代的建筑,城里城外正耸立起一座座高楼,塔吊的长臂随着哨声在空中转动,街上到处是商贩们声嘶力竭的叫卖,小伙子开着摩托风驰电掣,尘土飞扬起来又落在姑娘们花了很多钱和很多时间才烫成的鬈发上,落在花花绿绿的裙子和遮阳棚上,落在路边的馄饨汤里和法式面包上,然后去千千万万的肠胃里走一遭。事实上老家已经没有了。我想,Z的叔叔对城里没有多少兴趣,他只是在城边的一家小饭馆里吃了点儿什么,歇一歇脚,远远地张望一下那座陌生的小城,之后便起身循着葵花的香风走去。

一切都在变,惟这葵花的香风依旧。

葵林依旧,虫鸣依旧。我想,Z的叔叔走在葵林里,他应该还会产生一个想法:"叛徒"依旧。"叛徒"这两个字的含义,自古至今恐怕永远都不会改变,都是不能洗刷的耻辱,都是至死不完的惩罚。人间的一切都可能改变,天翻地覆改朝换代,一切都可能翻案、平反、昭雪,惟叛徒不能,惟人们对叛徒的看法没有丝毫动摇的迹象。

她怎样了呢,葵花林里的那个女人?

Z的叔叔,他千里迢迢并不是来看什么老家的,他是来寻找那个女人——那个曾在他怀里颤抖过的温热的躯体,那个曾在他面前痴迷地诉说过一切梦想的心魂。往日,像这葵林一样连绵不断,一代一代的葵叶一如既往,层层叠叠地长大,守卫着往日,使往日不能消失。她仿佛还在他怀中,还在这葵林的浓荫下、阳光中或月色里，她依旧年轻、柔润、结实、跳荡，细利的牙齿轻轻地咬着他的臂膀，热泪流淌，哭和笑，眼睛里是两个又圆又小的月亮……那就是她。那就是她，但中间隔了几十年光阴。几十年中，她，一直都在这个世界上吗？听老家来人说起过她，她还在，还活着。可她，是怎么活过来的呢？甚至，为什么，她还活着？她靠了什么而没有……去死？Z的叔叔简直不能想象。他能够想象那几十年时光，在她，是由什么排列成的，但不能想象她的心或者她的命，怎么能够挨过那些时光。在他自己被打倒（也被称为"叛徒"）的那些年月，他曾经没有去死，没有从一根很高很高的烟囱上跳下去那是因为还有人知道他是冤枉的，因为妻子和女儿非常及时地对他说了"我们相信你是清白的"。那根烟囱有十几层楼高，就矗立在他家窗外不远的地方，趁天黑爬上去不会有人发觉，跳下来必死无疑，跳下来，肯定无法抢救，只要爬上去，只要一闭眼，就可以告别这个世界，一闭眼这个噩梦一样的世界就可以消散了。仅仅因为，妻子和女儿的那句话，因为那句话的及时，如今他才能够再到故乡。"我们像过去一样爱你，我们知道你不是'叛徒'，我们相信你是清白的。"这话让他感动涕零，是他一生中听到过的最珍贵的话语。仅仅因为这个，因为那句话，因为及时，现在这葵林里才有一个踽踽独行的老人和他的影子。可是，她呢？

不不这不能混为一谈，是的，即便在写作之夜这也不容混为一谈。那么好——可她这个人呢？她和你一样的心灵呢？和所有人一样渴望平等，渴望被尊敬，渴望自由、平安、幸福的那颗心呢，她是在怎样活着的呀？

我听人说起过一个叛徒，他活着，他没有被敌人杀掉也没有被自己人铲除，他有幸活了下来，但在此后的时间中，历史只是在他身边奔流，人群只是在他眼前走过，他停留在"叛徒"的位置如同停留在一座孤岛，心中渺无人烟，生命对于他只剩下了一件事：悔罪。这个人，在我的想象中进入北方的葵林，进入一个女人的形象。这个人，可以是一个女人，但不限于一个女人，她可以在北方的葵林里，也可能在这葵林之外的任何地方，与我的写作之夜相隔几十年，甚或几千年，叛徒——古往今来，这是多少人的不灭的名字和不灭的孤岛啊。几十年甚或几千年后，有一个老人终于想起要去看看她。我把希望托付给这个老人，并在写作之夜把这个老人叫作"Z的叔叔"，虽然他也并不限于Z的叔叔。

152

从北方老家传来过消息：她的丈夫，那个狱卒，已经死了。死得很简单，饥荒的年代，上树打枣时从树上摔了下来，耽搁了，没能救活，死的时候不足四十岁。

从北方老家传来过消息：她的一儿一女都长大了，都离开了她，各种原因，但各种原因中都包含着一个原因——她是叛徒。她赞成儿女都离开她，希望他们不要再受她的连累，希望他们因而能有他们满意的家——丈夫、妻子和儿女。她希望，受惩罚的只是她自己。独自一人，她守着葵林中的那间黄土小屋，寂静的柴门寂静的院落，年复一年，只有葵林四季的变化标明着时光的流转，她希望在这孤独的惩罚中赎清她的罪孽。

从北方老家传来过消息：对所有的人，她都是赔罪的笑脸，在顽童们面前也是一样。"喂，叛徒！"不管谁喊她，她也站住。"嘿，你是不是叛徒？""你是不是怕死鬼？是不是个自私鬼？是不是个坏蛋？""说呀，你是不是有罪？"不管谁问，不管什么时候什么人问，她都站下来，说"是"，说"我是"，然后在人们的讪笑声中默默走开。她不能去死，她知道她不应该去死，活着承受这不尽的歧视和孤独，才是她赎罪的诚心。

从北方老家传来过消息："文革"中，和几十年所有的运动中，不管是批判什么或者斗争谁，她都站在台上，站在一旁，胸前挂一块"叛徒"的牌子，从始至终低头站着，从始至终并不需要她说一句话，但从始至终需要她站在那儿表明罪孽和耻辱。

从北方老家传来过消息：她一天到晚只是干活儿，很少说话。所有的农活儿她都做得好，像男人一样做得无可挑剔。她养鸡、养猪、纺线、织布……自食其力，所有的家务她都做得好，比所有的女人都做得好。她从没生过病，这是她的造化。

从北方老家传来过消息，说：有一回过年，她忽发奇想，要为自己的家门上也写一副春联，但她提起笔，发现她已经几十年不写字几乎把所有字都忘了。她攥着笔，写不出字，泪如泉涌，几十年中人们第一次听见她哭，听见她的小屋里响起哭声，听见她哭了很久。此后她开始写字，在纸上，纸很贵就在地上，在地上不如在葵花的叶子上。有人见过葵叶上她的字，有人把那些有字的葵叶摘下来拼在一起，拼出了一句话——"我罪孽深重但从未怀疑当初的信仰"。

从北方老家传来过消息：就从那一年，从葵花的香风飞扬的日子开始，茂密的葵林里常常能够找到有字的葵叶。那个女人，她疯了，她可能是疯了吧？有字的葵叶逐日增长，等到葵籽收获的季节，在你伸手就能摘到的葵叶中，十之一二便有那个疯女人写下的字。老人们以此吓唬孩子，孩子们便不敢独自到葵林深处去。幽会的情人们把有字的葵叶揪下来，扯碎，自认晦气。那个女人，她老也老了，又要疯了不成？葵叶上的字，写来写去并不超出那十五个。人们把十五个字拼来拼去，似乎也再连不出其他更为通顺的句子。

153

这很像是一个笑话，但这是一种现实：Z的婶婶，或者并不限于Z的婶婶，已经去国外经营私人餐馆了，但葵花林里的那个女人永远是抬不起头来的叛徒。这很像是一个笑话但这是一种现实：一些人放弃了当初的信仰坦然投奔了另一种生活，乐不思归，剩一个往日的叛徒在葵花林里默默坚守当初的信仰，年年月月甚或日日夜夜，都在为当年的怯弱而赎罪。

不是这样吗？

Z的叔叔不语，一步一步，走着葵林间的小路。

然后，也许是Z的叔叔也许是别人，回答：不不，问题不在这儿。问题在于她贪生怕死，问题在于，她的叛变殃及了别人。

别人？谁？她的母亲和她的妹妹？

不。她的同志。

原来这样。但是敌人只给她两种选择，要么殃及她的母亲和妹妹，要么殃及她的同志，她可，应该怎么选择呢？

Z的叔叔没有回答。或者别的什么人，没有回答。

但是回答已经有了，回答已经存在了几十年甚或几千年：殃及了同志她就是叛徒就应该受到惩罚，而殃及了那两个无辜的人——就像你当年那样——她说不定还可以成为英雄还可以享受着光荣。

像我当年那样？

Z的叔叔惊讶地看着四周熟悉的葵林。无边无际的虫鸣使它更加寂静，但每一朵葵花都在寂静中奋力开放，每一只蜂儿都在葵花的香风里尽情飞舞。

对，像你当年那样。你把她领进了那信仰，然后你跑了，让她独自去面对敌人给她的两种选择。

Z的叔叔在葵林里走，走得很慢，影子在坎坷的土地上变化着形状。

你为什么跑？你怕什么？怕被敌人抓去，对吗？

对，但是……

别说什么但是。你只回答，被敌人抓去有什么可怕？

可是……

没有什么可是。你当然知道，那可怕的，都是什么。

不过，我敢说我并不怕死。

现在谁都敢这样说，可当时你怎么死里逃生了呢？而且，你现在也只是挑选了一种最简单的局面，比她曾经想象的还要简单。而且你现在也明白，那不是一个死字就能抵挡的局面。如果敌人只送你一死，那么不管你是坚强还是软弱你就都可能是一个英雄了。而且现在你也常常在想：如果她在几十年前的那个葵林之夜被追捕的敌人开枪打死，你就不是要抛弃她而是要纪念她了。

Z的叔叔在葵林里走着，影子在层叠的葵叶上扭曲、漂移。

不单你知道那局面是怎样的可怕，所有憎恨叛徒的人都知道那是怎样的可怕。所以才有"叛徒"这个最为耻辱的词被创造出来，才有"叛徒"这种永生的惩罚被创造出来。

你听不懂吗？那么，憎恨叛徒的人为什么憎恨叛徒？

对,主要不是因为叛徒背叛了什么信仰。信仰自由嘛。就是说每个人都可以自由地信仰,和自由地放弃任何信仰。

主要是殃及。就是你说的那种——殃及!就是说,叛徒,会使得憎恨叛徒的人也走进叛徒曾面临的那种可怕的处境。

疼痛、死亡、屈辱、殃及无辜的亲人、被扯碎的血肉和心魂……

人们深知这处境的可怕,就创造出一个更为可怕的惩罚——"叛徒",来警告已经掉进了那可怕处境中的人,警告他不要殃及我们,不要把我们也带进那可怕的处境。"叛徒"这个词就是这样被创造出来的,作为一种警告,作为一种惩罚,作为被殃及时的报复,作为预防被殃及而发出的威胁,作为"英雄"们的一条既能躲避痛苦又能推卸责任的活路,被创造出来了。

不是这样吗?那,你为什么逃跑?我们,为什么谁也不愿意走到她的位置上去,把她从那可怕的处境中救出来呢?

你知道,那处境太可怕了,是呀我们都知道,所以,但愿那个被敌人抓去的人不要说出你也不要说出我,千万不要说出我们,不要殃及我们。那可怕的处境,就让他(她)一个人去承受吧。

我们是这样害怕被殃及,因为我们心里还有一个秘密,那就是:我们也可能经受不住敌人的折磨,我们也可能成为叛徒,遭受永生不完的惩罚。这是那可怕处境中最为可怕的背景。

否则我们就无须这么害怕被殃及,我们就不必这么痛恨被殃及。否则,那就不是什么殃及了。让软弱的人滚开让坚强的人站出来吧,如果我们相信我们肯定经受得住一切酷刑,还有什么殃及可言呢,那就是一个光荣的机会了。

是呀是呀，如果敌人的折磨不那么可怕，我们去做英雄就是了，谈什么殃及？如果成不了英雄，后果不是更加可怕，敌人的折磨也就没那么可怕，实在受不住的时候我们投降就是了。但是，真可谓"前怕狼后怕虎"，"叛徒"——这个永生的惩罚被创造出来之后，那处境就更加可怕了，就是完全的绝望了。一个人只要被敌人抓住，他就完了，他就死了，或者，作为人的生命和心魂，就已经结束了。多么滑稽，我们为了预防被殃及而发出的威胁，也威胁着自己，我们竟制造出了人的更为可怕的处境。这时候，人的惟一指望只可能是：不要被敌人抓住，以及，不要被叛徒殃及。

所以那次，你丢下她一个人，独自逃出了葵林。你知道，如果被敌人抓住，一边是死，另一边还是死，或者一边是无休无止的折磨，另一边是永生永世的惩罚。所以你借助那个少女的单纯和激情，借助她对你的爱，自己跑掉了。

别这么刻薄，别这么刻薄吧。我没有那样想，当时我也来不及那样想。我跑了，跑出葵林，那完全是出于……出于本能。

出于求生的欲望？出于逃避折磨，和，逃避永生惩罚的——人的本能？

也许是吧，哦，就算是吧。

那么她呢？

她的求生欲望就应该被忽略，是吗？还有她的母亲和妹妹，她们就应该替你去死，替你去受那折磨？要是她，不忍看着无辜的亲人被杀死、被折磨，她可怎么办呢？总而言之，如果她像你一样，想活着，她就得死；如果她像你一样，不想受折磨，她就得受永生永世的惩罚。是这样吗？

Z的叔叔，或者并不限于Z的叔叔，在葵林里坐下。

很累了，他坐在土埂上。真是很累呀，他扑倒在土地上。向日葵的根须轻扫着他的脸颊，干裂的葵秆依然发散着香气。

他想在那香气中睡一会儿，或者就永远这样睡过去，不要醒，不要醒，只要不再醒这个世界就会消散，就像从那根高高的烟囱上跳下来一样，不过比那要舒服得多了……那根烟囱好高呀，就在他的窗外，不远，每天都能看见它冒着白色或黑色的烟……他曾几次走到那大烟囱下面，在那儿徘徊……有一天，他在那儿碰见两个孩子，男孩儿问："老爷爷，我敢爬上去，你信吗？"女孩儿说："你要掉下来摔死的，我告诉妈妈去！"男孩儿问："老爷爷你敢爬上去吗？"女孩儿却忽然认出了他，喊："不，他不是老爷爷，他是叛徒（走资派、黑帮、特务……）！"男孩儿问："叛徒？什么是叛徒？"女孩儿告诉他："叛徒就是坏蛋！这你都不知道？"男孩儿仰起头来问他："是吗？"他摸摸两个孩子的头："是，叛徒是坏蛋，可我不是叛徒。""那为什么我妈妈说你是呢？""你妈妈不知道，你妈妈她，并不了解。""那我去告诉妈妈，您不是。""谢谢你，可她不会相信。""那你自己去告诉她好吗？走哇，我带你去。""不，那也没用。""为什么？""啊，你几岁了，还有你？"男孩儿："七岁。"女孩儿："五岁半！"她说，伸出五个指头，然后把所有的指头逐个看遍，却想不出半岁应该怎样表示。"不要上去，"他望望那根烟囱说，"你们还小，不要爬到那上面去，答应我好吗？"……那天，他和那两个孩子，在那根大烟囱下面玩了好一会儿，两个孩子已经把叛徒的事忘了……现在那两个孩子在哪儿？他们肯定已经长大了，那天的事他们可能已经忘了，如同从未发生，但是"叛徒"这个词他们再不会忘了，不管是不是从那天开始记住的，这个词他们也会牢记终生……

他躺在葵林里，把耳朵贴在地上，能听见小昆虫在枯干的葵叶上爬，微合双目，能听见方圆几里之内各种昆虫的欢歌笑语，甚至能听见很远的地方火车正隆隆地驶来又隆隆地远去了，各种声音，多么和平多么安详，多么怡然自得……各种声音慢慢小下去，慢慢虚渺起来漫散开去，细细的但是绵长的声音，就要消失，也许世界……就是这样消失……也许世界的消失……就是这样……如同睡去……沉睡而且没有梦想，一切都沉下去以至消失，或者都漂浮起来以至消散……但他渐渐蒙眬的目光忽然一惊，看见了一张有字的葵叶。

Z的叔叔坐起来。或者，并不限于Z的叔叔。

那个字是：罪。

十五个字中的一个。果真如此。

那字，一笔一画，工整中有几分稚气，被风雨吹打过，随着叶脉裂开成三块。

他看着那个字。很久。

那张叶子，渐渐变红，涂满夕阳的颜色。

"不，这不对！"他站起来，向着暮色沉重的葵林喊，"那是为了事业，对，是为了整个事业不再遭受损失！"

血红色的葵林随风起伏、摇荡。暮鸦成群地飞来，黑色的鸟群飞过葵林上空。

什么事业？惩罚的事业吗？

不，那是任何事业都不可避免的牺牲。

那，为什么你可以避免，她却不可避免？

这样的算法不对，不是我一个，被殃及的可能是成百上千我们的同志。

为什么不能，比如说在你一个那儿，就打住呢？就像你们希望在她一个人那儿打住一样。或者，为什么不能在成千上万我们的同志中的任何一个人那儿打住呢？成千上万的英雄为什么没有一个站到她的那个位置上去，把这个懦夫换下来，让殃及，在一个英雄那儿打住？

如果有人愿意站到她的位置上去，那就谈不上什么殃及。如果没有人愿意这样，一个叛徒的耻辱，不过是众多叛徒的替身，不过是众多"英雄"自保的计谋。

不对不对！她已经被抓去了，就应该在她那儿打住，不能再多损失一个人。

噢，别说了，那只是因为你比她跑得快，或者只是她比你"成熟"得晚。真的，真的别说了。也许我们马上就要称称同志们的体重了，看看谁去能够少损失几斤。就像一场赌博，看看是谁抓到那一手坏牌。

可是，可是不这样又怎么办？一个殃及一个，这样下去可还有个完吗？

这样下去？你是说就怕没有一个人能打得住，是吗？所以大伙就都希望在她那儿打住？

总归是得在一个人那儿打住，这个人，为什么不能是她呢？

噢，是的，这我倒忘了。而且这下，我们的良心就可以轻松些了。

如果在她那儿打住了，我们就更可以轻松了。

如果她被敌人杀死，我们会纪念她，我们会为一个英雄流泪，这时，其实我们的良心还是轻松的。我们会惋惜，我们会说："她这么年轻就死了多么可惜，我们多么希望她还活着，希望她活着也看看胜利，也能享受人生，她还那么年轻，尤其她的心灵那么美好她的精神那么高尚，她不该死，她有权利享受一切幸福美好的生活。"我们会这么说，我们一定会这么说。但，你注意到一个怪圈了么？注意吧：如果她高尚她就必须去死，如果她活着她就不再高尚，如果她死了她就不能享受幸福，如果她没死她就只能受到惩罚——自从她被敌人抓去，这样的命运，在她，就已经注定了。

可这，是敌人的罪行！

不错，我们要消灭的正是这样的罪行，否则我们要干吗呢？可敌人也是在惩罚呀！世世代代这人间从未放弃过惩罚，惩罚引起惩罚，惩罚造就惩罚，惩罚之后还是惩罚，可是人的价值在哪儿呀？一个人，一个年轻的生命，一颗满怀憧憬的心，一双纯真无邪的眼睛，一种倾向正义的愿望，在这惩罚与惩罚之间早已死去……

不对！方法相同，但目的完全可以不一样。

可以吗？恨的方法，可以实现爱的目的吗？

何况，目的，在哪儿呢？如果它不在方法里，它还能在哪儿呢？在终点吗？我们叫作开始的往往就是结束/而宣告结束也就是着手开始/终点是我们出发的地方。

Z的叔叔，或者并不限于他，坐在葵林里，坐在月光下：那你说，该怎么办？她该怎么办，我又该怎么办？还有你，我们到底应该怎么办？

葵林又复寂静。

说呀，这回你怎么不说话了？

寂静中埋藏着一个巨大的问题，必定也埋藏着一个艰深的答案。

我不知道。

我只知道，我们应该寻找那个答案。

我只知道——我在Z的叔叔耳边轻声说——你是爱她的，这么多年了你一直是爱她的，你一天也没有忘记她。我只知道——我在Z的叔叔心里轻声说——你是爱她的所以你还要爱她。

Z的叔叔，找到了十五张写有不同的字的葵叶。借助月光，他把十五张叶子摆开，拼成一句话：我罪孽深重，但从未怀疑当初的信仰。

然后月光渐渐昏蒙，葵林开始像海涛一样摇荡，风，掀起了漫天的葵花香。

他依旧坐在葵林里，不动，似乎身心俱寂。

一直到风把十五张叶子吹开，重新吹进葵林深处。

一直到，第一滴雨敲响了不知哪一张葵叶。

一直到八月的暴雨震撼了整个葵林，每一张葵叶都像在喊叫。

154

分别几十年后，一个暴雨倾盆的深夜，传说，葵花林里的女人等来了她年轻时的恋人。

诗人L周游四方，走进北方的葵林，听见了这个传说，从而传进我的写作之夜。

暴雨中的葵林如山摇海啸，轰鸣不止。但Z的叔叔一走近那个柴门虚掩的农家小院儿，年轻时的恋人就听见了他的脚步声。震耳欲聋的暴雨和葵林的轰鸣之中，那女人也能听见是谁来了。Z的叔叔刚在柴门前站下，屋里就亮起了灯光。之后很久，屋里和院外，葵林的喧嚣声中是完全的寂静。

然后，屋门开了。女人并没有迎出门。屋门开处，孤淡的灯光出来，照耀着檐下的雨帘，那意思像是说："你到底是来了。"

养蜂老人对诗人说：她听见他来了，这不奇怪。

养蜂老人对诗人说：几十年了，她独自听惯了葵林的一切声音，无论是喧嚣还是安详，在她都是一样，在她的耳中和心里都只是寂静。

养蜂老人说：几十年了，从没有人的脚步在深夜走近过她的院前。上万个黄昏、夜晚和黎明，她都听着，有没有不同寻常的声音，有没有人向她走来。几十年了她不知不觉就这样听着，她能分辨出是狐狸还是黄鼬的脚步、是狗还是獾在走，她能听出是蛐蛐儿还是蚂蚱在跳、是蜻蜓还是蝴蝶在飞。

养蜂老人说：如果有不同寻常的声音，便是在梦里她也能分辨。如果有人在深夜向她的小院走来，她早就料到，那不可能是别人，必是仍然牵挂着她的那个人，必是几十年前曾经回来曾经站在葵林边向她眺望，而后只言未留转身离开了故乡的那个人。

诗人周游四方，在八月的葵林里住下。葵花不息的香风中，诗人时常可以望见那座草木掩映的小院，白天有炊烟，夜晚有灯光，时常可以看见那个女人吆喝着牲口出门又吆喝着牲口回家，看见她在院中劈柴、推磨、喂猪喂鸡。很少能看见那个男人，同时，小屋的窗上自那个雨夜之后一直挂着窗帘。

葵林一带，认识Z的叔叔的人，死的死了，活着的也都老眼昏花，于是葵花的香风所及之处先是传说：那个女人，熬了这么多年到底是熬不住了，悄悄养下了一个野汉。

虽然人们相互传说时掩饰不住探秘的激动，以及对细节的浓厚兴趣，但人们似乎对这一事件取宽容的态度。可能是因为，这宽容，可以让大家一同受益，让众人黑夜和白日的诸多艳梦摆脱诘难，从一声声如释重负的慨叹中找到心安理得的逃路。这宽容，很可能还包含一种想当然的推断：他们都已经老了，不会再惹出什么肉体上的风流事端。但好奇心不减的一些男人和女人，便在半夜，悄悄地到那小屋的后窗下去听，他们回来时哧哧地笑着说，听见了那两个老人做爱的声音……

真的呀？

不信你们自己去听听，一张老木床嘎吱嘎吱响得就像新婚之夜。

另外的人便也趁月色，蹑手蹑脚到那小屋近旁去听，藏在葵花叶子后面。

可不是吗，整个黄土小屋都在摇晃，那呻吟和叫喊简直就像两头年轻的狼。

他们……互相说什么没有？

女人说，她已经老了，美妙的时光已经一去不返，女人说我已经丑陋不堪。

男人呢，他说什么？

男人说不，说你饱经沧桑的脸更让我渴望，你饱受磨难的身体上，每一条皱纹里，每一丛就要变白的毛发中，都是我的渴望。

女人呢，又怎么说？

女人说，她没想到她还能这样，她原以为她的欲望早已经死尽了。她问男人，你不是可怜我吧？啊？你不是仅仅为了安慰我吧？

男人说你自己看哪，他要女人看他，他说我原以为已经安息了的……又醒来了……我以为早已安息了的就会永远安息了，可他又醒来了……

于是在明朗和阴暗的那些夜里，有更多的人去那小屋周围去听，连一些老人也去听。

是，是真的。听过的人纷纷传说，他们差不多整宿都在做爱，就像夜风掀动葵涛，一浪高过一浪。

那女人喘息着说不，说不不我不配你爱……我是一个有罪的人你应该惩罚我，我罪恶滔天我多么希望你来惩罚我，是你，是你来惩罚我，我不要别人……我不要别人我要你来，你来狠狠地惩罚我吧，打我揍我，侮辱我看不起我吧，我愿意你鄙视我，我喜欢……因为那样，别人就不会来了，他们就不再来了，他们就不再冷冷地看我……那样我就能知道，惩罚我的，一直是你而不是别人，只有你没有别人……那样我的罪孽就尽了，他们就不会来了……

那男人先是一动不动什么声音也没有，很久，他照女人要的做了……那女人，她就畅快地叫喊、哭泣，仿佛呢喃，肆无忌惮地让她的亲人进入她，享受着相依为命般的粗鲁，和享受着一泄无余的倾注……她不停地喃喃诉说……我是叛徒，你知道吗我是可耻的叛徒哇，我是罪人你知道吗？你狠狠地惩罚我吧但是你要我，你不要丢弃我……你还是要我的，是吗？我是个怕死鬼，我是个软弱的人，我要你惩罚我可你还是得要我，你还是要我的是不是？告诉我，你惩罚我但是你要我，你惩罚我是因为你一心想要我……

这葵林的八月传进我的写作之夜，有一件事，刹那间豁然明了：那女人的受虐倾向，原是要把温暖的内容写进寒冷的形式，以便那寒冷随之变质，随之融化。受虐的意图，就像是和平中的一个战争模型，抽身于恐怖之外，一同观看它的可怕，一同庆幸它的虚假。当爱恋模仿着仇恨的时候，敌视就变成一个被揭穿的恶作剧，像噩梦一样在那女人的心愿中消散，残酷的现实如噩梦一样消散，和平的梦想便凝成那一刻的现实了。

那男人，他扑进女人伤痕累累的身体和心中，说：我从来是要你的，几十年了，我心里从来是要你的，我担心的只是你还会不会再要我，你还能不能再爱一个人。

葵林一带，老眼昏花的人们忽然醒悟，随之到处都在传说：那个女人，对，那个叛徒，她当年的恋人回来找她了。

养蜂老人对诗人说：看吧，这下长不了啦。

诗人L问：你说谁？那个男人吗？

养蜂老人说：他待不长了，他又要走啦。

诗人L问：为什么？

养蜂老人沉默良久，说：还能为什么呢？"叛徒"这两个字不是诗，那是几千年都破不了的一句咒语呀，比这片葵林还要深，比所有的葵花加起来还要重，它的岁数比这葵林里所有人的岁数加起来还要大呢……

诗人L走进葵林之夜，走到那黄土小屋的后窗下，站在八月的暴雨里。

诗人听见那女人对男人说："你可还记得南方？可还记得我们年轻的时候？可还记得天上飞着一只白色的鸟吗？"

诗人听见那男人对女人说："白色的鸟，飞得很高，飞得很慢，一下一下扇动翅膀，在巨大的蓝天里几乎不见移动。"

"那只白色的鸟，"女人说，"盘旋在雨中，或在雨之上，飞得像时间一样均匀和悠久，那时我对你说什么你还记得吗？"

"你说让我们到风里去到雨里去到葵花茂盛的地方去，让风吹一吹我们的身体，让雨淋一淋我们的欲望，让葵花看见我们做爱，"男人说，"我们等了多少年了呀现在就让我们去吧。"

"可我怕，我怕外面会有，别人。"

"别怕，那儿只有风和雨，只有葵林，只有我和你。"

……

诗人于是看见，两个老人走出小屋，走出柴门，男人和女人走进风雨的环抱，走进浪涌般葵叶的簇拥，走进激动的葵花的注目……他们都已经老了，女人的乳房塌瘪了，男人的脊背弯驼了，皮肤皲裂了松弛了，骨节粗大了僵涩了，风雨吹打得他们甚至喘息不止步履维艰，但他们相互牵一牵手，依然走得痴迷，相互望一望，目光仍旧灼烫……八月的暴雨惊天动地，要两个正在凋谢的身体贴近、依偎，要两个已入暮年的心魂重现疯狂，不要害怕，不要羞涩，不要犹豫，那是苦熬了一生而盼来的团聚……他们虔敬地观看对方的身体，看时光走过的地方雨水流进每一条皱纹……男人和女人扑倒在裸露的葵根旁，亲吻、抚慰，浑身都沾上泥土，忘死地交合……坦荡而平安，那是天赋的欲望，坦荡平安，葵林跟随着颤栗，八月暴雨的喧嚣也掩盖不住他们无字的呼唤与诉说……诗人远远地看着他们，并不觉得有什么不恭，毫无猥亵，诗人感动涕零满怀敬意……

当然，这只是诗人的梦想。

只是诗人L的想象和希望。

过了八月，果然如养蜂老人所料，Z的叔叔或者不限于他，再度离开葵林。

L看见，整整一宿，那黄土小屋的灯没熄。

L听见，那女人说："你走吧，离开我，离开我……因为……因为我爱你所以我不能连累你……我爱你，我不能把你也毁了……我爱你但是，我不应该爱你……你走呀，离开我离开我吧……你来过了这就够了，记住我爱你，这就够了……放心吧我不会去死，我爱你所以我不会去死……啊，我不应该爱你，我也，不应该去死……不应该不应该不应该……我从始至终就是这样……"

L听见那男人低声地说："可是，每一个人，都可能是你。每一个幸福平安的人,都可能是你……"

L听见那女人回答:"可是,并不需要每一个人都是我……你走吧,离开我,离开这葵林,离开我就是你对我的宽恕……"

L看见,翌日天不亮,那女人送那男人出了葵林。

诗人无比遗憾。梦想总败于现实,以及,梦想总是要败于现实么?

诗人L收拾行囊,也要离开葵林。他拿出地图,再看那巴掌大的一块地方,仍梦想着在数十亿倍巴掌大的那块地方,与他的恋人不期而遇。

155

与此同时在南方,母亲——Z的母亲或者WR的母亲,或者不限于他们的母亲,走进当年的那座老宅院。荒草满院,虫声唧唧,老屋的飞檐上一轮清白的月亮。

母亲拾阶而上,敲一敲门。

门开了。开门的是一个老头儿,同母亲一样鬓发斑白。

"您找谁?"

"几十年前,我是这座房子的主人。"母亲说,"您认不出我了?"

"噢噢……对不起,您老了。"

"不用对不起。您也是,也老了。"

母亲进到老屋,绕一圈,看它的每一根梁柱。老屋也只是更老了,格局未变。

老头儿跟在后边,愣愣地望着母亲,像是惊诧于一个无比艰深的问题。

"您还记得我托过您的事吗？"母亲问。

"当然。记得。"老头儿混浊的眼珠缓缓转动，目光从母亲的白发移向一片虚空，很久才又开口，"这么说，真的是有几十年丢失了？"

"是呀，几十年，"母亲坐下说，"几十年就好像根本没有过。"

老头儿一声不响，仿佛仍被那个艰深的问题纠缠着。

"这几十年，"母亲问，"可有人到这儿来找过他的妻子和儿子吗？"

"没有。"老头儿说，"不，我不知道。不过这儿有您的一些信。"

老头儿拎过一只麻袋，那里面全是写给母亲的信。母亲认出信封上的字体，那正是她盼望了多年的。

"您为什么早不寄给我？"

"我也是才回来。我回来，看见门下堆满了这些信，看见屋里的地上，到处撒满了这些给您的信。"

"您，到哪儿去了？"母亲问。

"大山里，我只记得是在没有人的大山里，就像昨天。"老头儿闭上眼睛。很可能这时，几十年时光试图回来，但被恐惧阻挡着还是找不到归路。

母亲一封封地看那些信，寄出的年月不一，最早的和最近的相隔了几十年。她看那封最近的，其中的一段话是：

……一个非常偶然的缘故，使我曾经没有上那条船。那条船早已沉没了，而我活着，一直活到了给你们写这最后一封信的时候。我活着，惟一的心愿就是还能见到你们。可我不知道你们是否活着。如果你们活着，也许你们终于能够看到这封信，但那时我肯定已不在人间。这样,那个偶然的缘故就等于零了——我曾经还是上了那条船……

母亲收好所有的信,见那老头儿呆坐在书桌前。母亲走近他。

"您在写什么?"

"我要写下昨天。"

书桌上堆满了稿纸。母亲环顾四周:到处都是一摞摞的稿纸,像是山峦叠嶂,几千几万页稿纸上密密麻麻写满了字。母亲走近去细看:却没有一个字是中文,也没有一个字像是这个星球上有过的字。

母亲谢过那老头儿,抱着那些信出来。黎明的青光中,她听见树上或是荒藤遮掩的地方,仍有儿子小时候害怕的那种小东西在叫,"呜哇——呜哇——"一声声叫得天不能亮似的。母亲在那叫声中坐下,芭蕉叶子上的露水滴落下来打湿了她的衣裳,她再把刚才那封信看一遍,心里对她思念的人说:不,你说错了,当我看到了这封信时,那个偶然的缘故才发生,才使你没有上那条船,才使你仍然活着,而在此之前你已葬身海底几十年。母亲把那封信叠起来,按照原来的叠法叠好,揣进怀里,可能就是在这时候她想:我得离婚了。

这个母亲,当然,可能是 Z 的母亲,也可能是 WR 的母亲,但并不限于他们的母亲,她可以是那段历史中的很多母亲。

选自《务虚笔记》第十六章

关于詹牧师的报告文学

序

想给詹牧师写一篇报告文学，已经有很久了。——仅此一句，明眼的读者就已看出，我是在套用伟人的路数。事已至此，承认下来是上策。我选择上策。

原来我甚至想题名为"詹牧师×传"的，可眼下不时兴作传了，无论是什么样的传。"正传"也不适宜。一来文体旧了，惟恐发散不出恰当的气息。二来有鲁迅先生，而且至今魅力犹存，只有常冒傻气的人才不懂：步伟人之后尘，只能愈显出自己的卑微和浅薄。由此也可见，我的套用绝非想也做一名伟人，实在倒是冒了"卑微和浅薄"的风险呢！不宜作传的第三个原因是：天有不测风云。明白说，你摸得清谁的底细？换言之，你敢担保谁的历史就完全清白？倘若你要为之作传的人当过三五天特务，或出卖过一两分钟灵魂呢？尤其是从那动乱年月中活过来的人，谁敢拍拍胸脯说自己一向襟怀坦荡、彻底问心无愧呢？为了给别人立传，竟至过早地为自己竖起了墓碑的人又不是没有过，所以得"悠着点"。这两年情况变了，但一般来说，"悠着点"总没亏吃。所以我还是决定不作传，而是给詹牧师写一篇报告文学。有说"为阶级敌人树碑立传"的，没有说"为阶级敌人树碑立报告文学"的。想来,"报告"二字妙用无穷,无论什么事,报告了,总归没错儿,就算遇见的是个特务,不是也得报告吗?

我要写报告文学,还因受了一个棋友的启发。那天我刚要吃掉他的老将儿,他忽然推说他还有些要紧的事得赶紧去办,这盘棋就先下到这儿,算我赢了。他说他预备写一篇报告文学,关于一位著名的女高音的,也可以是关于一位著名的老作家的,或者是关于一位著名的别的什么的。

我忽然想起了詹牧师。

"牧师?"棋友极力笑出几个高音,把输棋的尴尬完全替补了下去。

"那是他年轻的时候,做过一个基督教会的主讲牧师。后来他负责传呼电话。"

棋友的笑声更加响亮。等我把棋子码入棋盒,光从双方的表情判断,谁都会认为输棋的是我了。

"你还是自己去写那个传电话的牧师吧!"棋友说,"纸笔都现成,又不是生孩子,只有女人才会。"

我心里一动,觉得这话不无道理。

现今知道詹牧师做过主讲牧师的人不多了,知道他获得过神、史两项硕士学位的人就更少,多数人只记得,那个传电话的詹老头儿一向服务态度很好。这倒很像一篇报告文学的开头。一般报告文学都是从一个人的怀才不遇写起,写到其人终于蜚声某坛或成就了某项大事业止,顶不济也要写到被伯乐发现。可是,詹牧师末了还只是个传电话的。我相信这与他的面相有关:虽然天庭饱满,但下巴过于尖削,一直未能长到地阁方圆的程度。据说,年轻时,詹牧师为此曾很苦恼,查考过几本相书,也不使人乐观。而立之年一过,他转而愤懑,在一篇论文里曾写道:"基督精神本是一种自强不息的精神!"接着他引申了马丁·路德的思想,认为人要得到上帝的拯救,既然不在于遵行教会的规条,当然也不在于听任命运的摆布。最后他写道:"耶稣是被侮辱与被损害者的救星,在他伟大精神的照耀下,苦难众生都有机会得救,惟逆来顺受的宿命论者除外。"于是招来了反动统治阶级的怒目,甚至怀疑他与共产党有牵连。不惑之年的詹牧师更加成熟,时值全国已经解放,国计民生蓬勃日上,他进而怀疑了有神论,并于无意中贬低了他的主。他说:"有神论者都是因为并没有弄懂基督教的真谛,马列主义才是苦难众生的大救星!"这又得罪了很多同事。一些人说他是"墙头草"(相当于后来所说的"风派"),甚至干脆说他是犹大。詹牧师处之泰然,说:"倘不是为了三十块银币,而是为了真理,主耶稣是会赞同的。"

棋友正一心一意地琢磨着,一篇报告文学的字数以多少为宜。

"五万两千七八百字,你看够不够?"棋友问。

"凑个整儿吧,十万字,够一台彩电。"

棋友频频点头。

就在那一刻,我决心写一篇报告文学了。

上　集

写法嘛——其实和写新闻报道相去不远(顺便提一句,我在一家不大不小的报社工作),大概也都是记述一些事业的成功之人及其成功之路。说一说该人是怎么落生的,怎么长大的,具有怎样出色的品质和智能,于是克服了什么和什么，就怎么样和怎么样了起来。所不同的是，常常兼而介绍一下海燕和雄鹰的生活习性。比方说，海燕喜欢划破阴沉的天空，雄鹰则更善于"击"——鹰击长空。还有联系一下松树风格的、黄金品质的、某一星座之光芒的等等。也有侧重于气象及地理环境记载的，譬如：电闪，雷鸣，暴风雨震撼着这个小山村，在一间低矮的茅草棚里，一个婴儿呱呱坠地，一个伟大的生命来到了人间。

相当不幸！上述诸条，詹牧师一条都不占。前面已经说过，詹牧师因为差一项"地阁方圆"，始终没能伟大得了；而且连出生时的史料也早已散失。他自己当时过于年幼，又没记住是否下过雨，是否有过电闪和雷鸣；父母早逝，连生辰八字也是一笔糊涂账。并不是我一味地要套用伟人的路数，实在是因为詹牧师当时只顾了哭，倒把顶重要的事给忘记了。那时的户籍制度又很松懈，非要写一写他的出生情况不可的话，我只能说，是在一个秋风萧瑟的日子里，南飞的雁阵正经过一座小城的上空，教堂（帝国主义列强的一种侵略方式）的钟声悠长而恓惶地敲响，路旁的落叶堆中传出一个婴儿微弱的哭声，一对贫苦却善良的老人经过这里，毫不犹豫地收养了这个奄奄一息的弃婴，以至后来的七十多年内，世上有了詹牧师其人。不过我至今拿不准，这会不会也是依据了想象和杜撰。詹牧师常把一些颇具传奇色彩的事物记得很牢，记得久了，便以为自己也不过如此。譬如就说这生日，他早年总是在各式的表格中填上十月十日（按他被善良的老人收养了的那天算）。"文化大革命"期间，有一个出生于十月一日的"红五类"人士，狠狠地嘲笑了他的十月十日，说是"这也不无阶级性"。詹牧师先是羡慕人家，继而慢慢回忆：自己在落叶堆中未必只是待了一天，而且生母在遗弃自己之前是不会不痛苦的，不会一生下来就拿去扔掉，想必是犹豫了一个多礼拜的，如此算来，自己的生日也应该是十月一日。为这事詹牧师跑了不少次派出所，申明了理由，要求把颠倒了的历史重新颠倒过来。他儿子问他，为什么不把生年也改成一九四九呢？"那样，我在学校里的日子也会好过一些"，他儿子说。詹牧师无言以对。詹夫人一向的任务就是在父子间和稀泥，此刻为丈夫解围道："你爸爸不是那种……"哪种呢？没有下文。其时，詹夫人边洗菜边考虑应不应该告诉儿子，詹牧师小时候的名字叫"庆生"，虽然是为了庆贺于落叶堆中侥幸存活而起，而且是在辛亥革命之前，但与十月十日联在一起想，总不见得会有好处。詹夫人抬头望望丈夫那一脸花白的胡楂、那一脸愁苦的皱纹，心里一阵阵发酸。那个和她一起戏水、撑船的少年庆生到哪儿去了呢？那个教她糊风筝、放风筝的快乐的庆生到哪儿去了呢？岁月如梦如烟，倏忽即逝哟！她于是只对儿子说："你也会老哇——"儿子不耐烦地走出去。詹牧师蹲过来，帮着夫人洗菜。

"你不要往心里去。"詹夫人说。

"我没有。"

"他还是个孩子。"

"我知道。"

"我看得出来，你心里不痛快。"

詹牧师一个劲儿洗菜，不言语。

"别总瞎想。"

"你是不是也嫌我老了？"詹牧师说，洗菜的手有些发抖。

詹夫人呆愣了片刻，故意笑笑："谁嫌谁呀，咱们俩都老喽！"

"可我要做的事，还都没做。"

他们默默地洗菜。

再有，写报告文学势必得懂些音乐。人家问你，《命运交响曲》是谁作的？你得会说：贝多芬。要是进而再能知道那是第五交响曲，"嘀嘀嘀噔——"乃是命运之神在叩门，那么你日后会发现这有很广泛的用途，写小说、写诗歌也都离不了的。美术也要懂一点，在恰当的段落里提一提毕加索和《亚威农的少女们》，会使你的作品显出高雅的气质。至于文学，那是本行知识，别人不会在这方面对一个写报告文学的人有什么怀疑，有机会，说一句"海明威盖了"或"卡夫卡真他妈厉害"也就足够。等等这些吧，我都不行，重要的是怎么把这些知识联系到詹牧师身上去。詹牧师当年做牧师的时候会弹两下子管风琴，可等我认识了詹牧师的时节，这早已成了历史。教堂里的管风琴年久失修是一个原因，人家不再让他进教堂也是一个原因。惟一能把詹牧师和音乐联系起来的，是第九交响曲中的那支歌："欢乐女神，圣洁美丽，灿烂阳光照大地……在你的光辉照耀之下，四海之内皆兄弟……"这歌詹夫人爱唱，她年轻时懂一些贝多芬，嗓子又好，中学时代就是校合唱队的主力，詹牧师也就会唱。其实詹牧师还会唱很多歌，但可惜都与我主耶稣有关，后来没有机会再唱了。小时候在故乡，不知怎么一个机缘，詹牧师（那时是詹庆生）被选进了小教堂的唱诗班。可以想见，那时他的嗓子还很清脆，眼睛还很明澈，望着窗外神秘莫测的蓝天，虔诚地唱："我听主声欢迎，召我与主相亲，在主所流宝血里面，我心能够洗净……"门边站着个小姑娘，听得入迷，痴痴盯着少年庆生。那就是后来的詹夫人，姓白，名芷，听起来像一味中药。

爱情是个永恒的主题，照例不该不写。然而，詹牧师对自己的罗曼史从来是讳莫如深的。在他活着的时候，我也没有深问过他这方面的事，如今既然决定写一篇报告文学，便只好额外下了些功夫——向他的亲友们做了一些调查，片片段段汇总起来，所能写的也不过这么几条：

（一）詹牧师的老丈人是个开药铺的小老板，兼而也做做郎中，家里还有几亩好地，雇了人种。詹庆生十四岁上到这药铺做了学徒，起早恋晚地跟师父里里外外地忙，人很勤俭，懂得爱惜各种草药，脑子灵，算盘又打得好，很为小老板赏识。虽然出于某种规矩，学徒的生活照例清苦，但少女白芷对他明显地关照，小老板亦均认可。至于小老板膝下无儿，是否有意把少年庆生培养成继承人一节，现已无从考证。

（二）少年庆生绝非甘愿寄人篱下之辈，平生志愿也绝非仅一小老板耳。每晚侍候得师父洗了脚，师母也喝完了芦根水，他便到店堂里去读书。什么《医宗全鉴》《本草备要》《濒湖脉诀》《雷公药性赋》早已不在话下；《三国演义》《水浒传》《东周列国志》更是读到了烂熟的程度；连《玉匣记》《枕中书》《择偶论》，乃至《麻衣相法》《阴阳八卦》，都读；甚至不知从哪儿淘换来一批孔、孟、老、庄的经典及诸子百家的宏著……小老板见他是读书，也就不吝惜灯油。那时白芷已经上了初中，时常悄悄溜进店堂，带来了各式各样的新书：天文、地理、生物……乃至一些新文学的代表作。据说也有鲁迅先生的《狂人日记》，也有胡适的文章。两小无猜，在灯下兼读、兼嚷、兼笑。老板娘虽看不上眼，小老板却开明而且羡慕。小老板逐渐明白，这徒弟是不会长久在此耽误前程了。

（三）青年庆生学识日深。凭着小老板的灯油，他自学了全部中学课程。靠了白芷的鼓励，他决定弃商就学。不料,机会却决定了人生。每逢礼拜日,他照例去小教堂唱诗,听讲,竟被"信主兄弟不分国族,同来携手欢欣,同为天父孝顺儿女,契合如在家庭"一类的骗局所惑,决心去学神学了。他对他的少女说:"这不和你唱的四海之内皆兄弟是一样的吗?"两人都很高兴,觉得比小老板的"回春堂"要妙多了。"那你还能结婚吗?"白芷问。"能,当了牧师也能。"庆生回答。白芷放心了。他们在故乡的小路上边走边想,边想边唱:"在主爱中真诚的心,到处相爱相亲,基督精神如环如带,契合万族万民。"故乡欢畅的小河载着阳光和花瓣,流过山脚,流过树林,流过"回春堂",流过小石桥和小教堂。教堂的钟声飘得很远,小河流得很远,青年庆生也将走向很远的地方。他们不知道有什么骗局,远方有没有深渊。

(四)青年庆生考上了一所著名大学的神学院,课外帮助别人抄写文稿或出一些别的力气,工读自助。其间一直与他远方的姑娘通信。可惜这"两地书"均于"文化大革命"期间烧毁,欲知二人之间是从什么时候改变称呼的,有没有冠以"亲爱的"或者干脆是"dear",都不可能了。单从那所著名大学的校志上查到,庆生已于大学期间改名"鸿鹄"了——詹鸿鹄。

(五)小老板不久去世(据推测是癌症),引起过一场风波:老板娘为生活计,愿意女儿嫁给一个大药铺的少掌柜的。女儿心里有着原来的小学徒,执意不肯,险些闹得出了人命。先是女儿要吞马钱子[1],幸亏是错吞了车前子[2],后是老板娘中风不语,好在"安宫牛黄丸"和"人参再造

---

[1] 马钱子:亦称"番木鳖",种子可入药,有毒。
[2] 车前子:种子和全草均可入药,无毒。

丸"都现成。最后还得感谢旧社会的黑暗与腐朽,故乡的生活日益艰难,不说哀鸿遍野吧,总也是民不聊生,小药铺终归倒闭,大药铺岌岌不可终日。正当詹鸿鹄翻译了几篇文稿,倾其所得寄与母女俩,老板娘方才涕泪俱下,深信小老板在世时的断言是不错的。

(六)詹鸿鹄拿下了神学硕士学位,在一所教堂里任职。经济情况稍有好转,他一定要未婚妻到大地方来进一步学习,于是白芷和母亲也就离开了故乡小城,到鸿鹄身边来。不久,詹鸿鹄与白芷在一所大教堂里举行了婚礼仪式。一位洋牧师(詹鸿鹄的老师)操着生硬的中国话问:"你愿意他做你的丈夫吗?"答曰:"愿意。""你愿意她做你的妻子吗?"也说愿意。詹鸿鹄又开始攻读史学,白芷也考进了师范学校,老岳母精心料理家务,曾有一段很富诗意的生活。对教堂里的信约,鸿鹄夫妇恪守终生,二人如影随形,没有发生过任何纠纷。后来虽然介入了第三者,但那是他们可爱的儿子。只是由洋牧师做了证婚人一节,倒惹得老夫妻于"文革"中参加了一回学习班,写过几份交代材料。这是后话。

(七)还有一个疑点有待查明,即詹鸿鹄是否也跟白芷热烈地亲吻过。有一次,詹牧师曾对"现今的年轻人在光天化日之下就搂搂抱抱"表示过不满,或可推断他绝没有过类似的过火行动,但由詹牧师也协助妻子生了一个儿子这一方面想,又觉得证据不足。

我料定,要给詹牧师写报告文学,在爱情这一永恒主题方面,无疑是要有所损失了,只能写到干巴巴、味同嚼蜡为止。没有诗意。可以有一点趣味的是风筝。詹牧师家住在一个厂办专科学校里面(校方曾多次想把他们迁移出去,可又拿不出房来),学校里有两个篮球场,可以放风筝。傍晚,学生们打完了球,都回家了,校园里宽阔又安静。那年,詹夫人已经病重,裹着线毯坐在门前的藤椅上,仰起头来看——詹牧师正认真地放风筝。糊得很好的一只沙燕儿,上面画了松枝和蝙蝠,晃悠悠升起,詹牧师撒出了一段线。飘悠,飘悠,风筝又急剧下栽,詹牧师又收回一段线。詹夫人喊:"留神电线,挂上!"忽忽,摇摇,风筝又升起来。"小心楼顶!"詹夫人说,攥紧拳头。詹牧师一下一下熟练地拽着线,风筝平稳地升高,飘向夕阳,飘向暮色浓重的天空。詹夫人松开了拳头。詹牧师把线轴揣在衣兜里,坐到夫人身边来。风筝在渐渐灰暗的天空中像一个彩色斑点,一动不动。两位老人也一动不动。四只眼睛也一动不动。

"有多少年不放了?"詹夫人说。

"十年还多了。"詹牧师说。

其时为一九七七年春。

"你放起来倒还没忘。"

"生疏多了。"

"我以为你放不了了呢。"

"不至于。"

"在老家时放的那种'双飞燕'我还是最喜欢。"

"一上一下,一下一上,那种确实好。"

"那是用绢做的。"

"最好是用绢做。"

詹夫人久久地看着篮球架后边那片开始发绿的草地,不再说话。

詹牧师给她倒了一杯水,让她把药吃了。

对面的楼房成了一座黑色的墙,风筝看不见了,只有从衣兜里抽出的那段白色的线,证明风筝还在天上。

天上朦朦胧胧地现出一个月亮。

詹牧师安慰老伴儿说："让我想一想，也许还能做成那种'双飞燕'。"

"还有那种鹰形的风筝，我们在家乡时也常放，像真的鹰在盘旋。"

"那叫纸鸢。"詹牧师纠正说。

"你不要总是怕人提到鹰。"

"我没有。那确实叫纸鸢。"

"你总是怕人提到鹰。"

"我没有。"

"做人不见得非得干成什么大事不可。"

"这我知道。"

可是，直到第二天把风筝收回来的时候，詹牧师的思绪还在天空中盘旋。

〔注一〕詹牧师的住房条件很差，说是两间小棚子，一点不过分。早在六十年代初，詹牧师曾在自己小屋的门上挂过一块匾额：大鹏屋。取棚屋之谐音，抒远大之志向。几个朋友凑了一首打油诗，嘲笑他："鸿鹄误入棚，大鸟错居屋，呜呀呜呜呀，鸦乌鸦鸦乌！"詹牧师看罢一笑，奋笔回敬道："孔明居草庐，姜尚做渔翁，雄鹰一振翅，鸦雀寂无声。"

时间过去了十六七载，詹牧师依然住着"大鹏屋"，这倒没关系，问题是雄鹰何时能振翅高飞呢？詹牧师时常为此而烦恼。看见年老的白芷仍然撑着重病之身，在为他补衣服，悲酸之感油然而生。他看着那只风筝发愣。他想，他对不起白芷。他又想，他还是能够在很多事业上取得些成就的，以报答他的夫人。

我本来想说：詹牧师更是为了报答祖国和人民。但是，我又犹豫了：詹牧师至死都没能取得任何成就，有什么理由这样褒奖他呢？我甚至怀疑，我还应不应该给他写报告文学。虽然风风雨雨之中，不知他给别人传了多少电话，其中说不定也有一些伟大的信息，也有一些于祖国和人民非常有益的内容，但够格为文学所报告的人，都必须是自己先不同寻常。记者的胶卷有限，报刊的版面有限，电视台的时间有限，正好堪称为人物者也有限。对了，得是人物。既不可单单是人，又不能仅仅是物，得是人物！这很要紧。分开说，前者会遭漠然之面孔，谁不是人呢？后者则要吃耳光。合在一起说效果就好。"人物"——你这样说谁，凭良心，谁心里也保险不难过。

然而发现一个人物又谈何容易！尤其是当你想写报告文学的时候。平摆浮搁着的人物均已被报告完毕，再想报告，就得多搭进些工夫去了。我盘算，要是报告一位准人物（尚未成为人物的人物苗子），是有远见的，既避趋炎附势之嫌，又可望做一伯乐。还有一层，常言道：落难公子多情，登科状元寡义。倘一村姑，绝不该对着相府的高墙发痴，最好是注视着自家矮檐之下，看有没有一个落汤鸡在那儿一边避雨一边背外语单词。当然，根据需要，村姑可以替换成德貌齐备的现代化姑娘，落汤鸡随之就是德智体全面发展的水暖工或烙大饼的。我绝不是想影射詹夫人，因为詹牧师虽曾做过硕士，但最终毕竟只是传传电话，而水暖工和烙大饼的最后都考上了研究生。倒是詹夫人一直是位小学教师，凭了微薄的收入维持全家生活，而且对丈夫的感情始终不渝。我只是说，采访常与谈恋爱相似，多数历史经验教我这个末流记者识趣：还是到猪圈里去寻千里马。如果不知深浅地去采访某位已知人物，则难免横遭一张挂满了问号的脸。你报告了贱姓小名，又通禀了籍贯和属相，对方依旧一脸"你是谁？"

的表情，那时你才会约略品出些"名不见经传"之苦呢。我很嘲笑我那位棋友，上来就想写一位著名的什么，真是"此物最相思"，单相思。不通世理到这般水准，也想写报告文学?!

我又坚定了写这一篇报告文学的信心。詹牧师就是一名准人物，我至今笃信不疑。这与生死无关，死人也有突然又成了人物的。这样的事，古今中外屡有发生，未必我就碰不上。

詹牧师被我发现的那年，一圈白发围着个亮闪闪的脑瓜顶，正是古稀之年。斗室之中，全是一摞摞发黄的笔记本和稿纸、一摞摞落满灰尘的书籍和一摞摞没有落满灰尘的书籍。临街的窗台上摆着一尊电话，为灰暗的小屋平添了许多气派。

他从摊开在桌上的书堆中抬起头来，摘掉一又二分之一镜片的老花镜。"办长途吗？本处代办国内长途电话。"他说。

"请问，詹小舟同志在吗？"

他稍事审度，慌忙起身，从一堆堆蔡伦的遗产中绕出来，满腹狐疑地伸给我一把骨头："我就是。詹天佑的詹，小舟嘛，就是小船的意思。"

〔注二〕詹牧师于五三年自动退出教会，之后在一所私立小学任教务副主任之职，五五年他又自动辞去了这一工作。从最近的调查和采访中得知，就是在那时，他又改了名字，改"鸿鹄"为"小舟"了。据说，当时他的书桌前挂过一张条幅，写的是苏东坡的一句词："小舟从此逝，江海寄余生。"其名大约取意于此。

据当年与詹牧师在小学校共过事的人讲,鸿鹄与教务正主任常常意见相左,可能是促其退职的一个原因。据那位现已退休的主任讲,詹鸿鹄一直惦记着考取博士学位,对自己仅仅是个硕士老大不甘心,所以对教小学兴趣不大,深恐耽误了他的前程。由此再联想到苏轼词中的另一句"长恨此身非我有,何时忘却营营",或对詹牧师二改其名的缘由有一个初步的印象。

我又走访了当年那所私立小学的校长。据校长回忆,詹鸿鹄确有郁郁不得其志的情绪,虽然对工作一向还是认真的。詹牧师离开学校的那天晚上,校长为他饯行,酒至半酣,他忽然捉笔狂书,什么"忆呼鹰古垒,截虎平川",什么"淋漓醉墨,看龙蛇飞落蛮笺",最后是"君记取,封侯事在,功名不信由天"。其情其景,令老校长也感慨万千,想少年壮志,看白发频添,不觉潸然泪下,于是赞成詹鸿鹄趁年富力强之日,回家专门去做学问了。

"您是?"詹牧师问我。

我坦然地报了姓名,又报了我们那个不大不小的报社的名字。

他的手却忽然在我手里变软,慢慢地抽回去,他又直着眼睛接连地咽唾沫,像是有个药丸卡在嗓子里。他的脖子很细,喉结很大。

"您这地方不好找。"我说。

"噢,请坐,请坐。"他让笑容在脸上挣扎,脸色却发白。

我坐在一只小木箱上。

他继续咽唾沫,扠挲着双手,站着。

我又重申了一下我的身份。

他的微笑愈显得艰苦了，颤抖着嘴唇，说不出话来。

我明白我的公事已经办完，准确地说——已经用不着进行了。

这么回事：我在报社负责《表扬与批评》专栏，我经常于来稿中见到詹小舟这个名字，他总是写表扬稿，譬如某某中年人，十八年如一日地为大家扫厕所，不取分文；某某老头儿，常常留心邻居家是否中了煤气，果然救了三条人命；某某姑娘，坚持为邻居老太太取奶，倒垃圾；某某眼镜店的青年营业员，认真负责地为一个老学者配了眼镜，态度和蔼可亲……如是等等，两年多来总也有二十几篇，发表了一半左右。不料前两天发表的一则却惹来争议。公安局的同志来信认为，"这篇表扬稿很可能是伪造的"（原文如此），"因为文中所说的'艾珂寺外街100号旁门的魏启明'现正在狱中服刑，根本不可能为邻居的高中生们义务辅导英语，请报社同志进一步核查，以正视听"。

詹牧师呆坐着，笑容残余在两个嘴角，其他部分的皱纹显得苍老、僵化。

门前火炉上的水壶，沙哑地喷出一缕缕白汽。

有那么一忽儿我很担心，希望生命还在与他为伴。

先后有几个打电话的人站在窗外打电话，然后放了四分钱在窗台上，走了。

太阳西斜了，几点黄光落在詹牧师弯曲的脊背上。四周的光线开始变暗。

真不知道他在盘算什么。注意到他的嘴并没有歪向一边，鼻翼还在翕动，我觉得不如趁早悄悄溜掉。

詹牧师忽然自语道："这么说，真有个艾珂寺外街。"

"真有。"我说。

"真有个叫魏启明的。"

"真有,在狱里。而且魏启明也不懂外语。"

"总没有杀人吧?"詹牧师急切地问,紧张地盯着我,双唇做好了发出"没"的形状,似乎深恐我不会发这个音,随时都愿意帮我一把。

"倒没杀人,"我说,"只是偷偷东西。"

"这就好。这就好。"他松了一口气,连连点头,"这样就好了……"

"这样怎么会就好了呢?"我说。

詹牧师又不断地咽起唾沫来。

几天之后,我收到了詹牧师退还的两元钱。我这个专栏的稿费一律是每篇两元。有人说,这老头儿很精明,如果胡编批评稿,稍有不慎,被批评者一定不会甘蒙不白之冤,闹得真相大白而致影响了两元收入是可能性极大的,表扬稿就很少这种危险性,这次实在是碰巧了。也有人说,这老人真可谓"千虑一失",本不必写出姓名和地址的,做了好事而不留姓名地址,也于情于理十分顺通。我心里却别扭,觉得就这样削减了老人的一项经济收入,很缺德。他在风风雨雨中要传多少电话,才能挣到两元钱哪!成千上万元地拿稿费的人,也未必都不曾逢迎杜撰、见机胡编过。

随即又收到詹牧师的一封信。信中却对稿件的事只字不提。信的大意是,他知道我是一位编辑后,心情久久难以平静;得以与我相识,实乃三生有幸;我能亲临其寒舍,更使他坚信了命运是公平的。信中引用了很多典故,什么"文王渭水访贤""汉主三请诸葛""萧何月下追韩信"等等,弄得我也踌躇满志起来。信的最后说:"老夫不才,如蒙不弃愿结永好。古今中外,忘年之交而助成大业者,不胜枚举。况你我志同道合,一见如故,本当携手共济,于国于民有所贡献才是。"

我决计再去看他一趟了。信的文体既如此风雅,字里行间又流露出崇高的志向,古稀老人而童心不泯,可料绝非等闲之辈。再说又是头一遭有人这么看得起我。虽然詹牧师前后言行略显怪异,但怪异常常是人物的特征。大凡能够印成铅字的人物,总都是与"疯疯癫癫""木讷乖张""不食人间烟火"一类的情趣有染。这情趣,在凡人是一种缺陷,在人物却是一项优点——大智若愚者也!

再去的时候是晚上。詹牧师正伏案挥毫。工整的楷书,颜筋柳骨,一丝不苟。写的是两首七律,备忘于下:

其 一

销声匿迹三十年,隐姓埋名两地天。
闹市凭窗深似海,空庭倚门淡如烟。
良宵独盏书为伴,恶浪孤舟纸作帆。
未破禅机空自娱,报国无径枉陶然。

其 二

几度沧桑春似梦,箫声吹断古城秋。
时光易逝人易老,壮志难酬意难休。
弱冠已读千卷破,古稀犹冀四化谋。
伏枥老骥安自弃?沥胆披肝为国忧。

"好诗好诗。"我说,"好一个'古稀犹冀四化谋'!"

"哪里哪里,信口胡诌,聊以自慰罢了。"

詹牧师又把那把骨头伸给我,此一番却颇凛然,像列宁。大概是因为他刚写完"沥胆披肝为国忧"吧。列宁在说"忘记过去就意味着背叛"的时候,就是那样把手伸出去的。我们握了很久的手。我几次觉得应该松开了,但试了试,依然抽不出来,也就再次握紧,上下左右地摇。

电话铃响了。詹牧师抓起话筒,边问边记录。然后他对我说:"实在抱歉,我去去就来。"点头弯腰,倒退着走出门去。

门还未关严就又开了,詹牧师探进头来:"受民之托,不能不尽力而……请稍候,稍候。"

我把门轻轻关上,觉得又有人在外面推,詹牧师又侧身进来:"一定不要走,晚饭也就请在我这儿将就一下。不不不,一言为定!回头还有要事向老弟请教。"

他蹬上自行车,很快地消失在昏暗的小巷深处。我在窗玻璃上照了照自己的模样。老弟?!我想起父亲还不到六十岁,心里不由得惶然。

墙上挂了一幅没有托裱的水墨画。我仔细辨认了一会儿,还是没弄清画的是一只树懒,还是一头马来貘。后来詹牧师告诉我:"是一匹小马驹,画得不算好。"画上的题词却写得好:来日方长。

前面说过,屋子里书很多。我随手一翻,已经肃然,整整一书架的英文书!我只认得出几个作者的名字:Schopenhauer(叔本华)、Dante(但丁)、Byron(拜伦)、Spinoza(斯宾诺莎)、Dewey(杜威)、Shakespeare(莎士比亚),其余的全茫然。再看另一个书架上有译成中文的普列汉诺夫的《论艺术》,有罗丹的《艺术论》,有黑格尔的《小逻辑》,费尔巴哈的《基督教的本质》;有线装的《史记》和《离骚》;有精装的《资本论》《列宁选集》《毛泽东选集》;平装的《心理学》《美学》《精神分析学》《政治经济学》;影印的《东塾读书记》《西域番国志》《南疆逸史》《北词广正谱》;杂志有《哲学译丛》《音乐欣赏》《外国文学》《世界美术》和《足球》。幸而有《足球》,我抽得出来,也能读懂。

〔注三〕詹牧师一生做过的最有远见、最富胆略的事(詹牧师的儿子语)就是:"文化革命"开始不久,他就把他的全部藏书都寄存在一位出身很好、既不识字又无亲无故的孤老头子家了。七八年,他把这些书搬回来的时候,既令夫人吃惊,又使儿子折服。

这时候进来一个人,年轻的。

我站起来,和他面对面站了约半分钟。然后我们同时问:"您要办长途吗?"然后都笑了,互相介绍。他说他是詹牧师的儿子。我说我是詹牧师的朋友。

"学外语来了?"詹牧师的儿子问我,态度立刻变得很不友好。

〔注四〕后来詹牧师的儿子向我解释了这件事:七四年冬天,早晨,来了一个打电话的小伙子,一进门就冲詹牧师来了一句:"Good morning!"詹牧师随口应道:"Morning!"——就一个单词!发音之准确,表情之自然,都不在美国人之下。小伙子顿时被镇住,本来无意卖弄,不料却遇到了能人,尴尬万分。詹牧师赶紧改口:"你早,你早。"小伙子却不依不饶了,偏要詹牧师做他的老师,并讲了一番不小的抱负。詹牧师一贯爱惜人才,想起自己当年自学之苦,不免感动;想到在这动乱的年月中仍有人如此好学,不免更感动。于是约好,每星期日早晨八点至十点小伙子来学口语。詹牧师为此写了教学方案,一连几天都很激动,总对詹夫人念叨:"能够把他教好,也算为国家尽了一点力气。"詹夫人忙里忙外,顾不上多说,只是说："这样的事要不要向居委会请示一下？"詹牧师默然。很明白，这事一经请示，准得告吹。詹牧师沉思良久，横了一条心："尽忠报国，死而后已。"儿子又笑他胡发激昂慷慨之辞。詹夫人则又说："你爸爸绝不是那种……"至于哪种，还是没说。

星期日早晨，詹牧师五点钟就起了床，做早点，收拾屋子。这些事平时都是詹夫人的分内，詹牧师虽已沦落为一个传电话的，但在夫人面前（也只有在夫人面前）仍不失学者风度。他又特意铺了一条新床单，抹得很平整，只等学生到来。七点半，老人便耐不住了，到门口去瞭望。中午十二点，老人无言地回到屋里，坐了一会儿，换下了那条新床单。幸亏儿子出去了。詹夫人悄悄地把饭菜端到他面前，说："那个小伙子可能今天有事。"詹牧师心里这才好过了一些，说："否则他不会不来。"然后，詹牧师病了一个多月。詹夫人劝他不要太伤心。他只承认是那天在大门口站得久了，受了风寒。詹夫人说："那样的人，你何必？"詹牧师说："别这样讲，那小伙子其实很好，很爱学习。"

后据詹牧师的儿子了解，那个小伙子确实是知道了詹牧师的身份，没敢来（那时詹牧师正因其历史问题而受监督）。

詹牧师的儿子以为我也是这样一个小伙子。

"不，"我说，"我是报社的记者。"

詹牧师的儿子疑惑地看了看我，便到书架旁翻腾那些书去了。他找到了一本书，立刻沉了进去。

许久，我问："你是？——"

"他的儿子。"他对着书回答。

"我是说，你在哪儿工作？"

"陕西。"

"回来探亲的?"

"不。回来流窜,长期流窜。"

"户口还在陕西?"

"对。"

"应该想想办法,办回来。"

他抬头瞄了我一眼,说:"太费事,算了。"

"可这很重要。"

"你跟我爸爸的观点倒很一致。户口、文凭、证明、证件,一张张小纸片!"他忽然笑起来,把他正看着的那本书举到我眼前。是达尔文的《物种起源》。"是人起源于户口呢,还是户口起源于人?"他问我。

"当然。"我说。

"我们家老头儿要是也能来这么一句'当然'就好了。他从来不明白,什么起源于什么。"

"可是他身边应该有个亲人。"

詹牧师的儿子不说话了,一连抽了两支烟。之后他看了看表,开始从书包里往桌上掏东西:麦乳精、蜂蜜、果汁、蛋糕和几瓶药。

"告诉我爹,这些药要坚持吃,对他的肾和血压都有好处。我还有事,得走了。"

"他大概就快回来了。"

"劳驾。再说我们老少二位一碰头,痛快的时候少。"

他又从书架上拿了两本书,忽然飘落出两张纸来。他捡起来,看了看,哧哧地笑个不停。"你看看这个。"他把那张纸放在我面前,走了。

好像是写给谁的一封信,一看便知是詹牧师的手笔。信的开头一两页大约已经丢失,现把残余部分备忘于下:

……论文的题目为《古代佛教思想的来源与发展》，1945年获史学硕士学位。以后两年又翻译和撰著了几本小册子，如《世界三大宗教》《宗教与哲学》《信仰论》等等。原计划还要写《中国思想史大纲》和《简明宗教史》等，均因题目较大，所需资料一时难以具备，又逢内战，生计艰难，此计划一直未能完成。

解放后，因加强了政治思想学习，遂改变原来计划，转向马列主义、毛泽东思想研究，大有收益。后又经农场劳动锻炼，搞通了思想，自动退出宗教团体，努力追求进步。不料，正当可以为社会主义祖国贡献力量之际，我患了风湿病，不得不回家疗养。一病多年。养病期间，我仍坚持学习、研究。研究范围：1. 马列主义、毛泽东思想；2. 革命史传；3. 心理学及教育学；4. 文学艺术（写过一些革命诗歌，手稿均于"文革"中烧毁）。

因我早年曾走过一段弯路（做过牧师，并与一些外国人有过交往），"文革"中被隔离审查过一年多。住过牛棚。后经内查外调，弄清了历史，确认我没有任何政治问题。之后又参加了"清理阶级队伍"学习班，从事人防建设。学习班毕业后，我决心做个真正的劳动人民，经街道居委会推荐，当了六年临时壮工。尽管工作繁忙，业余时间我仍发扬雷锋的钉子精神，读书看报、学习、钻研。"四人帮"被粉碎后，我和全国人民一样，感到欢欣鼓舞（我参加了庆祝游行，我背着一面大鼓，走了三十多里路）。我深深感到……

〔注五〕此处可能还有一页，已丢失。

……我的思想更为活跃，对"四化"问题，深入实际，调查研究，初步拟就了全面规划，成竹在胸，切实可行。然则报国无径，献策无门，诚恐古稀将近，时日不待，一旦逝去，遗恨无穷。无奈毛遂自荐，为国为民，甘作犬马，荣辱毁誉，置之度外。如蒙先生引路，得以有所作为，功成之日，死亦瞑目！

此颂

撰祺

詹小舟上
（年月日缺）

由"撰祺"二字推断，此信是写给某位操笔墨以为生涯者的，又由"先生"二字可见，还是一位大著作家呢！可是连我也被称为"老弟""先生"云云，是否也盖出于谦逊，就又难说了。

信的空白处有许多稚拙的童体字，还有许多小小的油手印儿。我后来设想是这样：灯下，詹牧师哄着孙子，教孙子写字，写了歪歪扭扭的"风筝"，又写一行扭扭歪歪的"春天来了"。孙子不听话，闹，詹牧师给了他一些油炸的食品……那么就是说，此信是在七九年詹夫人去世之前写的。詹夫人死后，孙子就送到姥姥家去了。

信中存在两个问题。一是"住过牛棚"，现今，很多人都自称住过牛棚，仿佛是一件难能可贵的行为。这倒无妨。可是，人住了牛棚，牛住在哪儿呢？二是詹牧师是自动退职的呢（见〔注二〕），还是因患风湿病回家疗养的？

〔注六〕詹牧师的儿子最近对我说："他是自动退职的，但也确实有一点风湿病。"

只是当没有公职便意味着有某种严重问题这一逻辑风行了之后，詹牧师才格外地强调了他的风湿病，坚持说自己是因为有病而回家疗养的。为了证明这一点，他常到人多的地方去晒太阳。见到他的人不免要问："您这是干吗呢？"他便有机会回答："我的风湿病很厉害，大夫建议我多晒太阳。"有一个夏天的中午，他又去晒太阳，天很热，太阳又很毒，人都躲到屋里去了。詹牧师晒了许久，不见一个人来问，又心疼失去的时间，就此回去很不甘心，于是再晒，结果晒过了头，中了暑。儿子又说怪话。詹夫人又说詹牧师不是那种……

〔注七〕詹牧师的风湿病，初发于五四年在小学任教期间。那一年秋天，他参加了挖河泥的劳动。天气已经很冷了，河泥上都结了冰碴，他挥舞着铁锹，站在刺骨的泥水里，拼命地干。有人让他上来歇一歇，他不。有人表扬他年过半百，亚赛黄忠，他干得更有兴趣，说自己改造得还不够。连续干了一个多星期，他开始感到周身的骨节全疼，并且有些低烧。他鼓励自己：轻伤不下火线，想想红军两万五，等等。又干了几天，才得了风湿病。

詹牧师回来的时候已经九点半钟了。他买了酒和肉，买了包子和好烟，从提兜里一一掏出，抱怨商店都关门太早，买不到更好的东西招待我。无论我说多少遍"我已经吃过晚饭了"，他还是说："吃吧，不要客气。"我只好坐下来。

我们的友谊开始于这天晚上。时间是：一九八一年四月七日。

中　集

现在仔细回味，觉出，詹牧师之所以非常看重同我的友谊，也是有所图的。其实这无可厚非。有目的的功利主义总比莫名其妙的扯皮主义要好。贪嘴的人希望认识大师傅，好穿的人愿意结交老裁缝，有病的人巴望与大夫套近乎，将死的人乐于同看坟的论交情，都很正常。况且詹牧师的目的也并非不可告人，他只是估摸我或许在出版界有点儿路子，说不定能帮忙他发表一点儿作品。

詹牧师想创作一些"黑色幽默派"小说。他反复申明，他所以这样做，绝不是因为他多么称赞这一流派，更绝不是出于派性。

后一点是相当可信的。詹牧师历来有"信主兄弟不分国族，同来携手欢欣"的思想，这一思想固然愚昧而又缺乏阶级分析，但与派性却实在水火难容。解放初期，他甚至为这种思想找到过理论根据。根据有三：1. 工人阶级没有祖国（即不分国度）；2. 民族矛盾说到底是阶级矛盾（那么同是受苦受难的芸芸众生，显然是不该有民族之分的）；3. 全世界无产者联合起来，我们打碎的是脚镣手铐，得到的是整个世界（相当于"同来携手欢欣"）。这些言论在"文革"中都被列为他的罪证。这实在也是一桩冤案。其实詹牧师早于五十年代中期，就已认识到了他上述思想的错误。他对基督教有过三点犀利的批判。1. 主是伪善的。"信主兄弟……契合在主爱中……携手欢欣"，这是不是说，只有你信主，主才爱你，如果你不信主，主就不管你的死活？多么狭隘的派性！简直有"顺我者昌，逆我者亡"的味道。2. 主是骗人的。主既然一向宣称，他上十字架去受苦受难只是为了救世救民，那又为什么要"普天之下，万族万民，俱当向主欢呼颂扬"呢？这不是一种讨价还价的行为吗？假如"万族万民"不去"向主欢呼颂扬"，主是即刻暴跳如雷呢，还是依然任劳任怨地去救世救民呢？3. 主是愚昧的。主竟认为仅凭他自己的神通就可拯救万族万民，可是只一个犹大便把他出卖了，而且只卖了三十块银币。如果主能够依靠万族万民，一个犹大岂能得逞？综上三点，詹牧师才毅然决然地退出了教会。他认为，宗派帮会只能使人虚伪、狭隘、愚昧，如果你相信善良可以战胜邪恶，相信真理，同时相信你的理想符合真理，那又为什么非得加入教会不可呢？让真理去指引你，比让教规来约束你要好得多。于是詹牧师更加信仰马列主义了，原因也有三：1. 马列主义是主张科学的，而不是主张迷信的；2. 马列主义从来只讲为人民服务，而绝不要求人民"俱当"跪倒在其面前"欢呼颂扬"；3. 马列主义是靠真理来团结人民的，而不是依靠结帮拉派来稳固自己的统治。"这就是马列主义伟大于任何宗教的原因！"詹牧师说。

所以读者可以相信，詹牧师只是想写几篇"黑色幽默派"小说，绝不是想拉帮结派乱我公安。其动机之纯粹，我愿以头作保。

"我有些作品要发。"詹牧师羞怯地低声说。

"哦？在哪家刊物上？"

"不不不，我是说……"他的脸红到了耳根。

当时我又在詹牧师家吃午饭，不过这次是我买的酒和菜。编辑愿意结交作者，正如作者愿意结交编辑一样，彼此彼此。

我明白了他的意思。让一个老知识分子照直开口求人，是"难于上青天"的。

"什么体裁？"

"小说！"他连忙说。

"能大概讲一讲吗？"

"嗯……你了解'黑色幽默派'吗？"

我一时只想起了海勒的《第二十二条军规》，和一个叫小伏尼格的人。

"不——"詹牧师宽厚地笑了，"'黑色幽默派'绝不是外国人的发明。不要长他人志气，灭自家威风嘛。你以为《儒林外史》中没有'黑色幽默'吗？你不觉得鲁迅也是一位'黑色幽默派'大师吗？阿Q的处境怎么样？不正是又可怕又可笑又无可奈何吗？"

〔注八〕"黑色幽默"是二十世纪六十年代美国重要的文学流派……作为一种美学形式，它属于喜剧范畴，但又是一种带有悲剧色彩的变态的喜剧……其作品，常以夸张、超现实的手法，将欢乐与痛苦、可笑与可怖、柔情与残酷、荒唐古怪与一本正经糅合在一起……"黑色幽默"的产生是与六十年代美国的动荡不安相联系的。
——《中国大百科全书·外国文学卷》1982年5月第1版

"就像中国的围棋，"他又说，"被日本人学了去，倒又反过来向我们趾高气扬。"

"吃吧。"我只得指着桌上的小腊肠说。

"啪！上来就在中央布一子，谁的发明？"

"当然。"我说。真的，到底是谁的发明呢？

"世界上最短的微型小说是哪国人写的？"

"当然。"我吃了一片小腊肠。

"世界上最早发现飞碟的是哪国人？"

"当然，当然。"

"世界上最小的小提琴还不也是中国人造的？！"

"吃吧，吃吧。"我给詹牧师也夹了一片小腊肠。我不懂乐器的制造。

"针灸是中国人发明的,这总是公认的吧?可如果我们再不认真研究,早晚美国人也要来指教我们了。"

"中餐也是比西餐好,连外国人也承认。"我对烹调挺内行。

"'黑色幽默'也面临这个问题。吴敬梓不知要比小伏尼格大几辈儿呢!当然,我们不妨大度些,就算那是美国人的首创吧。我从来不主张纠缠历史旧账。但外国人办不到的事,中国人可以办到,何况外国人已经办到了的呢!中国人更没有理由不办到。我想起写'黑色幽默派'小说来,也就是为的这个。"

"行吗?"

"信心告诉你主是什么,主就是什么。"

在我们的交往中,这是詹牧师惟一一次主动提到主。

"那么主是'黑色幽默'的了?"我说。

他顿时愣住,尴尬地吃了一片腊肠,接着又吃了两片。

我赶紧说:"我不过开开玩笑。"

他疑虑地瞅了我一会儿,说:"我也不过打个比方。"他又看看窗外,小声提醒我:"咱们这是在屋里说。"

〔注九〕"咱们这是在屋里说"一语,同时兼备三种意思:1. 在外面不能这样说;2. 咱们现在说的,外面的人并没听见;3. 咱们之间是了解的、信任的,谁也不会出卖谁。

〔注十〕自"文革"以来,詹牧师是忌讳别人跟他谈主和宗教的。读者慢慢会抱怨,一篇关于牧师的报告文学,涉及宗教的地方太少了。其原因正出于此。

"信心当然是重要的。"我说。

"很重要！而且'黑色幽默'有什么难做呢？总共两个特点——黑色和幽默。也就是让人既感到可怕又感到可笑。这难吗？笑话！外国人不过是故弄玄虚，而我们有真实的生活素材。"

"能讲一个吗？"

詹牧师思忖片刻，讲了一个，备忘于下：

"文革"中，王某出差到某地，刚下火车就被一群手持牛皮带、臂佩红袖章的人揪了出来。那群人问："你是保县党委的，还是反县党委的？"王某听他们把"保"排在前面，就说："保。"不料那群人正是反县党委的一派，于是王某被追着打了十皮带。王某跑出车站，立足未稳，又被一群臂佩红袖章、手持牛皮带的人抓到。"你是保县党委的，还是反县党委的？"王某慌忙说后一种："反！"于是他又被追着打了十皮带，原来那又是保县党委的一派。王某想：这地方真怪，说话也没个前后次序。他连忙返回车站，决定趁早离开这是非之地。转眼之间，他又被一群人围住。"你是什么观点的？""真抱歉，我现在还不太清楚。"王某立刻又挨了十皮带。"我只是还不太清楚！"王某申辩道。"没有正确的政治观点，就等于没有灵魂。你没有灵魂，自然只好触及你的皮肉了！"那群人这样向王某解释。王某挨了三十皮带，清醒了，把自己的皮带解下来握在手里，大摇大摆上了列车。一上车，他先揪出一个人来，问："你是哪一派？"那人对答如流："我们是同一战壕里的战友。"王某想了想，说："这很好。"于是一路平安地回到了家。

"很不错的一篇'黑色幽默派'小说。"我说。

"不，这不行，"詹牧师说，"这是真事。"

"真事倒不行？"

"因为我是想写'黑色幽默派'的小说，不是要写现实主义的。"

我当时还不太懂"黑色幽默派"的规矩。

"我总想，"詹牧师又说，"黑色幽默绝不是资产阶级的专利品，我们一定要做起来，使它成为革命的匕首和投枪，像鲁迅先生那样。试问：谁感到的恐怖更多些？劳苦大众！谁最富于机智的幽默感？还是劳苦大众！我们有什么理由在这方面落后于外国资产阶级作家呢？看到在很多学术领域中都是他们领先，我咽不下这口气。我涉足过数、理、化，但那需要设备；我又想搞音乐，但一架钢琴又太贵；我也试图钻研美术，可屋子太小，而《蒙娜丽莎》《格尔尼卡》那样的画都是很大的。医学也需要有人找你看病，企业管理也需要有人归你管理，搞教育吧？唉……"詹牧师说到伤心处，太阳穴上的血管都在暴胀。

"您干吗——请您原谅，干吗不继续研究宗教和哲学呢？"我说。

"不不，咱们这是在屋子里说……当然啦！可是……不过……说起来……你懂了吗？我是说，咱们这是在屋子里说。"

我似懂非懂地点了点头。

我们吃了一会儿菜，又喝了一点儿果子酒。詹牧师的脸色才又红润起来。

"所以，"他说，"我探索了这么多年，现在才弄清楚我的所长。我更适合于从事文学创作。文学有生活就行，而生活是无处不在的，而且很公平——每人一份。近两年，我专门找一些外国人在其中自鸣得意的领域进行研究、尝试。譬如：意识流、荒诞派、新小说派、象征主义、存在主义、表现主义，等等，我都试着写过。并不难。我只是想证明一点：外国人能做到的，我们也能够做到。"

"能看看吗？"

"怎么不能？"詹牧师说着就要搬一只很大的箱子，"在下面那只箱子里。没关系，防空洞我都挖过，那些水泥构件比这要沉多了。"

"手头没有吗？"

"有倒是有几篇，不过不是我最满意的。"

现将他不太满意的几篇介绍于下：

（一）"新小说派"小说《在路上》（节选）

很长很长的一串脚印，不知从哪儿发源。很长很长的泥泞的路，依然流向远方。天际，飘着一缕零乱的炊烟，那儿或许有个村落，有了人家。候鸟在天空中仓皇飞过，从不落下来。这儿没有它们落脚的地方。它们的羽毛娇嫩得像花瓣，像小时候常吃的那种棉花糖。旗帜还在手里，还在猎猎地飘展，认真地抖响着一个个坚强的音节。鞋子烂了，"嘎唧"一声，留在了路上，像是长河中的一座航标。那缕零乱的炊烟还是很远，在天地相交的地方飘舞，和很久很久以前一样。秃鹫在头顶上盘旋，转着发红的眼睛，忽然一个俯冲，冲向一头倒下去的驯鹿。旗帜还在手里，确实还在。又烂了一只鞋子，又留下了一座航标……

（二）"象征主义"小说《石头船》（节选）

老头儿一有空就拿着锤子和凿子，爬到海边那块巨大的岩石上去,"叮叮当当"地凿,想凿成一条船。

孩子又爬上来,乖乖地坐在老头儿身边。

"您干吗不做一条木头船?"孩子问。

"我没有木头。"老头儿回答。

"别人都是做木头船。"

"别人是别人。"

老头儿一下一下地凿,正凿出一只舵。

"可这也不能下水去走哇?"

"我没有木头。"

…………

如今石头船凿好了,老头儿在船舱里坐着,闭着眼睛抽烟。

孩子又爬上来。

"嗬!"孩子说。

"你坐下,闭上眼睛。"老头儿说。

"干吗?"

"你闭上吧。"

孩子闭上了眼睛。

"你觉得船在晃吗?"老头儿问。

"是有点儿。"

"你觉出它在走了吗?"

"嗯!真的!它在往哪儿走哇?"

"你的心告诉你在往哪儿走,就是在往哪儿走。"

"我去告诉他们,您不是疯老头儿。"

老头儿笑了,对孩子说:"别去,别人有木头。"

(三)"意识流"小说《排骨》(节选)

老伴儿提起菜篮,对他说:"我去排会儿队,说不定能买上。"

他说："算啦，我不那么喜欢吃排骨了。"

皮肤上有了很多老人斑，排骨在里面滚动，应该在它们变成一盒白色的骨灰前，写成那本书。

"我还是去看看。"老伴儿说着走出去，轻轻地关上了门。

警察怎么也打不开门和窗。老伴儿在向警察说明情况。院子里、街上，挤满了看热闹的人。门终于被撞开了，屋子里什么都没有，只有一本书。老伴儿坐在那本书旁边，嘤嘤地哭，说："这是他一辈子的心血，现在完成了，他走了，不知到哪儿去了。"只有老伴儿理解他。他的灵魂已经在天国，依然爱着这个娇小的老太婆。

她去买排骨了，为了给他补补身子。他不能现在死去。一层老人斑在排骨上滑动。得抓紧，在告别人世之前写成一本书，对祖国有所贡献。

他铺开稿纸。清蒸的、红烧的、糖醋的……他从小爱吃排骨。那还是在故乡。故乡的小河真美，不会老。他在水里游呀游呀，那时的皮肤紧绷绷的，也没有老人斑……

（四）"荒诞派"小说《死魂附身》（梗概）

尹明总说被一些死去的灵魂纠缠着，摆脱不掉，弄得他总是赶不上时代，写不出好作品来。纠缠过他的死魂有：托尔斯泰、雨果、巴尔扎克、司汤达、契诃夫，甚至鲁迅和高尔基等。死魂总是把他们的思想贯穿到尹明的作品中去，致使尹明的作品总是被编辑部退回来。

"文化革命"中，忽然戈培尔的死魂附在了尹明身上。尹明走了运，写起东西来得心应手，终于功成名就。

好景不长，"文化革命"过去了，戈培尔的死魂却还是不肯离去，尹明又背了运。

有一天，尹明酒醉后走失，他老婆吴幸在报纸上登了一则寻人启事。启事中特别说明："望见到他的人不要把他当作敌人来对待，因为他患有'死魂附身的精神病'被死魂左右，经常言不由衷地说些'四人帮'时代的话。"启事登出不久，便有许多人打来电话，声称发现了尹明。

吴幸根据人们提供的线索，走了许多地方，见到了许多与尹明的情况相似的人，但都不是尹明，那些人都生活得很像样。

后来，吴幸在一个茶摊上找到了尹明，他正在卖茶水。尹明说自己非常高兴，一身轻松，他终于摆脱了所有的死魂，找回了他自己。吴幸也做了茶摊的老板娘。

（五）"超现实主义"小说《本书出版之日》（略）

（六）"表现主义"小说《赤胆忠心》（略）

（七）"新感觉派"小说《融雪》（略）

〔注十一〕《死魂附身》一篇为詹牧师夫妇合写，主要部分是詹夫人执笔的。据他们的儿子讲，詹夫人不过是一时心血来潮，写着玩儿的，詹牧师却连连叫绝。詹夫人说："算啦，算啦，值得你这么认真！"詹牧师却激动得坐立不安，说："你知道你写出了什么吗？真正的荒诞派呀！"那天是除夕，詹夫人烧鱼炖肉，忙得高兴，不理他。詹牧师独自捧着那篇东西："深刻！深刻！"也陶然。忽然儿子又冒出一句话来，破坏了本来和谐的气氛。"我猜得出妈妈是在写谁。"儿子说。詹牧师沉寂半晌，似有所悟。年夜饭也没有吃好。夜里躺在床上，詹牧师问詹夫人："你是在写我？""没有，你别听孩子瞎扯。""你认为我没有灵魂？""我只是说人要有自己的主见。""我没有主见？""人应该自己把握住自己，别在乎虚名。""我是名利之徒?!"詹牧师的泪水在眼圈里转，没想到连白芷也不能完全理解他。"我没那么说，真的，我不是那个意思……"詹夫人万分歉意地安慰他。

"不过父亲这人有一点是让人佩服的，"他们的儿子说，"他不会为了这事就去否定那篇小说，他仍然称赞那篇东西写得深刻，并且花了不少力气去修改它的结构和语言。"

我始信詹牧师为一准人物就是在这时。虽然他的小说并非都怎么完美，但敢于涉足这么多流派的作者已不多见，每一种手法又都掌握得恰如其分者就更可珍贵了。我确信詹牧师终有遐迩闻名之日。卡夫卡如何？生前默默无闻，忽一日声名大作，使诺贝尔奖评委会也愧悔不及，真人物也！

詹牧师却很谦虚，说这些玩意儿都算不得什么，不过是资产阶级于"日薄西山，气息奄奄"中的一种挣扎，纯属没落文学："我之所以也要写一写，是因为他们太近狂妄，得煞一煞他们的气焰。我中华并非无人！我们不写罢了，一旦写来，绝不会比他们差，而且根本用不着什么大作家去费神。唉，想来惭愧，真正现实主义的作品我却总也写不出，只好从这一侧面贡献一点力量吧。"

"为什么不能写出现实主义的作品来呢？"我是想安慰他。

"我总找不到恰当的角度，唉，怎么也找不到。此生夙愿怕要付诸东流了！——"他说。

"您绝对没有理由妄自菲薄。"

"唉！"詹牧师长叹一声，出口成诗，"常恨少年不努力，老来方悔报国难。又是一年春柳绿，依然独自倚危栏。"

这时,窗外正有几个孩子"嘟嘟嘟"地吹着柳哨,柳絮飘飘扬扬。他感慨系之,又作了一首《忆秦娥》:

> 春光好,柳笛阵阵催人老。催人老,频添华发,壮心未了。　祖逖舞剑闻鸡鸣,小舟纵笔夜继晓。夜继晓,无多好梦,佳音又少。

我决心帮助詹牧师发表一些作品。我尤其决心帮助他写好"黑色幽默派"小说,然后汇编成集。就只差"黑色幽默派"这一种了。

"精装,烫金的标题:《詹小舟小说选》!"我有几分醉意。

"不不,还是等我写出真正现实主义的作品来,再那样吧。"

按詹牧师的意思是要叫《敝帚集》,意思是:这并非是我们所看重的东西。敝帚的意思是:破笤帚。

写到这儿,我又有点犯嘀咕:詹牧师何以笔头竟这般勇敢呢?连"今年西红柿又少又贵"这样的话,他也要反复申明"咱们这是在屋里说",怎么他写起文章来却从没有冠之以一句"咱们这是在屋里写"呢?带着这一问题,前不久我又去求教了詹牧师的儿子。

詹牧师的儿子正就"陕北的农林牧结构问题"同一个人辩论。我说明了来意,他笑了,用几句话就打发了我:"对父亲来说,写作是写作,生活是生活,理论是理论,实践是实践。对付不同的事,他相应有不同的神经。对不起,我很忙。"

闲话少说,言归我们的报告文学。一九八二年五月中旬,我和詹牧师开始共同研究"黑色幽默派",准备用一两个月的时间写出三四篇这种流派的小说来。

但没多久,我们却发现,"黑色幽默派"小说并不如我们想象的那般好做。倒不是我们无能,实在是美国佬太近狡猾。

他们竟让"黑色幽默派"有了这样一个特征（或说一条原则）：所写之事全然荒诞可怕；虽则荒诞可怕，却又形神逼真；尽管形神逼真，可又谁都没见过那样的事。"其妙处全在于此：谁都没见过，然而又都觉得似曾相识。"詹牧师说。

我们连着写了几篇，都被詹牧师否定了。他说："我们既然是写'黑色幽默'，就得真像'黑色幽默'，做学问来不得半点含糊和迁就。我们写的这些事，虽然也荒诞不经，但却都是已经发生过的，大家都见过、听说过。这倒像是正统的悲剧了。"他最后强调说，"要特别注意没有发生过，却又似乎是到处都在发生这一条！"

我们琢磨了又琢磨。

先是詹牧师有了一个构思。

> 某学校吃忆苦饭，每人一个糠窝头。红五类学生问黑五类老师："好吃吗？"老师忙说："好吃，好吃。"学生怒目圆睁："这么说，我们的先辈倒是享了很大的福了？好吧，你再吃三天！"老师又吃了三天糠窝头。学生又问："好吃吗？"老师又赶紧说："很难吃，很难吃。""可我们的父兄能吃上这个就很不错了，"学生说，"而你倒说难吃！你再吃三天！"三天后学生又来问，老师回答："我准备继续吃下去，像你们的父兄那样，一直吃到全国解放。"

我不认为这个构思好，这分明只是现实主义的写法。"您自己倒忘了'没有发生过'这一原则。"我说。

"怎么，这也发生过？"

"当然。"我说。我没敢说我就曾经像那个学生一样过。

詹牧师捏着下巴努力地回忆了一阵，不无惋惜地拍着大腿:"唉,我倒忘了,这是我老伴儿经历过的事。"

〔注十二〕这事纯系巧合。詹夫人并不是我的老师。我的那位老师是男的,詹夫人的那个学生是女的。

几天后我又想出了一个。

> 老夫妇俩一起学习,读林彪的书。不知怎么一个缘由,老妇问老夫:"撒旦的英文名怎么写?"老夫随手写下:Satan。"犹大呢?"老夫又写:Judas Iscariot。忽然,老夫妇俩全吓呆了——他把那两个名字写在了正看着的书上!怎么办?!他们先是用墨笔把字迹涂去,但发现是欲盖弥彰。他们又忙不迭抠去,反而弥弥彰彰。末了干脆把书烧了,老夫妇俩看着火光,面如土色。天哪!这是亵渎,是诋毁,是反动!老两口商量:还是吃安眠药算了。幸亏他们吃的量不够,被救活了。两位老人昏昏晕晕之际,口口声声说:"我们对不起敬爱的林副主席!"谁料那时林彪已成国贼,老夫老妻又险些做了贼船上的死党。

詹牧师听罢我的构思说:"是民警老王帮我们说了不少好话。"

"帮你们?"

"还帮谁?"

"怎么回事?"

"嗯?你不是又在写我吗?"

"写您?"

"你甭不好意思,那是过去的事了,我不会往心里去的。可是你又忘了那一条,凡发生过的事就不符合'黑色幽默派'的要求。重来吧。"

只好重来。詹牧师又想出了一个。

  "文化革命"中,一些造反派私立公堂,审一个老干部。

  老干部问:"我有什么罪?!"

  造反派回答:"你对抗'文化大革命'。"

  老干部说:"我并没有对抗!"

  造反派说:"你是黑帮分子,黑帮分子怎么会不对抗'文化大革命'呢?!"

  老干部又说:"我不是黑帮!"

  造反派说:"你不承认自己是黑帮,这本身就是对抗'文化大革命'!"

  老干部又问:"你们说我是黑帮,你们有什么证据?!"

  造反派说:"你对抗'文化大革命',这证据还不够吗?"

  老干部说:"我并没有对抗!"

  造反派说:"你是黑帮,难道……"

詹牧师难过得讲不下去了。

"这篇很好,"我说,"这个构思很好。"

詹牧师擦擦泪水,沉默良久,说:"但是这又不行,这又是发生过的事。这是我的一个老朋友的事。他是我的良师、益友,我的指路人。他太耿直,太嘴硬,太……其实倒不如承认……"

为了这个构思,詹牧师的心情一直不好,又把他那位良师益友的遗像拿出来,默默地祈祷,暗自垂泪。

〔注十三〕那个老干部是詹夫人的远房表弟。詹牧师放弃基督教而转向马列主义,是与这个人对他的教育和影响分不开的。这个人在"文化革命"中表现出了一个共产党员的高风亮节,刚直不阿,坚持真理,最后含恨而死。

我尽力安慰詹牧师,请他注意身体。"我们还要把那恐怖的原因找到,为了死者,也为了后人!"我说。
"关键是不够幽默。"詹牧师说。
"看来,黑色倒要好办些。"我说。
好吧,我们再干!我和詹牧师的信心都还很强。有人说,中国不会有"黑色幽默派"作品,因为中国人天生缺乏幽默感。这给了我们刺激,也给了我们力量,要让那些自高自大的外国人放明白点儿,也要让那些自轻自贱的中国人醒悟!那些日子,我和詹牧师一心扑在"幽默"上。有时候我们聚在一起想,有时候交换一下意见分头去想。

我又想出了一个。

看守长老了,也许是因为脑力不如从前了,他总觉得过去工作起来并不像现在这样吃力。现在他常常拿不定主意,拿不定应该对犯人使用什么样的态度。"文化革命"前的工作多么井然有序!他想。那时候对入狱的犯人就用严厉的态度,让他们老老实实;对刑满获释的人就用和蔼可亲的态度,以期使他们倍感温暖。现在怎么就拿不准了呢?还对入狱的犯人一概严严厉厉的吗?要是忽然一天有哪个成了英雄,自己可就成了迫害英雄的帮凶了。对出狱的英雄一律亲亲热热吗?猛地,在他们之中又出了骗子,你可就又说不清自己的立场了……

詹牧师看了先说"不错",然后建议我加写一段,说明"四人帮"被粉碎后老看守长不再苦恼了:"得全面一些,要突出看守长的苦恼只是在'四人帮'时期。"

我说:"谁还不知道这是在'四人帮'时期呢?难道别的时期也有这样的事?难道我们写屁股上的雀斑,必须得反复说明脸上是光洁的吗?我写的正是'四人帮'时期,一个普通人可怕而又可笑的处境。跟您这么说得了,这老看守长就是我表叔……"糟糕!我想。

"这么说又是已经发生过的事?"

我沮丧地说:"咱们再重新想一个好了。"

看来得往邪乎里想。

看来得离开现实,什么不可能想什么!

然而又过了几个月,我们还是什么都没写出来。我们全力去做荒诞的想象,研究了上百个荒谬绝伦的构思,但仍然因为"已经发生过"而告吹。我几乎失去了信心。

一天,詹牧师的儿子来了,看见我们的窘态,哈哈一笑说:"活人别让尿憋死。"这倒又触动了我的灵感,"活人让尿憋得团团转"倒很具"黑色幽默"的味道。我很快写成了一篇《活人与尿的喜剧》。

詹牧师看罢不言语。

"您看还行吗?"

詹牧师变颜变色,不言语。

"这回还差不多吧?"

詹牧师不言语,脸上红一阵,白一阵。

〔注十四〕没料到我的想象又与詹牧师的实践撞了车。詹牧师被隔离审查期间住在一个破庙里。庙里有个孩子,淘气得出圈,惯搞恶作剧。有一回,这孩子在所有可以撒尿的地方都贴上了画,而在那样的画前撒尿是不相宜的。詹牧师身为审查对象,又不能离开破庙,结果尿憋得过了火,再想撒时已不能如愿。詹牧师的肾脏到现在还不大好。

"我并不反对你把我的事写出来。"詹牧师说着,苦笑,又连连叹气,又说,"可是这仍然不是'不可能发生的事'。"

我真不信我的想象力竟这样低劣。

我真不相信我就想象不出一件不可能发生的事来。

有了。

有一个人,平生的志愿就是给米洛的维纳斯配上两条胳膊。他琢磨了大半辈子,呕心沥血,终于想出了好办法,给米洛的维纳斯配上了健美的双臂。可是有了胳膊的维纳斯做的第一件事就是,左右开弓给了这个人一顿嘴巴……

"别讲了!"詹牧师忽然疯了似的站起来,冲我喊。

"怎么了?您这是?"我十分惊诧。

詹牧师背过身去站了很久。

我吓得不敢吱声。

詹牧师转过身来,满脸泪痕,对我说:"对不起,请你原谅,不过请你不要写这件事。"

"怎么回事?"

詹牧师忽然在胸前画起十字来:"上帝饶恕我,上帝看得清楚,我……"他猛地跌倒在床上。

〔注十五〕我打电话把他的儿子叫了来。这时我才知道,詹牧师原来还有个女儿。女儿从小就长得漂亮,詹牧师亲昵地叫她"我的小维纳斯"。"我的小维纳斯比米洛的可强十倍，还有两条好看的胳膊！"詹牧师常常和女儿开这样的玩笑。谁料到，正是他疼爱的女儿，在一九六六年给了他一顿耳光，骂他是"不齿于人类的狗屎堆"，声称与他断绝父女关系，愤然离家出走。这件事把詹牧师的心伤透了。后来女儿醒悟了，想回到父亲身边来，但詹牧师不允许。"做人最重要的是善良！"他说。再后来，女儿在插队的地方因公牺牲了。詹牧师后悔莫及，"我竟不能原谅一个受骗的孩子，我的善良到哪儿去了呢?!"他喊，他哭，叫着"我的小维纳斯"……从那以后，谁也不敢向他提起他的女儿，希望他把她忘了。

偏偏碰上我这么个善于想象的人。唉！

詹牧师住进了医院。诊断为：动脉痉挛，脑供血不足。这病很怪，阵发性的，詹牧师时而清醒，时而糊涂。大夫说："（他）年岁大了，（治疗效果）很难说。"

詹牧师的儿子埋怨我，不该总让他父亲回忆起那些往事。我感到非常内疚。

"可我不是有意的。"我说。

"是谁告诉你的?"詹牧师的儿子问。

"谁也没有，在这之前我并不知道他还有个女儿。"

"让尿憋坏了的那件事呢?"

"是你对我说'活人别让尿憋死'之后，我瞎编的。"

"我的意思是说，既然你们想象荒诞的能力超不过已经发生的事实，何必非要写'黑色幽默派'小说不可呢? 为什么不能用现实主义的手法来表现呢?"

我觉得这一建议很有道理。

詹牧师住在医院里，病情时好时坏。神志恍惚的时候，他总说胡话，仍在构思"黑色幽默派"小说，但也都是像过

去一样地不能成立。清醒的时候他就长吁短叹,想这个,想那个,想自己的一生,填写了几首《忆江南》:

其 一
女儿好,为父太心残。夜夜梦中相对坐,朝朝醒来又难圆,此恨到何年?

其 二
我儿强,不似父愚蛮。做人当有君子勇,行路须防小人谗,逆耳是忠言。

其 三
死何惧?无奈不心安。一世勤勉为虚度,百般壮志作空谈,不死亦无颜。

其 四
力竭尽,何必自寻烦?利禄千金轻如土,清风两袖重于山,惟此又心安。

其 五
平生忆,最忆是童年。白芷送茶难成梦,庆生伏案不知眠,店堂小灯前。

其 六
盼来世,当记此生难。墨海书舟重努力,雄关险道再登攀,胜败不由天。

其 七
终有憾,此憾在人间,朽树犹燃熊熊火,落花也留片片丹，小舟逝如烟。

我心里很难过，但又实在不能给他什么帮助。想起他儿子的话，我说："您何妨把您一生的境遇，就用现实主义的手法表现出来呢？"

他摇头叹气道："找不到恰当的角度。"

我说："如果您愿意，您口述，我来整理。既然生活素材是真实的，有什么不好找角度的呢？"

他摇头，许久不言语。一会儿，他又乱七八糟地说起胡话来，还是不忘他的"黑色幽默"。

我不知道怎样才能给即将归天的詹牧师以安慰。詹牧师的儿子出了一个主意。当詹牧师又清醒了一些的时候，我们俩一起骗他。

他先说："我们把您那些'黑色幽默'的素材，用现实主义的手法写成了，效果很好。"

我赶紧说："我在出版社的朋友不少，您的作品得到他们的一致好评，他们准备用。"

詹牧师呆呆地望着我。

"不久就能发表了。"我说。

詹牧师直勾勾地盯着我。

"肯定能发表。"我又说。

詹牧师微微地笑了。

我很高兴，我希望他能怀着愉快的心情离开人间。

"你是说，这下子行了？"詹牧师说。

"行了。"

"你是说，我们到底写成了'黑色幽默派'小说？"

"什么？！"

"像那样的东西，能发表，这不是绝不可能发生的事吗？"

我和詹牧师的儿子慢慢直起腰，默然相对。

"这样，黑色和幽默就全有了。这个构思好，符合那一条……"

我和詹牧师的儿子半天才缓过劲儿来，我们向他说明，是真的能发表。控诉"四人帮"的罪行，让人们更珍惜今天的生活，这怎么会不可能发表呢？写出人民在十年内乱中的痛苦遭遇，以便总结历史经验，防止悲剧的重演，这样的作品怎么会不可能发表呢？……

詹牧师却又陷入了昏迷。

我的希望倒是达到了，詹牧师死前分明感到了成功的喜悦……

一九八二年十二月十二日零点五十七分，詹牧师的心脏停止了跳动。终年七十三岁。

下　集

最近，为了写这篇报告文学，我又查阅了詹牧师的一些遗物。这是经过了詹牧师的儿子允许的。他说："反正你们这些舞文弄墨的人闲着也是闲着。不过你们要是再不说真话，你自己掂量你们是在干吗吧。"然后他就由我去翻腾詹牧师的遗物了。他去忙他的事。他正筹备办工厂，并兼办一所幼儿园。"将来有条件，我还要在我们那个小地方办大学呢！"他说。"实业和教育是最重要的！"他说。"其他才能谈得上。"他说。

詹牧师的遗物主要由两部分组成：大量的藏书；大量的手稿和大量的没有寄出的信件。

有一个发现弄得我心情很沉重。

我不能不如实地告诉各位读者：詹牧师确凿是一个风派人物。我也很难过，但事实终归是事实，不能用私人感情来代替。毫无办法，许多物证就是那样铁一般地存在着，我又是个记者，神圣的使命要求我必须忠实于事实。其实倒霉的是我，詹牧师早已解脱了，而我的这篇报告文学却有前功尽弃的危险。谁见过报告一个风派人物的文学呢，虽然也是人物？就此放弃又舍不得，还是试试看吧，反正是报告，又不是为他唱颂歌，万一有人给我扣帽子，我就往詹牧师身上一推了事。事情是他干的，与我有什么相干？

我并没有像有些人那样，先确定某人是一个风派人物，然后再去凑证据。我是先有证据，后做结论的。证据之一是詹牧师的藏书。书名、购买日期、扉页上的题字或批注之间的关系，颇耐人寻味。为方便读者起见，我选中其中一小部分做成了一份表格，现公之于众，以醒后人。

书　名	购买日期	扉页上的题字或批注			备　注
		第一回	第二回	第三回	
新约全书	1930.12.25	我主真道万古流行（后涂去）	用于学术研究（后涂去）	仅供批判	
家用大百科全书	1945元旦	白芷吾妻新年快乐（后涂去）	仅供参考（后涂去）	仅供批判	书页中夹一朵干枯的小花
资本论	1955.10.10	知识就是力量（后涂去）	学习，学习，再学习！	放之四海而皆准	书中画过一些标记已擦去

续表

书 名	购买日期	扉页上的题字或批注			备 注
		第一回	第二回	第三回	
毛泽东选集	1958春节	伟大的公仆	有雄文四卷为民立极	读毛主席的书,听毛主席的话,做毛主席的好战士!	同上
论共产党员的修养	1962.10.1	伟大的公仆(后涂去)	奴隶主义的大毒草(后涂去)	真金不怕火炼	作者姓名上曾有红×,现已擦去
创业史	1965.4.20	文艺为工农兵服务(后涂去)	大毒草(后涂去)	文艺为工农兵服务	同上
评新编历史剧《海瑞罢官》	1966春	千万不要忘记阶级斗争(后涂去)	反革命祸心的自我暴露		作者姓名上有红×
林彪同志论毛泽东思想	1967.8.1	真知灼见(后涂去)	祝林副主席身体健康,永远健康(后涂去)	阴谋家的用心早已暴露无余	同上
红色娘子军(总谱)	漏写	划时代的伟大创举(后涂去)	我们工农兵最爱看(后涂去)	大快人心事粉碎"四人帮"	
国家与革命	1972.10.1	要认真读马列原著			

续表

书　名	购买日期	扉页上的题字或批注			备　注
		第一回	第二回	第三回	
批判资产阶级法权文章汇编	漏写	活到老学到老（后涂去）	严防中央出修正主义（后涂去）	纯属贼喊捉贼	贴了一张王张江姚的漫画
宋江丑史	1975秋	坚决反击右倾翻案风（后涂去）	借题发挥，妄图篡党夺权的铁证		宋江二字被打过×已擦掉
英语广播讲座	1978.2.4	知识就是力量	还是要重视政治思想工作		
"四五"革命诗抄	1979.10.20	防民之口甚于防川	言论自由是人民的权利		

由此表不难看出，詹牧师的观点和立场，随机性很强。往好里说，也是缺乏独立思考的能力。

不久前，我又去詹牧师当年所在的教会做了一次采访，所得的印象也与此前相差不多。

他早年的一位教友说："詹鸿鹄一向是赶潮流的，没有自己的主见。五十年代他退出教会时把宗教贬得一钱不值，后来教会重新恢复活动时他又来祝贺。"

他早年的一位学生也证明："詹先生还在留言簿上写了一位名人的话，'人在精研哲学之后重新皈依的那位上帝，和由于对哲学知之不深而远离的那位上帝，根本不是同一位上帝'。"

现任主讲牧师何少光说："鸿鹄是有意重新'出山'，托人和我提起过。我倒是没意见，但一来人事方面没有名额，二来嘛，别人都担心他会不会什么时候又来个反戈一击。唉，鸿鹄当年的学生目前都在教会中负一定责任了，经常接待外宾，他自己反倒落得传电话。他当年要是不……唉！鸿鹄一生善良、勤勉，吃亏就吃在赶潮流上。"

还有两份材料可以证明，詹牧师确是惯于见风使舵的。其一是詹牧师于一九六六年十月写的一份声明；其二是他于一九八一年十月写的一份申请书。两相对照，一斑可见全豹。

放弃硕士学位声明（节录）

……我是个资产阶级臭知识分子，几十年来一直迷恋于成名成家，陷进了封资修的臭泥塘，不能自拔；自以为有学问，看不起普通劳动人民，迷失了政治方向。无产阶级"文化大革命"的春雷震醒了我，使我心明眼亮。我现在郑重声明：从即日起放弃硕士学位，甘当人民的老黄牛。同时声明：于明日下午三时烧毁我的所有著作。我是心甘情愿的。在革命派的帮助下，我认识到我过去的全部著作都是资产阶级反动立场的产物，无非一堆废纸，不烧何用?!……

博士学位申请书（节录）

……我平生的志愿就是做自己祖国的博士……我决

心努力攀登哲学高峰，写出《中国宗教思想概论》，作为我的博士论文。我已于三十多年前就获取了神学、史学两项硕士学位。三十多年来，我一直兢兢业业，努力奋斗，刻苦钻研，坚持不懈。在严酷的考验中，我的愿望深埋心底，耐心等待。我终于盼到了今天。学位委员会的成立，燃起我希望之火，召唤我纵马登程。祖国正是百废待举，倍需人才之际。我虽年迈，但壮心犹存；惟其年迈，才当百倍抓紧，万倍努力。"春蚕到死丝方尽，蜡炬成灰泪始干。"我决心尽残年之微力，写好博士论文，为四个现代化做出贡献……

〔注十六〕据调查，"声明"和"申请"都没有贴出、寄出过。

詹牧师写完了"声明"，征求詹夫人的意见，詹夫人不答，默然垂泪。詹牧师也没了主意。半天，詹夫人才说："你要不去埋那把刀子，何至于引得他们来抄家？"

詹牧师有一把很漂亮的蒙古刀，纯粹的工艺美术品，但他担心被人告发为"私藏武器，妄图变天"，在六六年的一个深夜拿出去想埋掉，结果被几个红卫兵抓住。

"我不去埋，他们也要抄的。"詹牧师愧然答道。

"我们不如回老家去，省得被他们赶。"詹夫人说。

"不知家里的房子还有没有。"

"可以先向亲戚们借一间。"

"'回春堂'不知还有没有。"

"家乡多安静，我喜欢安静。"

"尤其是夜里，什么声音也没有，睡得也香甜。"

"有时候有卖馄饨的在窗外吆喝。"

"放些虾皮,紫菜,还有香菜和青韭末儿,再放点香油,啧!"

"什么时候我给你做一回。"

"你可做不出那味儿来。"

…………

但他们没有贴出"声明",也没有回老家去。

"申请"呢?是什么原因使之没有寄出去?不详。

还有两份白纸黑字的证据。

第一份是詹牧师做的一首《满江红·悼念周总理》,幸亏当初没有落入"四人帮"之手,否则他大约就不会活到被我发现的时候了。诗词原文如下:

> 噩耗忽闻,哭无泪,肝肠欲裂。周总理,功盖乾坤,德昭日月。帷幄运筹轻生死,握发吐哺无昼夜。叹古今,被害是忠良,天当灭! 潇潇雨,飘飘雪。风声咽,哀声绝。把杯酒轻酹,志承先烈。大地珍埋男儿骨,长河敬殓英雄血。恨难消,何日斩群妖,天下谢。

如果我的发现到此为止,多好哇!那样我既可以为自己与这样一位勇士相识而自豪,我的报告文学也就可以具有英雄史诗般的气魄了。然而不幸,我又发现了一份证据——詹牧师写给江青的一封信!天哪,幸亏它是让我发现了,我为死者出了一身冷汗:如果是落入外人手里,詹牧师便有一百张嘴,也难说清楚了。信文如下:

敬爱的江青同志：

　　首先祝您身体健康！

　　我是

信文到此结束。以下是一些乱七八糟的算式，估计是詹牧师在计算当日的生活开销时所为。二角三分，估计是一瓶酱油；四角五分，估计是半斤鸡蛋；二分，可能是一盒火柴；红笔写的一角二分，大约是当日的财政赤字。如此等等，就不一一推敲了。也许是因为此信没有写下去，也许更是因为账目的重要性，詹牧师把这一页纸留了下来，后来就忘了，所以没有及时销毁。

诗文和信文都没有注明写作日期。唉，我的詹牧师，让我说你什么好呢？

我又走访了一位詹牧师生前最亲密的朋友——一位退休的中学教师。可喜可贺，这位老先生的证词，似乎可以推翻"詹牧师是个风派人物"这一结论。他说："小舟吗？也谈不上什么赶潮流不赶潮流，更谈不上什么风派不风派。他不过是闲不住，而且总是自命不凡，想干一番大事业，愿意和一些名人、大事发生些联系；他总有怀才不遇的思想，常常就做出些古怪的事情来。"这位老先生举了几个例子，以资证明：

　　A. 詹牧师并非只给江青写过信。在齐奥塞斯库当选为总统的时候，他也请罗马尼亚驻华使馆代转过他的贺信。他不光写贺信，也写过抗议信。苏军侵略阿富汗的时候，他给勃列日涅夫写过抗议信。英军进攻马岛的时候，他给撒切尔夫人和加尔铁里总统都写过劝告信。只是都没有得到预期的反响。

B. 估计收到过詹牧师的信的人会很多。只要报纸上出现了一位先进人物或别的什么人物，他就要立刻写信去，向人家表示祝贺或慰问。詹牧师对名人总是由衷地敬仰。有一回，詹牧师的小孙子大便之后，对屎的出处表示了惶惑："爷爷，这是从哪儿出来的？""肛门。""什么是肛门？""这就是肛门。"詹牧师一边给小孙子擦屁股一边解释道。"您也有肛门吗？""有，所有的人都有。"孙子忽然指着报纸上一位名人的照片问："他也有吗？"詹牧师给了孙子一巴掌："嗐！不许瞎说！"

有一点需要强调：敬仰归敬仰，詹牧师绝不是想从中得到什么好处。除非万不得已，他从来是不求人的。

还有一点要强调：詹牧师也并不是只敬仰名人。如果要糊顶棚，他崇拜糊匠；要是漆桌子，他只信得过漆匠……有一回，詹牧师碰巧得了一些木料，想做一个书架，儿子几次要动手都被他制止。"你做过什么？！"他说。等儿子瞒着他把书架做好了，对他说："我找了个七级木工给做的。"詹牧师连连夸奖："这活儿做得够多地道！"因詹牧师的儿子计划不周，在书架的左立柱上多锯了一道口，为对称起见，索性又在右立柱上也锯了一道。詹牧师一直琢磨不出这两道口是做什么用的，试着往上面挂了两回网袋，也挂不住。

C. 凡国内外大事，詹牧师都关心。国内的，譬如：东北及西南林区的乱砍滥伐问题，华南虎及丹顶鹤的保护问题，各地名胜古迹应该加强管理和利用起来发展旅游业问题，城近郊区应该发展养鱼业，街道两旁应改种香椿树以解决春季蔬菜短缺状况，以至目前晚育造成的难产率增高的问题，等等，他都给予关注。他去图书馆查阅书籍、资料，去请教过专家，也给有关方面写过信，申述了自己的意见。国外的呢，主要是世界和平问题。他曾在自家墙上挂过一张民用世界地图，并做了一块布帘挡在上面。有时候他拉开布帘，在地图上画些箭头、虚线和实线；也插一些小旗子，红的、白的、黑的；然后在屋子里低头踱步，默默地思考。他确实有过一些颇具先见之明的预言，譬如：他早在六十年代末就说过，欧洲是世界战略的重点，亚洲的问题出在印度和西亚。不过也有过错误的判断：第三次世界大战迫在眉睫。

  D. 詹牧师喜欢体验一种崇高感，或者叫作价值感。只要能稍稍与国内外大事有所关联，他便要陶醉，甚至闹到自己也把握不住自己的地步。亏得有詹夫人时常阻拦他，向他晓以利害，这才避免了不少祸事。"否则，"詹牧师的老朋友说，"真难说他要做出什么事来呢！假如'四人帮'重用他，他说不定会因为被重用而忘乎所以的。反过来，倘使有一位厂长或局长什么的，看重他，他肯定也会废寝忘食地为'四化'出力。他早就提出过要重视智力开发的主张，可惜那时没人理他。他就是盼望被人重视。我看，他之所以想起给江青写信，准是有什么人在他耳边吹风，吹得多了、神了，他就信以为真，觉得似乎那样就能有机会实现他的某项设想。至于这首《满江红》嘛，我敢担保的只是，小舟对周总理是衷心热爱的。总理逝世当天，我们俩找了个没人的地方待了一天，什么也吃不下，什么也说不出，小舟一个劲儿叹气，蹭地，把黄土地上蹭了两道深沟。他有胆子写那么一首诗词，也肯定是受了别人的鼓动，十有八九是受了他儿子的鼓动，否则他绝不敢写什么'何日斩群妖'之类的。不过还有一种可能，那首词是他在粉碎'四人帮'之后写的。他儿子就常说他不是史学硕士，而是史学'修士'，意思就是说他总是根据现在的情况修改、打扮自己的历史。不然，他敢把这么一首诗词保留下来，是不大好想象的。"

E. 詹牧师甚至喜欢模仿伟人的动作（不错，这一点笔者也可以证明，他每次和我见面，哪怕是只相隔半天儿，也要和我握手，伸手的姿势就像列宁）。

但从以上五点，能说明什么呢？能说明詹牧师不是风派吗？能说明詹牧师就是风派吗？我实在也吃不准。但报告文学是应该报告得准确、真实、全面的，所以我把这些情况也都零零碎碎地写了下来。如果能在篇头印上八个字"内部参考，请勿外传"，我以为是慎重的。

续　集

关于詹牧师多次伪造表扬稿以骗取稿费，并在被揭露后缄口不谈此事一节，我一直考虑是否删去。倒不是怕诲淫诲盗，误人子弟，实在是那样写来太有些不明不白。正当我举棋不定之际，昨天，詹牧师的街坊们又向我提供了一些新情况。

甲、詹牧师的老街坊宋科长的书面意见：

我认为，詹小舟同志绝不是那种为了名利就去昧着良心胡编乱造的人。为了名吗？可是发表那么几篇表扬稿能出什么名呢？为了钱吗？更不可信。詹小舟同志多年来一直义务为大家打扫厕所，街坊们曾经商量着要给他些报酬（每月九块），他都不要。他说："我不是为了钱，我也不是打扫厕所的。"大家不敢再提。我们有时候也想帮助打扫打扫，但每天早晨，无论你起得多早，厕所还是已经被詹小舟同志打扫过了。后来发现詹小舟同志是在夜里打扫厕所的，他每夜都要看书学习到一两点钟，然后就去打扫厕所。我们都睡得早，不能等到所有的人把一天的厕所都上完（原文如此——作者注），再去睡呀……

乙、詹牧师的邻居徐老太太的口头证明：

可不是怎么的？詹大哥净给大伙儿办好事，正经八百一个老雷锋。甭瞧我还比他小两岁，可腿脚儿不济，取趟奶来回就得他妈一个多钟头，詹大哥见天清早儿帮我取奶，黑了还管倒脏土。我心里不落忍的，人家也那么大岁数了不是？我就说您甭价啦。可詹大哥说，街里街坊的一块儿住着，谁和谁呀？人家可不是像我这么说的，人家开口就是文明词儿，说是"五洲四海翻腾，到了儿都得往一块儿走"。（估计詹牧师的原话可能是："我们都是来自五湖四海……走到一起来了。"——作者注）咳，那可是个善净人儿。说他骗钱花？说这话的人可是他妈瞎了狗眼啦！

丙、詹牧师隔壁的孙老师的书面证明：

詹老先生常说：这些年社会风气的变坏，全是因为"四人帮"把人们的道德标准搞乱了。善而不赏，恶而不罚，必定铸患无穷。而罚恶的好办法，莫过于赏善。善既立，恶不逞。

所以，我认为，詹老先生之所以总写表扬稿，意在赏善。用现行的语言说就是：榜样的力量是无穷的。前年，詹老先生去眼镜店配眼镜，营业员不耐烦地把眼镜扔给他，把一个镜片摔碎了，营业员反而怨詹老先生没接住，一定要詹老先生赔。后来詹老先生对我说："你跟他吵有什么好处？你说三道四地教育他，反倒会激起他的反抗心理，使他更加不热爱本职工作。"所以詹老先生就原价把那副眼镜买了下来，并写了一篇表扬稿，表扬了一个假设的、态度非常好的营业员……

丁、职工学校的看门人老郭头的口头证明：

您问詹老儿？那老头儿可是心眼儿好！那人心眼儿忒好！那老两口子心眼儿都好！没比！说件具体的？我说的这些全是具体的。说件真事？……我刚来这儿的时候，是夏间天儿，大晌午的老阳儿挺毒，詹老头儿一盆一盆地往球场上泼水，我不懂规矩，还直嗔着人家。敢情他是为了学生们下了课好打球。我还给人家埋怨了一顿。好人哪！詹太太人更好，包了饺子就喊我去，说我一人儿闷得慌。其实我倒惯了，也不觉着闷。这会儿那老两口儿全死了，我时常倒真觉着憋闷了。好人哪！——上了天堂啦！——

还有一些证词，因篇幅所限，略去。

补　遗

詹牧师死后，我和他儿子给他换衣服时发现，在他贴身穿的衬衣兜里有一个小塑料包儿。打开一层塑料包儿，又是一层塑料包儿，一共三四层，里面包着两张照片。一张是

"全家福"——年轻的詹牧师抱着小女儿，年轻的詹夫人搂着儿子。另一张是詹牧师当年获硕士学位时的留影，戴着硕士帽，风度翩翩。除此之外，还有一件东西——怎么说呢？请诸君原谅并且保密—— 一个镀金的小十字架。

还有一件事。詹牧师的儿子给詹牧师写了一篇非常奇怪的悼词，其中有这么一段话：

> ……记得小时候，有一次我问爸爸："树叶是什么颜色的？"爸爸回答："绿的。"我又问："那绿色是什么样的？"爸爸回答："就是树叶那样的。"我说："如果这就是绿色，那绿色又是什么样的呢？"爸爸想了半天，笑了，拍拍我的肩膀。那时候多快乐呀……

一九八三年五月二日

关于《务虚笔记》的一封信

柳青[1]:

您好！来信收到已久，本该早给您回信的，但总想就您对《务虚笔记》的意见说说我的想法，所以一直耽搁着。

可现在又觉得，要在一封信中说清楚，未必容易。试试看吧。但这绝不是说《务虚笔记》（以下简称《务》）有多么高明，只是说它有点特别，甚至让人难于接受。让人难于接受的原因，当然不都是它的特别所致，还因为它确实存在很多缺陷。但这缺陷，我以为又不是简单的删减可以弥补的，删减只能损害它的特别。而其"特别"，又恰是我不能放弃的。所以，这篇东西还是让它保留着缺陷同时也保留下特别吧。您不必再操心在海外出版它的事了。它本不指望抓住只给它一点点时间的读者，这是我从一开始就明白的事。世界上的人很多，每个人的世界其实又很小，一个个小世界大约只在务实之际有所相关，一旦务虚，便很可能老死难相理解。这不见得是一件坏事。也许这恰恰说明，法律需要共同遵守，而信仰是个人的自由。

《务》正在国内印第二版，这已经超出我的意料。读者

---

[1] 柳青：友人，相识于七十年代初。导演，编剧，作家，出版人，现居新加坡。——编者注

大约是根据对我以前作品的印象而买这本书的,我估计很多人会有上当的感觉。对此我真是有点抱歉,虽然我不认为这是我的错。我还是相信,有些作品主要是为了卖,另一些更是为了写——这是陈述,不包含价值褒贬。就比如爱情的成败,并不根据婚姻的落实与否来鉴定。

您在信中说:"C的穿插可以舍去……没有自传体味道,使它脱胎而独立,更显得成熟。"——就从这儿说起吧。

在我想来,人们完全可以把《务虚笔记》看成自传体小说。只不过,其所传者主要不是在空间中发生过的,而是在心魂中发生着的事件。二者的不同在于:前者是泾渭分明的人物塑造或事件记述,后者却是时空、事件乃至诸人物在此一心魂中混淆的印象。而其混淆所以会是这样而非那样,则是此一心魂的证明。故此长篇亦可名曰"心魂自传"。我相信一位先哲(忘记是谁了)说过的话,大意是:一个作家,无论他写什么,其实都不过是在写他自己。因而我在《务》中直言道:

> 我不认为我可以塑造任何完整或丰满的人物,我不认为作家可以做成这样的事……所以我放弃塑造丰满的他人之企图。因为,我,不可能知道任何完整或丰满的他人,不可能跟随任何他人自始至终。我经过他们而已。我在我的生命旅程中经过他们,从一个角度张望他们,在一个片刻与他们交谈,在某个地点同他们接近,然后与他们长久地分离,或者忘记他们或者对他们留有印象。但,印象里的并不是真确的他们,而是真确的我的种种心绪。
>
> 我不可能走进他们的心魂,是他们铺开了我的心路。如果……在一年四季的任何时刻我常常会想起他

们,那就是我试图在理解他们,那时他们就更不是真确的他们,而是我真确的思想。……在我一生中的很多时刻如果我想起他们并且想象他们的继续,那时他们就只是我真确的希望与迷茫。他们成为我的生命的诸多部分,他们构成着我创造着我,并不是我在塑造他们。

我不能塑造他们,我是被他们塑造的。但我并不是他们的相加,我是他们的混淆,他们混淆而成为——我。在我之中,他们相互随机地连接、重叠、混淆,之间没有清晰的界限。……我就是那空空的来风,只在脱落下和旋卷起斑斓的落叶抑或印象之时,才捕捉到自己的存在。

……我经常,甚至每时每刻,都像一个临终时的清醒的老人,发现一切昨天都在眼前消逝了,很多很多记忆都逃出了大脑,但它们变成印象却全都住进了我的心灵。而且住进心灵的,并不比逃出大脑的少,因为它们在那儿编织雕铸成了另一个无边无际的世界,而那才是我的真世界。记忆已经黯然失色,而印象是我鲜活的生命。

——《务》136 节

这就是我以为可以把《务》看作自传体小说的理由,及这一种自传的逻辑。

所以,有关 C 的章节是不能删除的。因为 C 并不是一个我要塑造或描写的人物,而应看作是这一份心魂历史的 C 部分。C 的其他方面在这篇小说中是不重要的,只有以 C 为标志的残疾与爱情的紧密相关,才是这一心魂历史不可或缺的。而 C 的其他路途,亦可由 Z、L 甚至 O、N 等此书中出现的其他角色(即此一心魂的其他部分)来填补、联想,甚至混淆为一,——这是允许的,但非一定的。一定的仅仅是:这诸多部分,混淆、重叠而成就了我的全部心路。

如果有人说这是一部爱情小说,我不会反对。残疾(残缺)与爱情——尤其是它们以 C 为标志如此地紧密相关,我甚至相信这是生命的寓言,或是生命所固有的遗传密码,在所有人的心里和处境中都布散着它们的消息。从我们一出生,一感受到这个世界、这个同类之群,我们就日益强烈地感受到了差别、隔离和惧怕,同时生出了爱的欲望。——这就是"我"与画家 Z 从童年时,便由"一座美丽的房子"和"一个可怕的孩子"所听到的消息。这消息不断流传,不断演变,直至诗人 L 的日记被人贴在了墙上,和他未来在性爱中的迷惑;直至 WR 的童言无忌与流放边陲;直至 O 的等待,及其梦想的破灭;直至 F 医生的眺望、深藏的痛苦与梦中的供奉;直至 Z 的叔叔晚年重归葵林;直至一个叛徒的生不如死的残酷处境,和她永生永世的期盼……这一切都携带着那种美丽并可怕的消息。因而这一切(无论是更为个体化的,还是更为社会化的)都发端于,也结束于生命最初的那个密码:残疾(残缺)与爱情。

就是说,每个人生来都是孤独的,这是人之个体化的残缺。因此我们倾向与他者沟通、亲和。而他者之为他者,意味着差别、隔离、恐惧甚至伤害,这是社会化的残缺。于是我们更加期盼着团聚——我需要你,需要他者,一个心魂需要与另外的心魂相融合。而这,证明了爱情。我们因残缺而走向爱情。我们因残缺而走向他者,但却从他者审视的目光里发现自己是如此的残缺。我们试图弥补残缺,以期赢得他者的垂青或收纳,但我们又发现这弥补不可能不求助于他者,因为只有在他者同样祈盼的目光中,那生就的残缺才可获弥补。甘地说过:没有什么方法可以获得和平,和平本身是一种方法。爱亦如此，爱可以视为和平的根源，那不是一种可期捕获之物，是方法，是关系。爱的艰难与祈盼，简直是千古的轮回或重演！原来残缺和爱情是互为因果的。一切心魂的福乐与危惧中都携带了这样的消息。而这消息，在C的处境中（或我之C的思绪里）尤显昭彰。

我并不想写一个残疾人的爱情遭遇，那些东西差不多已经被写滥了。我是要写，恰是人之残缺的背景，使爱情成为可能和必要。恰是性的残疾或沉沦，使爱情与单纯的性欲明显区分，使爱情大于性欲的部分得以昭彰。是人对残缺的意识，把性炼造成了爱的语言，把性爱演成心魂相互团聚的仪式。只有这样，当赤裸的自由不仅在于肉体而更在于心魂的时刻，残疾或沉沦了的性才复活了，才找到了激情的本源，才在上帝曾经赋予了它而后又禁闭了它的地方，以非技术而是艺术的方式，重归乐园。为此应该感恩于上帝，也感恩于魔鬼，亦即感恩于爱也感恩于残缺。当残疾降临之时，以至其后很多年，我绝没想到过有一天我会这样说。而当有一天我忽然想到了这一点时，我真是由衷地感动。

有人说，父母之爱比性爱更无私更纯洁，我实在不能同意。父母对儿女的爱固然伟大，但那并不触及爱的本质，因为其中缺少了他者。父母爱儿女，其实是爱着自己的一部分。惟在与他者的关系中，即自我的残缺中，爱的真意才显现。当有一天，父母对儿女说"我们是朋友"的时候，我想那是应该庆祝的，因为那时父母已视儿女为平等的他者了。但是多么有意思啊，如果在恋人之间忽然要特特地强调"我们是朋友"，这却值得悲哀，这说明一堵曾经拆除的墙又要垒起来了。语言真是魔术师。这墙的重新垒起，不仅指示爱情的消逝，同时意味着性关系的结束或变质。可见，于人而言，性从来不仅仅是性，那是上帝给人的一种语言，一种极端的表达方式。所以诗人L终有一天会明白，这方式是不能滥用的，滥用的语言将无以言说。是啊，一切存在都依靠言说。这让我想起大物理学家玻尔的话：物理学不告诉我们世界是什么，而是告诉我们关于世界我们能够谈论什么。

《务》最劳累读者的地方，大约就是您所说的"过于分散的物象"。人物都以字母标出，且人物或事件常常相互重叠、混淆，以致读者总要为"到底谁是谁"而费神。我试着解释一下我的意图。

首先——但不是首要的：姓名总难免有一种固定的意义或意向，给读者以成见。我很不喜欢所谓的人物性格，那总难免类型化，使内心的丰富受到限制。

其次——但这是最重要的：我前面已经说过了我不试图塑造完整的人物，倘若这小说中真有一个完整的人物，那只能是我，其他角色都可以看作是我的思绪的一部分。这就是第一章里那个悖论所指明的，"我是我的印象的一部分，而我的全部印象才是我"。就连"我"这个角色也只是我全部印象的一部分，自然，诸如C、Z、L、F、O、N、WR……就都是我之生命印象的一部分，他们的相互交织、重叠、混淆，才是我的全部，才是我的心魂之所在，才使此一心魂的存在成为可能。此一心魂，倘不经由诸多他者，便永远只是"空空来风"。惟当我与他者发生关系——对他们的理解、诉说、揣测、希望、梦想……我的心路才由之形成。我经由他们，正如我经由城市、村庄、旷野、山河，物是我的生理的岁月，人是我的心魂的年轮。就像此刻，我的心路正是经由向您的这一番解释而存在的。

如果这种解释（在小说里是叙述，在生活中是漫想，或"意识流"）又勾连起另外的人和事，这些人和事就会在我心里相互衔接（比如A爱上了B，或相反，A恨着B）。但这样的衔接并不见得就是那些人的实际情况（比如 A 和 B 实际从不相识），只是在我心里发生着，只不过是我的确凿的思绪。所以我说我不能塑造他人，而是他们塑造着我。——这简直可以套用玻尔的那句名言了：文学不告诉我们他人是什么，而是告诉我们关于他人我们能够谈论什么。而这谈论本身是什么呢？恰是我的思绪、我的心魂，我由此而真确地存在。那"空空的来风"，在诸多他人之间漫游、串联、采撷、酿制、理解乃至误解……像一个谣言的生成那样，构成变动不居的：我。说得过分一点，即：他人在我之中，我是诸多关系的一个交叉点，命运之网的一个结。《务》中的说法是：

> "我"能离开别人而还是"我"吗？"我"可以离开这土地、天空、日月星辰而还是"我"吗？"我"可能离开远古的消息和未来的呼唤而依然是"我"吗？"我"怎么可能离开造就"我"的一切而孤独地是"我"呢……
>
> ——《务》228 节

如果这类衔接发生错位——这是非常可能的，比如把 A 的事迹连接到 B 的身上去了，甚至明知不是这样，但觉得惟其如此才可以填补我的某种情感或思想空白，于是在我心魂的真实里，一些人物（包括我与他人）之间便出现了重叠或混淆。这重叠或混淆，我以为是不应该忽略的，不应该以人物或故事线索的清晰为由来删除的，因为它是有意义的——这也就是小说之虚构的价值吧，它创造了另一种真实。比如若问：它何以是这样的混淆而非那样的混淆？回答是：我的思绪使然。于是这混淆画出了"我"的内心世界，"我"的某种愿望，甚至是隐秘。

（我有时想，一旦轻视了空间事物，而去重视心魂状态，很可能就像物理学从宏观转向微观一样，所有的确定都赖于观察了。这时，人就像原子，会呈现出"波粒二重性"，到底是波还是粒子惟取决于观察，而一个人，他到底是这样还是那样，惟取决于我的印象。孤立地看他，很像是粒子，但若感悟到他与人群之间那些看不见摸不着的神秘关联，他就更像似波了吧——这有点离题了。）

说到隐秘，什么隐秘呢？比如说，A的恶行我也可能会有（善行也一样），只不过因为某种机缘，A的恶行成了现实，而我的这种潜在的可能性未经暴露——这通过我对A的理解而得印证。我相信，凡我们真正理解了的行为，都是我们也可能发生的行为，否则我们是怎么理解的呢？我们怎么知道他是如此这般，于是顺理成章地铸成了恶行的呢？如果我们没有这种潜在的可能，我们就会想不通，我们就会说"那真是我不能理解的"。人性恶，并不只是一些显形罪者的专利。（比如，某甲在"文革"中并未打人，但他是否就可以夸耀自己的清白？是不是说，未曾施暴的人就一定不会施暴呢？叛徒的逻辑亦如是，你不是叛徒，但你想过没有，你若处在他的位置上会怎样呢？如果我们都害怕自己就是葵花林里的那个叛徒，那就说明我们都清楚她进退维谷的可怕处境，就说明我们都可能是她。）

不光在这类极端的例子中有这样的逻辑，在任何其他的思与行中都是如此。我可能是Z、L、O、N、WR……因此我这样地写了他们，这等于是写了我自己的种种可能性。我的心魂，我的欲望，要比我的实际行为大得多，那大出的部分存在于我的可能性中，并在他人的现实性中看到了它的开放——不管是恶之花，还是善之花。尽管这种种可能性甚至是互相矛盾的，但难道我们不是矛盾的吗？我们的内心、欲望、行为不是常常地矛盾着吗？善恶俱在，我中有你，你中有我，才是此一心魂的真确。当然，他们做过的很多事并非就是我的实际经历，但那是我的心魂经历。如果我这样设想，这样理解、希望、梦想了……并由之而感受到了美好与丑陋、快乐与恐惧、幸福与痛苦、爱恋或怨恨、有限与无限……为什么这不可以叫作我的经历？皮肉的老茧，比心魂的年轮更称得上是经历吗？（所以，顺便说一句：当有人说《务》中的角色可能是现实中的谁的时候，我想那可真是离题太远。）

我想，某种小说的规矩是可以放弃的，在试图看一看心魂真实的时候，那尤其是值得放弃的。就是说，对《务》中的角色，不必一定要弄清楚谁是谁（更不要说《务》外的人物了）。事实上，除非档案与病历，又何必非弄清楚谁是谁不可呢？又怎么能弄清楚谁是谁呢？然而档案只记录行为，病历只记录生理，二者均距心魂遥远，那未必是文学要做的事。还是玻尔那句话的翻版：我无法告诉你我是谁，我只能告诉你，关于我，我能够怎样想。

如果有人说《务》不是小说，我觉得也没什么不对。如果有人说它既不是小说，也不是散文，也不是诗，也不是报告文学，我觉得也还是没什么不对。因为实在是不知道它是什么，才勉强叫它作小说。大约还因为，玻尔先生的那句话还可以做另一种引申：我不关心小说是什么，我只关心小说可以怎样说。况且，倘其不是小说，也不是其他任何有名有姓的东西，它就不可以也出生一回试试吗？——这是我对所谓"小说"的看法，并不特指《务》。这封信已经写得有点像争辩了，或者为着什么实际的东西而争辩了。那就再说一句：写这部长篇时的心情更像是为了还一个心愿，其初始点是极私人化的，虽然也并非纯粹到不计功利，但能出版也已经足够了。至于它能抓住多少读者,那完全是它自己的事了。您的出版事业刚刚开始,不必太为它操心,不能赚钱的事先不要做,否则反倒什么也干不成。"务虚"与"务实"本当是两种逻辑,各司其职,天经地义。

我近来身体稍差,医生要我全面休息,所以就连这封信也是断断续续写了好些天。立哲想请我去美国逛一趟,如果身体无大问题,可望六月成行。到时瑞虎将做我们的导游兼司机,这真让人想起来就高兴。只盼美梦成真吧——这一回不要止于务虚才好。那时您若有空,可否也来一聚呢?

即颂
大安!

史铁生
一九九七年三月十四日

关于《我的丁一之旅》的一封信

邹大立[1]：

你好！

收到你的信，以及你和网友谈论《丁一》的文章。在西安玩得太累，那晚无力多聊，实在抱歉。不过，关于《丁一》还是笔谈的好。

说《丁一》写的是"欲望双刃剑"，不如说是"理想双刃剑"。"欲望"本来可褒可贬，正如生命，压根儿就蕴含了美好与丑恶。而"理想"一词从来都是褒义，是人生向往，是精神追求。但理想的结果，却未必总能如其初衷。黑格尔给悲剧的定义是：相互冲突的两种精神都值得我们同情。这定义也可引申为：相互冲突的两种行径，悲喜迥异的两种结果，竟始于同样美好的理想。

丁一（或顾城）的爱情固不符常规，否则其理想色彩也就暗淡，但究其根本，难道有什么不好？然而它却导致了一场悲剧。这到底怎么回事？在爱的理想与杀戮的结果之间，究竟有着一条怎样的路径？

---

[1] 邹大立：史铁生内弟的同学。此信曾以《理想的危险——就〈我的丁一之旅〉给邹大立的回信》为题刊出。——编者注

我并不认识顾城,只是读过一些他的诗。我写《丁一》也不直接由于顾城事件,甚至到现在也不了解其全貌。但那海岛上的悲剧,自一听说我就感觉没那么简单,但也是懵然不解其意。惟随岁月迁移,或情智成长,才知其不可轻看。所以不可轻看,不单是因为一个诗人的杀人,更在于它深刻触及了爱的意义、性的本质、艺术与现实的冲突,最终引出一个永远的课题:理想的位置。可以说,人类的一切文明成就,一切争战缘由,一切光荣与堕落,都与如何摆放理想的位置根本相关。

爱情所以是一种理想,首先是因为,她已从生理行为脱颖而出,开始构画着精神图景了。事实上,人类的一切精神向往,无不始于一个爱字,而两性间的爱情则是其先锋,或者样板。

于是丁一总有个想不通的问题:爱情,这一人皆向往并千古颂扬的美好情操,何以要限定在两人之间?换句话说:一件公认的好事,怎么倒是参与者越少越好?多一个人怎样?3至N人如何?后果不言而喻。可这到底为什么?人们不是口口声声地赞美并企盼着博爱吗?

噢,这里面有个性的问题。性的什么问题?性的禁忌!可这不跟爱情的限制是一回事吗?问题还是:性,这一生命不可或缺的行为,何以让人如此惧怕,以至于要严加防范?曾经是为了财产继承,为了种姓兴旺,但随时代变迁,尤其是有了爱情的超越,这一层考虑早已相当淡薄,性何故依然是马虎不得?

可你说它马虎不得吧,它又在自由的名下多有作为,比如娱乐,比如表演,甚至艺术。然而无论怎样自由,性还是逃不脱其天赋的限制。娱乐,表演,艺术……但有个前提:得表明这仅仅是娱乐,是表演,是艺术,并没别的事。罗兰·巴特好眼光,从中看出了裸体之衣"[1]!比如裸体舞者,一无遮蔽吗?不,她穿上了一袭名为艺术的"裸体之衣"。此衣无形,却如壁垒森严;其舞无声,却宣告了一道不可跨越的隔离。

宣告,啥意思?语言呀!那灯光,那舞台,那道具……构成了参与者的共同约定,或"裸体之衣"的无声强调:"这是艺术,请勿胡思乱想!"可为什么要强调呢?孩子不守纪律,老师才要强调:"这不是你们家,这是课堂!"同样道理,恐怕有人还是胡思乱想,在心里说着别的话,所以才要强调:"这不是你们家,这是舞台,这是剧场!"别的话,是什么话呢?又是谁在说?裸体在说,甚至是性,在悄悄地说。说什么?说什么你自己想,想不出来未必是很纯洁,更可能是太傻。

但有一事已得证明:裸体是会说话的,尤其性,在专事繁衍后的千百年中已然成长为一种语言。怎样的语言?比如是爱情的表达:"这不是公共场所,这是围困中的一块自由之地(譬如孤岛),这儿赞美胡思乱想,这儿纵容胡作非为,这儿看重的是冲破一切尘世的隔离。"

当然,这语言也可以是无爱或不爱的表达。比如太过随便的性行为,不过就像聊了回闲篇儿,说了顿废话,与爱情毫不相干。而对性事的蓄意不恭呢?比如公开的越界,肆意的胡来……则已是一份明确的毁约声明了:既往的爱情已告终结。

所谓"冲破隔离",冲破什么的隔离?"裸体之衣"既

---

[1] 裸体之衣:参见罗兰·巴特的《裸体舞》。(疑为《脱衣舞的幻灭》之误——编者注。)

不蔽身，它究竟隔离了什么？心哪！这世上最为隐蔽的是心哪，最不可随便袒露、随便敞开的不是身体，是心哪！"裸体之衣"真正的强调是："我袒露了身体，却依然关闭着心。"心其实不善娱乐，心常陷于孤独。心更是不要表演，表演的是身体，心在忍受谎言。而一切真正的艺术都是心的呼喊，都是心在吟唱，或是心借助身体无奈地模仿着敞开。

何故模仿敞开？那是说：心渴望敞开，却不得不有所防范。刀枪之战需要铠甲来抵挡，心灵之战则要关闭起你的心。爱情，是孤独的心求助于他人的时刻，可他人又是怎样想呢？倾慕是否会换来鄙视？坦率是否会被视为乞求？关闭的心于是又模仿强大，模仿矜持和冷漠，甚至以攻为守……致使那真诚的心愿，不得不在假面与谎言的激流中漂泊。

这事得怨上帝，是他以分离的方法创造了世界，以致我们生来就是"人心隔肚皮"。但你不能怨上帝。有数学家说："像我们这样有局限的生物……深深的不安来自我们对一切无穷的东西完全缺乏自信。然而如果不是隐含地涉及无穷，根本就不会有任何数学。"[1]我猜，上帝的创世必也是这样考虑的：若不分离，安得有限？若无有限，怎涉无穷？若非有限与无限的对峙，或有限对无限的观察，又怎么谈得上存在？上帝看存在是好的，事情就这样成了。我们这些有限的生物也就有事干了。我们这些被分离的家伙便欲海情天地渴望着团圆了。

但团圆之路危险丛生。人生来就有差别，社会又在制造差别；差别导致歧视，歧视又在复制歧视……故而每一颗心都是每一颗心的陌生之域，每一颗心都对每一颗心抱以警

---

[1] 引自《不完备性——哥德尔的证明和悖论》，[美]丽贝卡·戈德斯坦著，唐璐译，湖南科学技术出版社，2008年。——编者注

惕，每一颗心都在重重险境中不能敞开其梦中的伊甸。但这也正是爱的势能吧——所有的心都在相互渴望！与其说上帝造成了人心的隔离，莫如说他成就了人间的爱愿。问题是，具体到实际可怎么办？博爱尚远，就先把这理想局限于两性间的爱情吧，所以我说她是先锋，是样板。据说，以繁衍的成本计，性别实属浪费。果真如此，我们倒可对其目的做更浪漫、更优美的猜想了：那是上帝赋予情人们的一份信物，或给团圆的一项启示，给博爱的一条思路。《丁一》是说，这就像上帝给人的最后机会：在这危险系数最小的一对一关系中，人啊，你们若仍不能倾心相爱，你们就毫无希望了。

但这依然意味着冒险。所有的爱情都是一次冒险——在这假面攒动、谎言充斥的人流中，你怎么知道哪儿是你的伊甸，谁又是你的亚当或夏娃？情种丁一曾多次试探，他把性当作爱的试金石，企图辨认出那一别经世的夏娃。孰料，性完全可以仅仅是性，冒充爱、顶替爱，却不见夏娃之行踪。唉，这哪里是为了团聚的分离，这明明是加固着隔离的一次次"快餐"呀！幸好情人们都通情达理，甩下一片冷漠，各自消形于排山倒海般的人流了。

幸好吗？"通情达理"曾属赞誉之词，在如今的恋人中间尤得推崇，但于爱情这到底是喜是忧？还有"潇洒"，还有"太累"和"别傻了你"……如今的"爱情"似都已沧桑历尽、荣辱不惊了。此乃理想之衰微，还是理性之成熟？

丁一不愧情种，对"夏娃"念念不忘，为理想寻遍天涯，为实现他的"戏剧"而百折不挠。实现——理想之剑的危险一刃已现端倪。

戏剧，仅仅是把现实搬上舞台吗？太说不通。一切文学、艺术、戏剧，无论是对丑恶行径的夸张，还是对善美事物的彰显，究其实，都是一处理想性或可能性生活的试验场。我猜这小小寰球之于上帝，也是一场实验性的戏剧吧——听那块落入红尘的"宝玉"终有何想，或看那信誓旦旦的"浮世之德"究竟是何走向。

我赞成丁一与娥对戏剧的理解：让不可能成为可能，使非现实可以实现。这才是戏剧之魅力不衰的根本，这才是虚构的合理性根据，这也才是上帝令人类独具想象力的初衷吧。艺术，实为精神追寻的前沿，故其常不顾世俗成规，也不求大面积理解。何谓"先锋派"？艺术从来都是先锋派。先锋，绝非一种行文模式，而是对精神生活之种种可能性的不屈、不尽的询问。我以为，尼采所说的"超人"也是此意——并非法力无边、惟我独大，而是不断超越自己的凡人。丁一与娥即属先锋。他们奇想迭出，成规弃尽，在自编自演的戏剧中品尝着爱的平安——谎言激流中的相互信任；体会着性的放浪——假面围困下的自由表达；甚至模拟心灵的战争与戕害——性虐。性虐之快慰何来？先造一个残酷的现实模型，再看它轰然毁灭于戏剧的可能性中。

但丁一渐渐把戏剧与现实混为一谈。他忘了，戏剧只在约定的舞台上才能实现，而爱情终难免要走出剧场，走进心灵之战依旧如火如荼的现实中去。这有意无意的忘却，又由于萨的到来，娥的默认，以及"丹青岛"的传说，令此丁实现其理想的热望不断升温。

然而先哲有言：只要三个人，就要有政治了。[1] 两个人可以完全是感情的事，好则百年，不好则分道扬镳，简单得很；要是再来一位呢，可就不是再添一份碗筷的事了。三

---

[1] 参见《古今之争中的核心问题》，[德]迈尔著，林国基等译，华夏出版社，2005年。——编者注

人恋,仅一份"1爱2"可不行,不公平,也不安全。算起来得是"1爱2"×3。就是说,每个1都得同时爱着2,只需三分之一的例外就要出事。听说,确实有过三个人的和睦婚姻,但个例只是一道脆弱的彩虹。果然先哲又有话了:政治的首要问题是分清敌我。三个人,总是一碗水很难端平,开始都是好朋友和特好的朋友,但最终反目成仇者并不在少数。

所以就有了政治。爱情是理想,婚姻则是法律。理想是从不封顶的精神上线,法律是不可违背的行为准则。政治何为?正是为了那从不封顶的永远不要封顶,那不可违背的谁也不许违背。

爱情被限制在最小范围,已是潜在的政治。爱情虽然超越了种姓和财产的束缚,却超越不了对平安——围困中的那块自由之地——的忧虑与渴求。什么在围困?心灵因何而战?价值,或者说是价值感。但其实是价格。尤其在这商潮汹涌的时代,名与利合谋把人都送上了战场,美可以卖,丑也可以卖,人和物一律都有标价;但未必能有战胜者,其战果多为抑郁症的蔓延。爱情便再次以理想的身份出面,呼唤着回归——她曾以精神的追寻从动物性中脱颖而出,现在又是她,念念不忘伊甸。当然,此乐园非彼乐园,爱情意在:使堕落的亚当、夏娃们重启心扉,推倒隔离,于一条永恒的路上——而非一座封闭的园中——再建爱的家园。

可这样,爱情的理想本质又令其不能安守现状,于是就有了进一步超越的梦想:3至N人岂不更好?——这有点儿像当年的"一大二公"。但超越法律也就可能违犯法律,理想之剑的危险一刃正在这里。

危险并不在3至N人,不管多少人心心相印,都是法律管不着的;危险在于理想一旦忽略法律,政治便可能走向强权。政治的天职,恰是要摆平种种理想的位置。还是那位先哲的意思:所谓护法,绝不只是维护既定法律的严格,更根本的是,要维护其合法性根源不受侵犯——即人写的法律,务必要符合神的意旨,正所谓"天赋人权"!比如生存的权利、追求幸福的权利,便是天赋或神定的人权。凭什么这样说?凭的是:这是终极答案,谁也不能再问它一个"为什么"。比如你问我干吗要写作,咱慢慢探讨;可你若问我干吗要活着,最好的结果就是我陪你去医院。要活着,已是终极答案,是人的天赋品质,即所谓的"自然正确",故其是神定的权利。再比如,你问我为什么不革命,我说我害怕。你问我为什么害怕,我说我不想让一群人打我,然后说我是叛徒,或者把我杀掉。你还要问为什么吗?那我告诉你:我不是英雄,也不想当什么英雄,这合法,而您已在违法的边缘。

丁一就是这样走到了违法的边缘(顾城已经走进去了)。丁一的理想不可谓不美好,且有幸遇到了志同道合的娥,以及萨。萨对那理想一直是若惧若盼,丁一极尽劝诱亦属正当。娥虽对那理想极尽赞美,却基于现实的考虑而中途变卦,对此丁一不能容忍。如是不能容忍的极端后果,一是毁灭自己,一是毁灭对方,当然最后也就毁灭了理想本身。我不想让丁一走顾城的老路,不想让接近这一路口的人都走那条老路。丁一或可出家?但总有些"无可奈何花落去"的味道;被迫逃上树的和主动爬上树的,所见风景必不相同。我只希望丁一的灵魂飞升得更高更远,终于看清那理想中埋藏的危险。

理想的危险,即理想的推行!既是理想,既是美好和非常美好的理想,你不想它扩大吗?不想扩大的其实算不上理想。但推行却可以毁灭理想。所以,理想于其诞生一刻已然种下了危险。那扩大的欲望,会从劝诱渐至威逼,会从宣扬渐至强迫,譬如惟我独大的宣扬已然就是强权了。但这丁一,理想障目不见现实,使理想成为现实的热望拿住了他。他的失望化作怒火,指向了娥,指向了萨,甚至指向了秦汉、商周和所有的人——你们这些庸人,你们这些理想的叛徒!他就差说这句话了。

人有此一种理想的权利,也有彼一种理想的权利,否则就不叫理想的权利。人有坚持理想的权利,也有放弃理想和改变理想的权利,否则还是没有理想的权利。然而,权利的平等,并不能抹杀价值的高低。还是那句话:前者是不可违背的现实规则,后者是不可封顶的精神追寻;二者并行不悖,或和谐相处,正是政治的职责。

叛徒,最是理想暴力的牺牲品,但究其根本,是政治的失责。但似乎,人们从未(或很少)关注叛徒的处境。叛徒,我倒以为多是良善之人,既具正义感,又有一颗向爱之心;正义感使之不忘匹夫之责,向爱之心则令其不忍连累无辜。能够指责叛徒的只有两件事:一怕苦,二怕死。但这不是人权吗?正义者缘何正义?不就是要铲除那些给人以苦、送人以死的暴政或恐怖之徒吗?为此,正义者不怕苦也不怕死,自当名垂千古;但若以正义为据,逼人以死,或让人一辈子生不如死,岂非绝大的讽刺!

骂一声叛徒多么容易,甚至是一件多么划算的事。我猜,人人都对叛徒的成因不闻不问,对叛徒的处境视而不见,却又都对叛徒嗤之以鼻、拒之千里,乃为同一件事情的两面。怎么个同一件事呢?即人人都有成为叛徒的潜质!这让人想起"文革"中的暴力,究其实,打人者多是为了表现忠勇,而所以要表现忠勇,不过是不想做那挨打的人。

《动物世界》中有句片头语:"有一天,当所有的动物都冲出牢笼,走向它们远古的栖居地,那一天便是野生动物的节日。"这差不多也是叛徒的心声吧。叛徒,最是可以验证政治是否正确,法律是否偏离了它的合法性根据,以及理想是否摆错了位置,或一个社会是否精神正常的试剂。

(注意:这里的叛徒,绝不包括旨在升官发财的出卖。)

我绝没有提倡放弃理想的意思。放弃理想,人将怎样?莫非也像野生动物,走向远古的栖息地?莫说这好或不好,只问这行与不行吧。

"姑父"[1]的愿望着实诱人——退回到铸成大错之前的时空中去,让一切重新开始,但这只是无奈的安慰。据说,爱因斯坦的狭义相对论已然"摒弃了绝对时间概念,取而代之的是每一位观察者所特有的时空概念,以至于宇宙空间内'现在'的概念再也没有任何意义"[2]。但"现在"对于人——每一位观察者——却是有意义的,或其实,恰是意义造就了现在、过去和未来,从而造就了时间,所以倒退不得(比如退回到"康乾盛世"或"君主立宪"去)。人在一条永恒行进的路途上,意义是其坐标;设若没有意义,你说"当下"是多久?在许多科幻作品中,人驾驶着超光速飞船回到了过去,并试图改造过去,依我看这是不可能的。倘若真有那样的运载工具,我们或可重新观察过去,却不可能参与其中。为什么?因为"时间"是由"意义"造就的,"过去"是被"往事"选定的,倘能参与,就又成了现在——以一种新的意义,选定了目前这新的时间。

---

[1] "姑父":《我的丁一之旅》中的人物。——编者注
[2] 引自《新发现》杂志所载《科学的极限》。

"一切都是可能的，但我在这儿。""丹青岛"上那位女子看懂了人的处境：所谓命运，即无穷的可能性中你只能实现一种，无限的路途之中你只能展开一条——譬如叛徒，譬如烈士或英雄、敌人或庸人……时间果然残忍，但尽管如此，奇迹或魔术也非一条拯救之路。

动物的牢笼是有形的阻挡，人的牢笼是无形的隔离。有形阻挡的摧毁可期于人性之良善，无形隔离的消除却要仰仗神的光照——单靠人的正义就怕会走向强权。理想的位置正与艺术相近吧，即人性的渴望与神性的引领。善与美，切不可强力推行，否则直接变成恶与丑。艺术不可以没有，正如梦想不可以没有，而戏剧正是"不可能的可能，不现实的实现"，就让它缭绕于梦中，驻扎于理性吧。但谁来把握这尺度呢？就看人有没有这样的智慧了。

愿丁一长进。愿"姑父"们在艺术的时空中得到安慰。

即颂

大安！

史铁生

二〇〇八年十一月十五日

好运设计

要是今生遗憾太多，在背运的当儿，尤其在背运之后情绪渐渐平静了或麻木了，你独自待一会儿，抽支烟，不妨想一想来世。你不妨随心所欲地设想一下（甚至是设计一下）自己的来世。你不妨试试。在背运的时候，至少我觉得这不失为一剂良药——先可以安神，而后又可以振奋。就像输惯了的赌徒把屡屡的败绩置于脑后，输光了裤子也还是对下一局存着饱满的好奇和必赢的冲动。这没有什么不好。这有什么不好呢？无非是说迷信，好吧，你就迷信他一回。无非是说这不科学，行，况且对于走运和背运的事实，科学本来无能为力。无非说这是空想，这是自欺，这是做梦，没用。那么希望有用吗？希望是不是必得在被证明了是可以达到的之后才能成立？当然，这些差不多都是废话，背了运的时候哪想得起来这么多废话？背了运的时候只是想走运有多么好，要是能走运有多好。到底会有多好呢？想想吧，想想没什么坏处，干吗不想一想呢？我就常常这样去想，我常常浪费很多时间去做这样的蠢事。

我想，倘有来世，我先要占住几项先天的优越：聪明、漂亮和一副好身体。命运从一开始就不公平，人一生下来就有走运的和不走运的。譬如说一个人很笨，生来就笨，这该怨他自己吗？然而由此所导致的一切后果却完全要由他自己负责——他可能因此在兄弟姐妹之中是最不被父母喜爱的一个，他可能因此常受老师的斥责和同学们的嘲笑，他于是便更加自卑、更加委顿，饱受了轻蔑终也不知这事到底该怨谁。再譬如说，一个人生来就丑，相当丑，再怎么想办法去美容都无济于事，这难道是他的错误是他的罪过？不是。好，不是。那为什么就该他难得姑娘们的喜欢呢？因而婚事就变得格外困难，一旦有个漂亮姑娘爱上他却又赢得多少人的惊诧和不解；终于有了孩子，不要说别人就连他自己都希望孩子长得千万别像他自己。为什么就该他是这样呢？为什么就该他常遭取笑，常遭哭笑不得的外号，或者常遭怜悯，常遭好心人小心翼翼地对待呢？再说身体，有的人生来就肩宽腿长潇洒英俊（或者婀娜妩媚娉娉婷婷），生来就有一身好筋骨，跑得也快跳得也高，气力足耐力又好，精力旺盛，而且很少生病，可有的人却与此相反生来就样样都不如人。对于身体，我的体会尤甚。譬如写文章，有的人写一整天都不觉得累，可我连续写上三四个钟头眼前就要发黑。譬如和朋友们一起去野游，满心欢喜妙想联翩地到了地方，大家的热情正高雅趣正浓，可我已经累得只剩了让大家扫兴的份儿了。所以我真希望来世能有一副好身体。今生就不去想它了，只盼下辈子能够谨慎投胎，有健壮优美如卡尔·刘易斯一般的身材和体质，有潇洒漂亮如周恩来一般的相貌和风度，有聪明智慧如阿尔伯特·爱因斯坦一般的大脑和灵感。

既然是梦想不妨就让它完美些罢。何必连梦想也那么拘谨那么谦虚呢？我便如醉如痴并且极端自私自利地梦想下去。

降生在什么地方也是件相当重要的事。二十年前插队的时候，我在偏远闭塞的陕北乡下，见过不少健康漂亮尤其聪慧超群的少年，当时我就想，他们要是生在一个恰当的地方他们必都会大有作为，无论他们做什么他们都必定成就非凡。但在那穷乡僻壤，吃饱肚子尚且是一件颇为荣耀的成绩，哪还有余力去奢想什么文化呢？所以他们没有机会上学，自然也没有书读，看不到报纸电视甚至很少看得到电影，他们完全不知道外面的世界是什么样子，便只可能遵循了祖祖辈辈的老路，日出而作日入而息，春种秋收夏忙冬闲，日复一日年复一年。光阴如常地流逝，然后他们长大了，娶妻生子成家立业，才华逐步耗尽变作纯朴而无梦想的汉子。然后，可以料到，他们也将如他们的父辈一样地老去，惟单调的岁月在他们身上留下注定的痕迹，而人为什么要活这一回呢？却仍未在他们苍老的心里成为问题。然后，他们恐惧着、祈祷着、惊慌着听命于死亡随意安排。再然后呢？再然后倘若那地方没有变化，他们的儿女们必定还是这样地长大、老去、磨钝了梦想，一代代去完成同样的过程。或许这倒是福气？或许他们比我少着梦想所以也比我少着痛苦？他们会不会也设想过自己的来世呢？没有梦想或梦想如此微薄的他们又是如何设想自己的来世呢？我不知道。我不知道。我只希望我的来世不要是他们这样，千万不要是这样。

那么降生在哪儿好呢？是不是生在大城市，生在个贵府名门就肯定好呢？父亲是政绩斐然的总统，要不是个家藏万贯的大亨，再不就是位声名赫赫的学者，或者父母都是不同寻常的人物，你从小就在一个备受宠爱备受恭维的环境中长大，呈现在你面前的是无忧无虑的现实，绚烂辉煌的前景，左右逢源的机遇，一帆风顺的坦途……不过这样是不是就好呢？一般来说这样的境遇也是一种残疾，也是一种牢笼。这样的境遇经常造就着蠢材，不蠢的几率很小，有所作为的比例很低，而且大凡有点水平的姑娘都不肯高攀这样的人；固然他们之中也有智能超群的天才，也有过大有作为的人物，也出过明心见性的悟者，但毕竟几率很小比例很低。这就有相当大的风险，下辈子务必慎重从事，不可疏忽大意不可掉以轻心，今生多舛来生再受不住是个蠢材了。

生在穷乡僻壤，有孤陋寡闻之虞，不好。生在贵府名门，又有骄狂愚妄之险，也不好。

生在一个介于此二者之间的位置上怎么样？嗯，可能不错。

既知晓人类文明的丰富璀璨，又懂得生命路途的坎坷艰难，这样的位置怎么样？嗯，不错。

既了解达官显贵奢华而危惧的生活，又体会平民百姓清贫而深情的岁月，这位置如何？嗯！不错，好！

既有博览群书并入学府深造的机缘，又有浪迹天涯独自在社会上闯荡的经历；既能在关键时刻得良师指点如有神助，又时时事事都要靠自己努力奋斗绝非平步青云；既饱尝过人情友爱的美好，又深知了世态炎凉的正常，故而能如罗曼·罗兰所说："看清了这个世界，而后爱它。"——这样的位置可好？好。确实不错。好虽好，不过这样的位置在哪儿呢？

在下辈子。在来世。只要是好，咱可以设计。咱不慌不忙仔仔细细地设计一下吧。我看没理由不这样设计一下。甭灰心，也甭沮丧，真与假的说道不属于梦想和希望的范畴，还是随心所欲地来一回"好运设计"吧。

你最好生在一个普通知识分子的家庭。

也就是说，你父亲是知识分子但千万不要是那种炙手可热过于风云的知识分子，否则，"贵府名门"式的危险和不幸仍可能落在你头上：你将可能没有一个健全、质朴的童年，你将可能没有一群浪漫无猜的伙伴，你将会错过惟一可能享受到纯粹的友情、感受到圣洁的忧伤的机会，而那才是童年，才是真正的童年。一个人长大了若不能怀恋自己童年的痴拙，若不能默然长思或仍耿耿于怀孩提时光的往事，当是莫大的缺憾；对于我们的"好运设计"，则是个后患无穷的错误。你应该有一大群来自不同家庭的男孩儿和女孩儿做你的朋友，你跟他们一块儿认真地吵架并且翻脸，然后一块儿哭着和好如初。把你的秘密告诉他们，把他们告诉给你的秘密对任何人也不说。你们定一个暗号，这暗号一经发出你们一个个无论正在干什么也得从家里溜出来，密谋一桩令大人们哭笑不得的事件。当你父母不在家的时候，随便找个理由把你的好朋友都叫来——比如说为了你的生日或为了离你的生日还差一个多月，你们痛痛快快随心所欲地折腾一天，折腾饿了就把冰箱里能吃的东西都吃光，然后继续载歌载舞地庆祝，直到不小心把你父亲的一件贵重艺术品摔成分文不值，你们的汗水于是被冻僵了一会儿，但这是个机会是你为朋友们献身的时刻，你脸色煞白但拍拍胸脯说这怕什么这没啥了不起，随后把朋友们都送走，你独自胆战心惊地策划一篇谎言（要是你家没有猫，你记住：邻居家不一定都没有猫）。你还可以跟你的朋友们一起去冒险，到一个据说最可怕的地方，比如离家很远的一片野地、一幢空屋、一座孤岛、孤岛上废弃的古刹、古刹四周阴森零落的荒冢……都是可供选择的地方。你从自己家的抽屉里而不要从别人家的抽屉里拿点钱，以备不时之需；你们瞒过父母，必要的话还得瞒过姐姐或弟弟；你们可以不带那些女孩子去，但如果她们执意要跟着也就别无选择，然后出发，义无反顾。把你的新帽子扯破了新鞋弄丢了一只这没关系，把膝盖碰出了血把白衬衫上洒了一瓶紫药水这没关系,作业忘记做了还在书包里装了两只活蛤蟆一只死乌鸦这都毫无关系,你母亲不会怪你,因为当晚霞越来越淡继而夜色越来越重的时候,你父亲也沉不住气了,他正要动身去报案,你们突然都回来了,累得一塌糊涂但毕竟完整无缺地回来了,你母亲庆幸还庆幸不过来呢还会再存什么别的奢望吗?"他们回来啦,他们回来啦!"仿佛全世界都和平解放了,一群平素威严的父亲都乖乖地跑出来迎接你们,同样多的一群母亲此刻转忧为喜光顾得摩挲你们的脸蛋和亲吻你们的脑门儿:"你们这是上哪儿去了呀,哎哟天哪,你们还知道回来吗?!"你就大模大样地躺在沙发上呼吃唤喝,"累死了,哎呀真是累死了!"——你就这样,没问题,再讲点莫须有的惊险故事既吓唬他们也陶醉自己,你就得这样,只要这样,一切帽子、裤子、鞋、作业和书包、活蛤蟆以及死乌鸦,就都微不足道了。(等你长到我这样的年龄时,你再告诉他们那些惊险的故事都是你为了逃避挨揍而获得的灵感,那时你年老的父母肯定不会再补揍你一顿,而仍可能摩挲你的脸甚至吻你的脑门儿了。)但重要的是,这次冒险你无论如何得安全地回来——就像所有的戏剧还没打算结束时所需要的那样,否则接下去的好运就无法展开了。不错,你的童年就应该是这样的,就应该按照这样的思路去设计,一个幸运者的童年就得是这样。我的纸写不下了,待实施的时候应该比这更丰富多彩。比如你还可颇具分寸地惹一点小祸,一个幸运的孩子理应惹过一点小祸,而且理应遇到过一些困难,遇到过一两个骗子、一两个坏人、一两个蠢货和一两个不会发愁而很会说笑话的人。一个幸运的孩子应该有点野性。当然你的父亲是个地地道道的知识分子,因为一个幸运的人必须从小受到文化的熏陶,野到什么份儿上都不必忧虑但要有机会使你崇尚知识,之所以把你父亲设计为知识分子,全部的理由就在于此。

你的母亲也要有知识,但不要像你父亲那样关心书胜过关心你。也不要像某些愚蠢的知识妇女,料想自己功名难就,便把一腔希望全赌在了儿女身上,生了个女孩儿就盼她将来是个居里夫人,养了个男娃就以为是养了个小贝多芬。这样的母亲千万别落到咱头上,你不听她的话你觉得对不起她,你听了她的话你会发现她对不起你。她把你像幅名画似的挂在墙上后退三步眯起眼睛来观赏你,把你像颗话梅似的含在嘴里颠来倒去地品味你。你呢?站在那儿吱吱嘎嘎地折磨一把挺好的小提琴,长大了一想起小提琴就发抖,要不就是没日没夜地背单词背化学方程式,长大了不是傻瓜就是暴徒。你的母亲当然不是这样。有知识不是有文凭,你的母亲可以没有文凭。有知识不是被知识霸占,你的母亲不是知识的奴隶。有知识不能只是有对物的知识,而是得有对人的了悟。一个幸运者的母亲必然是一个幸运的母亲、一个明智的母亲、一个天才的母亲,她自打当了母亲她就得了灵感,她教育你的方法不是来自于教育学,而是来自她对一切生灵乃至天地万物由衷的爱,由衷的颤栗与祈祷,由衷的镇定和激情。在你幼小的时候她只是带着你走,走在家里,走在街上,走到市场,走到郊外,她难得给你什么命令,从不有目的地给你一个方向,走啊走啊你就会爱她,走啊走啊,你就会爱她所爱的这个世界。等你长大了,她就放你到你想要去的地方去,她深信你会爱这个世界,至于其他她不管,至于其他那是你的自由你自己负责,她只有一个愿望,就是你能常常回来,你能有时候回来一下。

在你两三岁的时候你就光是玩儿,成天就是玩儿,别着急背诵《唐诗三百首》和弄通百位数以内的加减法，去玩儿一把没有钥匙的锁和一把没有锁的钥匙，去玩儿撒尿和泥，然后用不着洗手再去玩儿你爷爷的胡子。到你四五岁的时候你还是玩儿，但玩儿得要高明一点了，在你母亲的皮鞋上钻几个洞看看会有什么效果，往你父亲的录音机里撒把沙子听听声音会不会更奇妙。上小学的时候，我看你门门功课都得上三四分就够了，剩下的时间去做些别的事，以便让你父母有机会给人家赔几块玻璃。一上中学尤其一上高中，所有的熟人几乎都不认识你了，都得对你刮目相看：你在数学比赛上得奖，在物理比赛上得奖，在作文比赛上得奖，在外语比赛上你没得奖但事后发现那不过是老师的一个误判。但这都并不重要，这些奖啊奖啊奖啊并不足以构成你的好运，你的好运是说你其实并没花太多时间在功课上，你爱好广泛，多能多才，奇想迭出，别人说你不务正业你大不以为然，凡兴趣所至仍神魂聚注若癫若狂。你热爱音乐，古典的交响乐，现代的摇滚乐，温文尔雅的歌剧清唱剧，粗犷豪放的民谣村歌，乃至悠婉凄长的叫卖，孤零萧瑟的风声，温馨闲适的节日的音讯，你都听得心醉神迷，听得怆然而沉寂，听出激越和威壮，听到玄渺空冥，你真幸运，生存之神秘注入你的心中使你永不安规守矩。

你喜欢美术，喜欢画作，喜欢雕塑，喜欢异彩纷呈的烧陶，喜欢古朴稚拙的剪纸；喜欢在渺无人迹的原野上独行，在水阔天空的大海里驾舟，在山林荒莽中跋涉，看大漠孤烟，看长河落日，看鸥鸟纵情翱飞，看老象坦然赴死。你从色彩感受生命，由造型体味空间，在线条上嗅出时光的流动，在连接天地的方位发现生灵的呼喊。你是个幸运的人因为你真幸运，你于是匍匐在自然造化的脚下，奉上你的敬畏与感恩之心吧，同时上苍赐予你不屈不尽的创造情怀。

你幸运得简直令人嫉妒，因为体育也是你的擅长。九秒九一，懂吗？两小时五分五十九秒，懂吗？就是说，从一百米到马拉松不管多长的距离没有人能跑得过你；二米四十五，八米九十一，知道这是什么意思吗？就是说没人比你跳得高也没人比你跳得远；突破二十三米、八十米、一百米，就是说，铅球也好铁饼也好标枪也好，在投掷比赛中仍然没有你的对手。当然这还不够，好运气哪有个够呢？差不多所有的体育项目你都行：游泳、滑雪、溜冰、踢足球、打篮球，乃至击剑、马术、射击，乃至铁人三项……你样样都玩儿得精彩、洒脱、漂亮。你跑起来浑身的肌肤像波浪一样滚动，像旗帜一般飘展；你跳起来仿佛土地也有了弹性，空中也有着依托；你劈波戏水，屈伸舒卷，鬼没神出；在冰原雪野，你翻转腾挪，如风驰电掣；生命在你那儿是一个节日，是一个庆典，是一场狂欢……那已不再是体育了，你把体育变得不仅仅是体育了，幸运的人，那是舞蹈，那是人间最自然最坦诚的舞蹈，那是艺术，是上帝选中的最朴实最辉煌的艺术形式。这时连你在内，连你的肉体你的心神，都是艺术了。你这个幸运的人，世界上最幸运的人，偏偏是你被上帝选作了美的化身。

接下来你到了恋爱的季节。你十八岁了，或者十九或者二十岁了。这时你正在一所名牌大学里读书，读一个最令人仰慕的系最令人敬畏的专业，你读得出色，各种奖啊奖啊又闹着找你。现在你的身高已经是一米八八，你的喉结开始突起，嘴唇上开始有了黑色但还柔软的胡须，就是在这时候你的嗓音开始变得浑厚迷人，就是在这时候你的百米成绩开始突破十秒，你的动静坐卧举手投足都流溢着男子汉的光彩……总之，由于我们已经设计过的诸项优点或说优势，明显地追逐你的和不露声色地爱慕着你的姑娘们已是成群结队，你经常在教室里看见她们异样的目光，在食堂里听出她们对你喊喊喳喳的议论，在晚会上她们为你的歌声所倾倒，在运动会上她们被你的身姿所激动而忘情地欢呼雀跃，但你一向只是拒绝，拒绝，婉言而真诚地拒绝，善意而巧妙地逃避，弄得一些自命不凡的姑娘们委屈地流泪。但是有一天，你在运动场上正放松地慢跑，你忽然看见一个陌生的姑娘也在慢跑，她的健美一点不亚于你，她修长的双腿和矫捷的步伐一点不亚于你，生命对她的宠爱、青春对她的慷慨这些绝不亚于你，而她似乎根本没有发现你，她顾自跑着目不斜视，仿佛除了她和她的美丽这世界上并不存在其他东西，甚至连她和她的美丽她也不曾留意，只是任其随意流淌，任其自然地涌荡。而你却被她的美丽和自信震慑了，被她的优雅和苗壮惊呆了，你被她的倏然降临搞得心恍神惚手足无措。（我们同样可以为她也做一个"好运设计"，她是上帝的一个完美的作品，为了一个幸运的男人这世界上显然该有一个完美的女人，当然反过来也是一样。）于是你不跑了，伏在跑道边的栏杆上忘记了一切，光是看她。她跑得那么轻柔，那么从容，那么飘逸，那么灿烂。你很想冲她微笑一下向她表示一点敬意，但她并不给你这样的机会，她跑了一圈又一圈却从来没有注意到你，然后她走了。简单极了，就是说她跑完了该走了，就走了。就是说她走了，走了很久而你还站在原地。就是说操场上空空旷旷只剩了你一个人，你头一回感到了惆怅和孤零——她不知道你是谁，你也不知道她从哪儿来。但你把她记在了心里。但幸运之神仍然和你在一起。此后你又在图书馆里见到过她，你费尽心机总算弄清了她在哪个系。此后你又在游泳池里见到过她，你拐弯抹角从别人那儿获悉了她的名字。此后你又在滑冰场上见到过她，你在她周围不露声色地卖弄你的千般技巧万种本事，终于引起了她的注意。此后你又在领奖台上和她站到过一起，这一回她对你笑了笑使你一生再也没能忘记。此后你又在朋友家里和她一起吃过一次午饭（你和你的朋友为此蓄谋已久），这下你们到底算认识了，你们谈了很多，谈得融洽而且热烈。此后不是你去找她，就是她来找你，春夏秋冬春夏秋冬，不是她来找你就是你去找她，春夏秋冬……总之，总而言之，你们终成眷属；你是一个幸运的人——至少我们的"幸运设计"是这样说的——所以你万事如意。

也许你已经注意到了，我们的"好运设计"至此显得有些潦草了。是的。不过绝不是我们无能把它搞得更细致、更完善、更浪漫、更迷人，而是我忽然有了一点疑虑，感到了一点困惑，有一道淡淡的阴影出现了并正在向我们靠近，但愿我们能够摆脱它，能够把它消解掉。

阴影最初是这样露头的：你能在一场如此称心、如此顺利、如此圆满的爱情和婚姻中饱尝幸福吗？也就是说，没有挫折，没有坎坷，没有望眼欲穿的企盼，没有撕心裂肺的煎熬，没有痛不欲生的痴癫与疯狂，没有万死不悔的追求与等待，当成功到来之时你会有感慨万端的喜悦吗？在成功到来之后还会不会有刻骨铭心的幸福？或者，这喜悦能到什么程度？这幸福能被珍惜多久？会不会因为顺利而冲淡其魅力？会不会因为圆满而阻塞了渴望，而限制了想象，而丧失了激情，从而在以后漫长的岁月中只是遵从了一套经济规律、一种生理程序、一个物理时间，心路却已荒芜，然后是腻烦，然后靠流言蜚语排遣这腻烦，继而是麻木，继而用插科打诨加剧这麻木——会不会？会不会是这样？地球如此方便如此称心地把月亮搂进了自己的怀中，没有了阴晴圆缺，没有了潮汐涨落，没有了距离便没有了路程，没有了斥力也就没有了引力，那是什么呢？很明白，那是死亡。当然一切都在走向那里，当然那是一切的归宿，宇宙在走向热寂。但此刻宇宙正在旋转，正在飞驰，正在高歌狂舞，正借助了星汉迢迢，借助了光阴漫漫，享受着它的路途，享受着坍塌后不死的沉吟，享受着爆炸后辉煌的咏叹，享受着追寻与等待，这才是幸运，这才是真正的幸运，恰恰死亡之前这波澜壮阔的挥洒，这精彩纷呈的燃烧才是幸运者得天独厚的机会。你是一个幸运者，这一点你要牢记。所以你不能学那凡夫俗子的梦想，我们也不能满意这晴空朗日水静风平的设计。所谓好运，所谓幸福，显然不是一种客观的程序，而完全是心灵的感受，是强烈的幸福感罢了。幸福感，对了。没有痛苦和磨难你就不能强烈地感受到幸福，对了。那只是舒适只是平庸，不是好运不是幸福，这下对了。

现在来看看，得怎样调整一下我们的"设计"，才能甩掉那道不祥的阴影，才能远远地离开它。也许我们不得不给你加设一点小小的困难，不太大的坎坷和挫折，甚至是一些必要的痛苦和磨难，为了你的幸福不致贬值我们要这样做，当然，会很注意分寸。

仍以爱情为例。我们想是不是可以这样：一开始，让你未来的岳父岳母对你们的恋爱持反对态度，他们不大看得上你，包括你未来的大舅子、小姨子、大舅子的夫人和小姨子的男朋友等等一干人马都看不上你。岳父说要是这样他宁可去死。岳母说要是这样她情愿少活。大舅子于是奉命去找了你们单位的领导说你破坏了一个美满的家庭。小姨子流着泪劝她的姐姐三思再三思，爹有心脏病娘有高血压。岳父便说他死不瞑目。岳母说她死后做鬼也不饶过你们。你是个幸运的人你真没看错那个姑娘，她对你一往情深始终不渝，她说与其这样不如她先于他们去死，但在死前她有必要提个问题:"请问他哪点儿不如你们?请问他有哪点儿不好?"是呀,他哪点儿不好呢?你,是说你,你有哪点儿不好呢?不仅这姑娘的父母无言以对,就连咱们也无以作答。按照已有的设计,你好像没有哪点儿不好,你简直无懈可击,那两个老人倘不是疯子不是傻瓜不是心理变态,他们为什么会反对你成为他们的女婿呢?所以对此得做一点修改,你不能再是一个完人,你得至少有一个弱点,甚至是一种很要紧的缺欠,一种大凡岳父岳母都难以接受的缺欠,然后你在爱情的鼓舞下,在那对蛮横老人颇合逻辑的蔑视的刺激下,痛下决心破釜沉舟发愤图强历尽艰辛终于大功告成终于光彩照人终于震撼了那对老人,令他们感动令他们愧悔于是心悦诚服地承认了你这个女婿,你热泪盈眶欣喜若狂忽然发现天也是格外地蓝地球也是出奇地圆柔情似水佳期如梦幸福地久天长……是不是得这样呢?得这样。大概是得这样。

什么样的缺欠呢?你看给你设计什么样的缺欠比较适合?

笨?不不,这不行,笨很可能是一件终生的不幸,几乎不是努力可以根本克服的,此一点应坚决予以排除。

丑呢?不,丑也不行,丑也是无可挽回的局面,弄不好还会殃及后代,不行,这肯定不行。

无知呢,行不行?不,这比笨还不如,绝对的(或相当严重的)无知与白痴没什么区别;而相对的无知又不是一项缺欠,我们每个人都是这样。

你总得做一点让步嘛。譬如说木讷一点,古板一点行吗?缺乏点活力,缺乏点朝气,缺乏点个性,缺乏点好奇心,譬如说这样,行吗?噢,你居然还在问"行吗",再糟糕不过!接下来你会发现他还缺乏勇气,缺乏同情,缺乏感觉，遇事永远不会激动，美好不能使其赞叹，丑恶也不令其憎恶，他既不懂得感动也不懂得愤怒，他不怎么会哭又不大会笑，这怎么能行？他还是活的吗？他还能爱吗？他还会为了爱而痛苦而幸福吗？不行。

那么狡猾一点可以吗？狡猾，唉，其实人们都多多少少地有那么一点狡猾，这虽不是优点但也不必算作缺点，凡要在这世界上生存下去的种类，有点狡猾也是在所难免。不过有一点需要明确：若是存心算计别人、不惜坑害别人的狡猾可不行，那样的人我怕大半没有什么好下场。那样的人同样也不会懂得爱（他可能了解性，但他不懂得爱，他可能很容易猎获性器的快感，但他很难体验性爱的陶醉，因为他依靠的不是美的创造而仅仅是对美的赚取），况且这样的人一般来说都没什么真正的才华和魅力，否则也无需选用了狡猾。不行。无论从哪个角度想，狡猾都不行。

要不，有一点病？噢老天爷，千万可别，您饶了我吧，无论如何帮帮忙，下辈子万万不能再有病了，绝对不能。咱们辛辛苦苦弄这个"好运设计"因为什么您知道不？是的您应该知道，那就请您再别提病，一个字也别再提。

只是有一点小病呢？小病也不行，发烧感冒拉肚子？不不，这没用，有点小病不构成对什么人的威胁，也不能如我们所期望的那样最终使你的幸福加倍，有也是白有。但这绝不是说你没病则已，有就有他一种大病，不不！绝没有这个意思；你必须要明白，在任何有期徒刑（注意：有期）和有一种大病之间，要是你非得做出选择不可的话，你要选前者，前者！对对，没有商量的余地。

要是你得了一种大病，别急，听我说完，得了一种足以使你日后的幸福升值的大病，而这病后来好了，完全好了，这怎么样？唔，这倒值得考虑。你在病榻上躺了好几年，看见任何一个健康的人你都羡慕,你想你是他们中间的任何一个你都知足,然后你的病好了,完好如初,这怎么样?说下去。你本来已经绝望了,你想即便不死未来的日子也是无比暗淡,你想与其这样倒不如死了痛快,就在这时你的病情突然有了转机。说下去。在那些绝望的白天和黑夜,你祷告许愿,你赌咒发誓,只要这病还能好,再有什么苦你都不会觉得苦再有什么难你也不会觉得难,一文不名呀,一贫如洗呀,这都有什么关系呢?你将爱生活,爱这个世界,爱这个世界上所有的人……这时,就在这时奇迹发生了,一个奇迹使你完全恢复了健康,你又是那么精力旺盛健步如飞了,这样好不好?好极了,再往下说。你本来想只要还能走就行,可你现在又能以九秒九一的速度飞跑了;你本来想要是再能跳就好了,可你现在又可以跳过二米四五了;你本来想只要还能独立生活就够了,可现在你的用武之地又跟地球一样大了;你本来想只要还能算个人不至于把谁吓跑就谢天谢地了,可现在喜欢你的好姑娘又是数不胜数铺天盖地而来了。往下说呀,别含糊,说下去。当然你痴心不改——这不是错误,大劫大难之后人不该失去锐气,不该失去热度,你镇定了但仍在燃烧,你平稳了却更加浩荡,你依然爱着那个姑娘爱得山高海深不可动摇,这时候你未来的老丈人老丈母娘自然也不会再反对你们的结合了,不仅不反对而且把你看作是他们的光彩是他们的荣耀是他们晚年的福气是他们九泉之下的安慰。此刻你是多么幸福,你同你所爱的人在一起,在蓝天阔野中跑,在碧波白浪中游,你会是怎样地幸福!现在就把前面为你设计的那些好运气都搬来吧,现在可以了,把它们统统搬来吧,劫难之后失而复得,现在你才真正是一个幸福的人了。苦尽甜来,对,这才是最为关键的好运道。

苦尽甜来,对,只要是苦尽甜来其实怎么都行,生生病呀,失失恋呀,要要饭呀,挨挨揍呀(别揍坏了),被抄抄家呀,坐坐冤狱呀,只要能苦尽甜来其实都不是坏事。怕只怕苦也不尽,甜也不来。其实都用不着甜得很厉害,只要苦尽也就够了。其实都用不着什么甜,苦尽了也就很甜了。让我们为此而祈祷吧。让我们把这作为一条基本原则,无论如何写进我们的"好运设计"中去吧,无论如何安排在头版头条。

问题是,苦尽甜来之后又怎样呢?苦尽甜来之后又当如何?哎哟,那道阴影好像又要露头。苦尽甜来之后要是你还没死,以后的日子继续怎样过呢?我们应当怎样继续为你设计好运呢?好像问题还是原来的问题,我们并没能把它解决。当然现在你可以不断地忆苦思甜,不断地知足常乐,我们也完全可以把你以后的生活设计得无比顺利,但这样下去我们是不是绕了一圈又回到那不祥的阴影中去了?你将再没有企盼了吗?再没有新的追求了吗?那么你的心路是不是又要荒芜,于是你的幸福感又要老化、萎缩、枯竭了呢?是的,肯定会是这样。幸福感不是能一次给够的,一次幸福感能维持多久这不好计算,但日子肯定比它长,比它长的日子却永远要依靠着它。所以你不能失去距离,不能没有新的企盼和追求,你一时失去了距离便一时没有了路途,一时没有了企盼和追求便一时失去了兴致和活力,那样我们势必要前功尽弃,那道阴影必会不失时机地又用无聊、用乏味、用腻烦和麻木来纠缠你,来恶心你,同时葬送我们的"好运设计"。当然我们不会答应。所以我们仍要为你设计新的距离,设计不间断的企盼和追求。不过这样你就仍然要有痛苦,一直要有。是的是的,一时没有了痛苦的衬照便一时没有了幸福感。

真抱歉，我们没想到会是这样。我们一向都是好意，想使你幸福，想使你在来世频交好运，没想到竟还得不断地给你痛苦。那道讨厌的阴影真是把咱们整惨了。看看吧，看看是否还有办法摆脱它。真对不起，至少我先不吹牛了，要是您还有兴趣咱们就再试试看，反正事已至此，我想也不必草草率率地回心转意。看在来世的份儿上，就再试试吧。

　　看来，在此设计中不要痛苦是不大可能了。现在就只剩了一条路：使痛苦尽量小些，小到什么程度并没有客观的尺度，总归小到你能不断地把它消灭就行了。就是说，你能够不断地克服困难，你能够不断地跨越距离，你能够不断地实现你的愿望，这就行了。痛苦可以让它不断地有，但你总是能把它消灭，这就行了，这样你就巧妙地利用了这些混账玩意儿而不断地得到幸福感了。只要这样行，接下来的事由我们负责。我们将根据以上要求为你设计必要的才能，必要的机运，必要的心理素质、意志品质，以及必要的资金、器械、设施、装备，乃至大夫护士、贤妻良母、孝子乖孙等等一系列优秀的后勤服务。总之，这些我们都能为你设计，只要一个人永远是个胜利者这件事是可能的，只要无论什么样的痛苦总归是能被消灭的这件事是可能的，只要这样，我们的"好运设计"就算成了。只好也就这样了，这样也就算成了。

　　不过，这是不是可能的？你见没见过永远的胜利者？好吧，没见过并不说明这是不可能的，没见过的我们也可以设计。你，譬如说你就是一个永远的胜利者，那么最终你会碰见什么呢？死亡。对了，你就要碰见它，无论如何我们没法儿使你不碰见它，不感到它的存在，不意识到它的威胁。那么你对它有什么感想？你一生都在追求，一直都在胜利，一向都是幸福的,但当死亡来临的时候你想你终于追求到了什么呢?你的一切胜利到底都是为了什么呢?这时你不沮丧,不恐惧,不痛苦吗?你从来没碰到过不可逾越的障碍,从来没见过不可消除的痛苦,你就像一个被上帝惯坏了的孩子,从来不知道什么叫失败,从来没遭遇过绝境,但死神终于驾到了,死神告诉你这一次你将和大家一样不能幸免,你的一切优势和特权(即那"好运设计"中所规定的)都已被废黜,你只可俯首帖耳听凭死神的处置,这时候你必定是一个最痛苦的人,你会比一生不幸的人更痛苦(他已经见到了的东西你却一直因为走运而没机会见到),命运在最后跟你算总账了(它的账目一向是收支平衡的),它以一个无可逃避的困境勾销你的一切胜利,它以一个不容置疑的判决报复你的一切好运,最终不仅没使你幸福反而给你一个你一直有幸不曾碰到的——绝望。绝望,当死亡到来之际这个绝望是如此地货真价实,你甚至没有机会考虑一下对付它的办法了。

怎么办?你怎么办?我们怎么办?你说事情不会是这样,你的胜利依旧还是胜利,它会造福于后人;你的追求并没有白费,它将为后人铺平道路;而这就是你的幸福,所以你不会沮丧不会痛苦你至死都会为此而感到幸福。这太好了,一个真正的幸运者就应该有这样的胸怀有如此高尚的情操——让我们暂时忘记我们只是在为自己设计好运吧,或者让我们暂时相信所有的人都能够享有同样的好运吧——一个幸运者只有这样才能最终保住自己的好运,才能使自己最终得享平安和幸福。但是——但是!就算我们没有发现您的不诚实,一个如您这般聪明高尚的人总该知道您正在把后人的路铺向哪儿吧?铺到哪儿才算成功了呢?铺到所有的人都幸福都没了痛苦的地方?那么他们不是又将面对无聊了吗?当他们迎候死亡时不是就不能再像您这样,以"为后人铺路"

而自豪而高尚而心安理得了吗？如果终于不能使所有的人都幸福都没了痛苦，您的高尚不就成了一场骗局您的胜利又怎么能胜得过阿Q呢？我们处在了两难境地。如果您再诚实点儿，事情可能会更难办：人类是要消亡的，地球是要毁灭的，宇宙在走向热寂。我们的一切聪明和才智、奋斗和努力、好运和成功到底有什么价值？有什么意义？我们在走向哪儿？我们再朝哪儿走？我们的目的何在？我们的欢乐何在？我们的幸福何在？我们的救赎之路何在？我们真的已经无路可走真的已入绝境了吗？

是的，我们已入绝境。现在你就是对此不感兴趣都不行了，你想糊弄都糊弄不过去了，你曾经不是傻瓜你如今再想是也晚了，傻瓜从一开始就不对我们这个设计感兴趣，而你上了贼船，这贼船已入绝境，你没处可退也没处可逃。情况就是这样。现在我们只占着一项便宜，那就是死神还没驾到，我们还有时间想想对付绝境的办法，当然不是逃跑，当然你也跑不了。其他的办法，看看，还有没有。

过程。对，过程，只剩了过程。对付绝境的办法只剩它了。不信你可以慢慢想一想，什么光荣呀，伟大呀，天才呀，壮烈呀，博学呀，这个呀那个呀，都不行，都不是绝境的对手，只要你最最关心的是目的而不是过程你无论怎样都得落入绝境，只要你仍然不从目的转向过程你就别想走出绝境。过程——只剩了它了。事实上你惟一具有的就是过程。一个只想（只想！）使过程精彩的人是无法被剥夺的，因为死神也无法将一个精彩的过程变成不精彩的过程，因为坏运也无法阻挡你去创造一个精彩的过程，相反你可以把死亡也变成一个精彩的过程，相反坏运更利于你去创造精彩的过程。于是绝境溃败了，它必然溃败。你立于目的的绝境却实现着、欣赏着、饱尝着过程的精彩,你便把绝境送上了绝境。梦想使你迷醉,距离就成了欢乐;追求使你充实,失败和成功都是伴奏;当生命以美的形式证明其价值的时候,幸福是享受,痛苦也是享受。现在你说你是一个幸福的人你想你会说得多么自信,现在你对一切神灵鬼怪说谢谢你们给我的好运,你看看谁还能说不。

过程!对,生命的意义就在于你能创造这过程的美好与精彩,生命的价值就在于你能够镇静而又激动地欣赏这过程的美丽与悲壮。但是,除非你看到了目的的虚无你才能够进入这审美的境地,除非你看到了目的的绝望你才能找到这审美的救助。但这虚无与绝望难道不会使你痛苦吗?是的,除非你为此痛苦,除非这痛苦足够大,大得不可消灭大得不可动摇,除非这样你才能甘心从目的转向过程,从对目的的焦虑转向对过程的关注,除非这样的痛苦与你同在,永远与你同在,你才能够永远欣赏到人类的步伐和舞姿,赞美着生命的呼喊与歌唱,从不屈获得骄傲,从苦难提取幸福,从虚无中创造意义,直到死神和天使一起来接你回去,你依然没有玩儿够,但你却不惊慌,你知道过程怎么能有个完呢!过程在到处继续,在人间、在天堂、在地狱,过程都是上帝巧妙的设计。

但是我们的设计呢?我们的设计是成功了呢还是失败了?如果为了使你幸福,我们不仅得给你小痛苦,还得给你大痛苦,不仅得给你一时的痛苦,还得给你永远的痛苦,我们到底帮了你什么忙呢?如果这就算好运,我,比如说我——我的名字叫史铁生,这个叫史铁生的人又有什么必要弄这么一份"好运设计"呢?也许我现在就是命运的宠儿?也许我的太多的遗憾正是很有分寸的遗憾?上帝让我终生截瘫就是为了让我从目的转向过程，所以有那么一天我终于要写一篇题为《好运设计》的散文，并且顺理成章地推出了我的好运？多谢多谢。可我不，可我不！我真是想来世别再有那么多遗憾，至少今生能做做好梦！

我看出来了——我又走回来了，又走到本文的开头去了。我看出来了，如果我再从头开始设计我必然还是要得到这样一个结尾。我看出来了，我们的设计只能就这样了。我不知道怎么办了，不知道还能怎么办。上帝爱我！——我们的设计只剩这一句话了，也许从来就只有这一句话吧。

一九九〇年二月二十七日

比如摇滚与写作

如今的年轻人不会再像六庄那样,渴慕的仅仅是一件军装,一条米黄色的哔叽裤子。如今的年轻人要的是名牌,比如鞋,得是"耐克""锐步""阿迪达斯"。大人们多半舍不得。家长们把"耐克"一类颠来倒去地看,说:"啥东西,值得这么贵?"他们不懂,春天是不能这样计算的。

我的小外甥没上中学时给什么穿什么,一上中学不行了,在"耐克"专卖店里流连不去。春风初动,我看他快到时候了。那就挑一双吧。他妈说:"拣便宜的啊!"可便宜的都那么暗淡、呆板,小外甥不便表达的意思是:怎么都像死人穿的?他挑了一双色彩最为张扬、造型最奇诡的,这儿一道斜杠,那儿一条曲线,对了,他说"这双我看还行"。大人们说:"这可哪儿好?多闹得慌!"他们又不懂了,春天要的就是这个,要的就是张扬。

大人们其实忘了,春天莫不如此,各位年轻时也是一样。曾经,军装就是名牌。60年代没有"耐克",但是有"回力"。"回力"鞋,忘了吗?商标是一个张弓搭箭的裸汉,买得起和买不起它的人想必都渴慕过它。我还记得我为能有一双"回力",曾是怎样地费尽心机。有一天母亲给我五块钱,说:"脚上的鞋坏了,买双新的去吧。"我没买,五块钱存起来,把那双破的又穿了好久。好久之后母亲看我脚上的鞋怎么又坏了:"穿鞋呀还是吃鞋呀你?再买一双去吧。"母亲又给我五块钱。两个五块加起来我买回一双"回力"。母亲也觉出这一双与众不同,问:"多少钱?"我不说,只提醒她:"可是上回我没买。"母亲愣一下:"我问的是这回。"我再提醒她:"可这一双能顶两双穿,真的。"母亲瞥我一眼,但比通常的一瞥要延长些。现在我想,当时她心里必也是那句话:这孩子快到时候了。母亲把那双"回力"颠来倒去地看,再不问它的价格。料必母亲是懂得,世上有一种东西,其价值远远超过它的价格。这儿的价值,并不止于"物化劳动",还物化着春天整整一个季节的能量。

能量要释放,呼喊期待着回应,故而春天的张扬务须选取一种形式。这形式你别担心它会没有;没有"耐克"有"回力",没有"回力"还会有别的。比如,没有"摇滚乐"就会有"语录歌",没有"追星族"就会有"红卫兵",没有耕耘就有荒草丛生,没有春风化雨就有了沙尘暴。一个意思。春天按时到来,保证这颗星球不会死去。春风肆意呼啸,鼓动起狂妄的情绪,传扬着甚至是极端的消息,似乎,否则,冬天就不解冻,生命便难以从中苏醒。

你听那"摇滚乐"和"语录歌"都唱的什么?没有什么不同,你要忽略那些歌词直接去听春天的骚动,听它的不可压抑,不可一世,听它的雄心勃勃但还盲目。你看那摇滚歌手和语录歌群,同样的声嘶力竭,什么意思?春光迷乱!春光迷乱但绝不是胡闹,别用鄙薄的目光和嘴角把春天一笔勾销。想想亚当和夏娃走出伊甸园时的惊讶与好奇吧。想想那条魔魔道道的蛇,它的谗言,它的诱惑,在这繁华人世的应验吧。想想春风若非强劲,夏天的暴雨可怎样来临?想想最初的生命之火若非猛烈，如何能走过未来秋风萧瑟的旷野（譬如一头极地的熊，或一匹荒原的狼）？因而想想吧，灵魂一到人间便被囚入有限的躯体，那灵魂原本就是多少梦想的埋藏，那躯体原本就是多少欲望的储备！

因而年轻的歌手没日没夜地叫喊，求救般地呼号。灵魂尚在幼年，而春天，生命力已如洪水般暴涨；那是幼小的灵魂被强大的躯体所胁迫的时节，是简陋的灵魂被豪华的躯体所蒙蔽的时节，是喑哑的灵魂被喧腾的躯体所埋没的时节。

万物生长，到处都是一样，大地披上了盛装。一度枯寂的时空，突然间被赋予了一股巨大的能量，灵魂被压抑得喘不过气来，欲望被刺激得不能安宁。我猜那震耳欲聋的摇滚并不是要你听，而是要你看。灵魂的谛听牵系得深远那要等到秋天，年轻的歌手目不暇接，现在是要你看。看这美丽的有形多么辉煌，看这无形的本能多么不可阻挡，看这天赋的才华是如何表达这一派灿烂春光。年轻的歌手把自己涂抹得标新立异，把自己照耀得光怪陆离，他是在说：看呀——我！

我？可我是谁？

我怎样了？我还将怎样？

我终于又能怎样呢？

先别这样问吧，这是春天的忌讳。虽不过是弱小的灵魂在角落里的暗自呢喃，但在春天，这是一种威胁，甚至侵犯。春天不理睬这样的问题，而秋天还远着呢！秋天尚远，这是春天的佳音，春天的鼓舞，是春风中最为受用的恭维。

所以你看那年轻的歌手吧，在河边，在路旁，在沸反盈天的广场，在烛光寂暗的酒吧，从夜晚一直唱到天明。歌声由惆怅到高亢，由枯疏到丰盈，由孤单而至张狂（但是得真诚）……终至于捶胸顿足，呼天抢地，扯断琴弦，击打麦克风（装出来的不算），熬红了眼睛，眼睛里是火焰，喊哑了喉咙，喉咙里是风暴，用五彩缤纷的羽毛模仿远古，然后用裸露的肉体标明现代（倘是装出来的，春风一眼就能识别），用傲慢然后用匍匐，用嚣叫然后用乞求，甚至用污秽和丑陋以示不甘寂寞，与众不同……直让你认出那是无奈，是一匹牢笼里的困兽（这肯定是装不出来的）！——但，是什么，到底是什么被困在了牢笼？其实春天已有察觉，已经感到：我，和我的孤独。

我，将怎样？

我将投奔何方？

怎样，你才能看见我？我才能走进你？

那无奈，让人不忍袖手一旁。但只有袖手一旁。不过慢慢地听吧，你能听懂，其实是那弱小的灵魂正在成长，在渴望，在寻求，年轻的歌手一直都在呼唤着爱情。从夜晚到天明一直呼唤着的都是：爱情。自古而今一切流传的歌都是这样：呼唤爱情。自古而今的春天莫不如此。被有形的躯体，被无形的本能，被天赋的才华困在牢笼里的，正是那呢喃着的灵魂，呢喃着，但还没有足够的力量。

于是，年轻的恋人四处流浪。

心在流浪。

春天，所有的心都在流浪，不管人在何处。

都在挣扎。

在河边。在桥上。在烦闷的家里，不知所云的字行间。在寂寞的画廊，画框中的故作优雅。阴云中有隐隐的雷声，或太阳里是无依无靠的寂静。在熙熙攘攘的街头，目光最为迷茫的那一个。

空空洞洞的午后。满怀希望的傍晚。在万家灯火之间脚步匆匆，在星光满天之下翘首四顾。目光洒遍所有的车站，看尽中年人漠然的脸——这帮中年人怎都那样儿？走过一盏盏街灯。数过十二个钟点。踩着自己的影子，影子伸长然后缩短，伸长然后缩短……一家家店铺相继打烊。到哪儿去了呀你？你这个混蛋！

（你这个冤家——自古的情歌早都这样唱过。）

细雨迷蒙的小街。细雨迷蒙的窗口。细雨迷蒙中的琴声。

直至深夜。

春风从不入睡。

一个日趋丰满的女孩儿。一个正在成形的男子。

但力量凶猛，精力旺盛，才华横溢一天二十四小时都是早晨八九点钟的太阳。

跟警察逗闷子。对父母撒谎。给老师提些没有答案的问题。在街上看人打架，公平地为双方数点算分。或混迹于球场，道具齐备，地地道道的"足球流氓"。

也把迷路的儿童送回家，但对那些家长没好气："我叫什么？哥们儿这事可归你管？"或搀起摔倒在路边的老人，背他回家，但对那些儿女也没好气："酬劳？那就一百万吧，哥们儿我也算发回财。"

不知道中年人怎都那样儿？

不知道中年人是不是都那样儿？

剩下的他们都知道。

一群鸽子，雪白，悠扬。一群男孩儿和女孩儿疯疯癫癫五光十色。

鸽子在阳光下的楼群里吟咏，徘徊。男孩儿和女孩儿在公路上骑车飞跑。

年年如此，天上地下。

太阳地里的老人闭目养神,男孩儿和女孩儿的事他了如指掌——除了不知道还要在这太阳底下坐多久,剩下的他都知道。

　　一个日趋丰满的女孩,一个正在成形的男子——流浪的歌手,抑或流浪的恋人——在瓢泼大雨里依偎伫立,在漫天大雪中相拥无语。

　　大雨和大雪中的春风,抑或大雨和大雪中的火焰。

　　老人躲进屋里。老人坐在窗前。老人看得怦然心动,看得嗒然若丧:我们过去多么规矩,现在的年轻人呀!

　　曾经的禁区,现在已经没有。

　　但,真的没有了吗?

　　亲吻,依偎,抚慰,阳光下由衷的袒露,月光中油然的嘶喊,一次又一次,呻吟和颤抖,鲁莽与温存,心荡神驰但终至束手无策……

　　肉体已无禁区。但禁果也已不在那里。

　　倘禁果已因自由而失——"我拿什么献给你,我的爱人?"

　　春风强劲,春风无所不至,但肉体是一条边界——你还能走进哪里,还能走进哪里?肉体是一条边界,因而一次次心荡神驰,一次次束手无策。一次又一次,那一条边界更其昭彰。

　　无奈的春天,肉体是一条边界,你我是两座囚笼。

　　倘禁果已被肉体保释——"我拿什么献给你,我的爱人?"

　　所有的词汇都已苍白。所有的动作都已枯槁。所有的进入,无不进入荒茫。

　　一个日趋丰满的女孩,一个正在成形的男子,互相近在眼前但是:你在哪儿?

你在哪儿呀——

群山响遍回声。

群山响彻疯狂的摇滚,春风中遍布沙哑的歌喉。

整个春天,直至夏天,都是生命力独享风流的季节。长风沛雨,艳阳明月,那时田野被喜悦铺满,天地间充斥着生的豪情,风里梦里也全是不屈不挠的欲望。那时百花都在交媾,万物都在放纵,蜂飞蝶舞、月移影动也都似浪言浪语。那时候灵魂被置于一旁,就像秋天尚且遥远,思念还未成熟。那时候视觉呈一条直线,无暇旁顾。

不过你要记得,春天的美丽也正在于此。在于纯真和勇敢,在于未通世故。

设若枝丫折断,春天惟努力生长。设若花朵凋残,春天惟含苞再放。设若暴雪狂风,但只要春天来了,天地间总会飘荡起焦渴的呼喊。我还记得一个伤残的青年,是怎样在习俗的忽略中,摇了轮椅去看望他的所爱之人。

也许是勇敢,也许不过是草率,是鲁莽或无暇旁顾,他在一个早春的礼拜日起程。摇着轮椅,走过融雪的残冬,走过翻浆的土路,走过滴水的屋檐,走过一路上正常的眼睛,那时,伤残的春天并未感觉到伤残,只感觉到春天。摇着轮椅,走过解冻的河流,走过湿润的木桥,走过满天摇荡的杨花,走过幢幢喜悦的楼房,那时,伤残的春天并未有什么卑怯,只有春风中正常的渴望。走过喧嚷的街市,走过一声高过一声的叫卖,走过灿烂的尘埃,那时,伤残的春天毫无防备,只是越走越怕那即将到来的见面太过俗常……就这样,他摇着轮椅走进一处安静的宅区——安静的绿柳,安静的桃花,安静的阳光下安静的楼房,以及楼房投下的安静的阴影。

但是台阶！你应该料到但是你忘了，轮椅上不去。

自然就无法敲门。真是莫大的遗憾。

屡屡设想过她开门时的惊喜，一路上也还在设想。

便只好在安静的阳光和安静的阴影里徘徊，等着有人来传话。

但是没人。半天都没有一个人来。只有安静的绿柳和安静的桃花。

那就喊她吧。喊吧，只好这样。真是大煞风景，亏待了一路的好心情。

喊声惊动了好几个安静的楼窗。转动的玻璃搅乱了阳光。你们这些幸运的人哪，竟朝夕与她为邻！

她出来了。

可是怎么回事？她脸上没有惊喜，倒像似惊慌："你怎么来了？"

"啊老天，你家可真难找。"

她明显神不定："有什么事吗？"

"什么事？没有哇？"

她频频四顾："那你？……"

"没想到走了这么久……"

她打断你："跑这么远干吗？以后还是我去看你。"

"咳，这点儿路算什么！"

她把声音压得不能再低："嘘！——今天不行，他们都在家呢。"

不行？什么不行？他们？他们怎么了？噢……是了，就像那台阶一样你应该料到他们！但是忘了。春天给忘了。尤其是伤残，给忘了。

她身后的那个落地窗，里边，窗帷旁，有张焦虑的脸，中年人的脸,身体埋在沉垂的窗帷里半隐半现。你一看他,他就埋进窗帷,你不看他,他又探身出现——目光严肃,或是忧虑,甚至警惕。继而又多了几道同样的目光,在玻璃后面晃动。一会儿,窗帷缓缓地合拢,玻璃上只剩下安静的阳光和安静的桃花。

你看出她面有难色。

"哦,我路过这儿,顺便看看你。"

你听出她应接得急切:"那好吧,我送送你。"

"不用了,我摇起轮椅来,很快。"

"你还要去哪儿?"

"不。回家。"

但他没有回家。他沿着一条大路走下去,一直走到傍晚,走到了城市的边缘,听见旷野上的春风更加肆无忌惮。那时候他知道了什么?那个遥远的春天,他懂得了什么?那个伤残的春天,一个伤残的青年终于看见了伤残。

看见了伤残,却摆脱不了春天。春风强劲也是一座牢笼,一副枷锁,一处炼狱,一条命定的路途。

盼望与祈祷。彷徨与等待。以至漫漫长夏,如火如荼。

必要等到秋天。

秋风起时,疯狂的摇滚才能聚敛成爱的语言。

在《我与地坛》里有这样一段话:

> 要是有些事我没说,地坛,你别以为是我忘了,我什么也没忘,但是有些事只适合收藏。不能说,也不能想,却又不能忘。它们不能变成语言,它们无法变成语言,一旦变成语言就不再是它们了。它们是一片朦胧的

温馨与寂寥,是一片成熟的希望与绝望,它们的领地只有两处:心与坟墓。比如说邮票,有些是用于寄信的,有些仅仅是为了收藏。

终于一天,有人听懂了这些话,问我:"这里面像似有个爱情故事,干吗不写下去?"

"这就是那个爱情故事的全部。"

在那座废弃的古园里你去听吧,到处都是爱情故事。到那座荒芜的祭坛上你去想吧,把自古而今的爱情故事都放到那儿去,就是这一个爱情故事的全部。

"这个爱情故事,好像是个悲剧?"

"你说的是婚姻,爱情没有悲剧。"

对爱者而言,爱情怎么会是悲剧?对春天而言,秋天是它的悲剧吗?

"结尾是什么?"

"等待。"

"之后呢?"

"没有之后。"

"或者说,等待的结果呢?"

"等待就是结果。"

"那,不是悲剧吗?"

"不,是秋天。"

夏日将尽,阳光悄然走进屋里,所有随它移动的影子都似陷入了回忆。那时在远处,在北方的天边,远得近乎抽象的地方,仔细听,会有些极细微的骚动正仿佛站成一排,拉开一线,嗡嗡嘤嘤跃跃欲试,那就是最初的秋风,是秋风正在起程。

近处的一切都还没有什么变化。人们都还穿着短衫，摇着蒲扇，暑气未消草木也还是一片葱茏。惟昆虫们似有觉察，迫于秋天的临近，低吟高唱不舍昼夜。

在随后的日子里，你继续听，远方的声音逐日地将有所不同：像在跳跃，或是谈笑，舒然坦荡阔步而行，仿佛歧路相遇时的寒暄问候，然后同赴一个约会。秋风，绝非肃杀之气，那是一群成长着的魂灵，成长着，由远而近一路壮大。

秋风的行进不可阻挡，逼迫得太阳也收敛了它的宠溺，于是乎草枯叶败落木萧萧，所有的躯体都随之枯弱了，所有的肉身都遇到了麻烦。强大的本能，天赋的才华，旺盛的精力，张狂的欲望和意志，都不得不放弃了以往的自负，以往的自负顷刻间都有了疑问。心魂从而被凸显出来。

秋天，是写作的季节。

一直到冬天。

呢喃的絮语代替了疯狂的摇滚，流浪的人从哪儿出发又回到了哪儿。

天与地，山和水，以至人的心里，都在秋风凛然的脚步下变得空阔、安闲。

落叶飘零。

或有绵绵秋雨。

成熟的恋人抑或年老的歌手，望断天涯。

望穿秋水。

望穿了那一条肉体的界线。

那时心魂在肉体之外相遇，目光漫漶得遥远。

万物萧疏，满目凋敝。强悍的肉身落满历史的印迹，天赋的才华闻到了死亡的气息，因而灵魂脱颖而出，欲望皈依了梦想。

本能，锤炼成爱的祭典——性，得禀天意。
细雨唏嘘如歌。
落叶曼妙如舞。
衰老的恋人抑或垂死的歌手，随心所欲。
相互摸索，颤抖的双手仿佛核对遗忘的秘语。
相互抚慰，枯槁的身形如同清点丢失的凭据。
这一向你都在哪儿呀！——
群山再度响遍回声，春天的呼喊终于有了应答：
我，就是你遗忘的秘语。
你，便是我丢失的凭据。
今夕何年？
生死无忌。
秋天，一直到冬天，都是写作的季节。
一直到死亡。
一直到尘埃埋没了时间，时间封存了往日的波澜。

那时有一个老人走来喧嚣的歌厅，走到沸腾的广场，坐进角落，坐在一个老人应该坐的地方，感动于春风又至，又一代人到了时候。不管他们以什么形式，以什么姿态，以怎样的狂妄与极端，老人都已了如指掌。不管是怎样地嘶喊，怎样地奔突和无奈，老人知道那不是错误。你要春天也去谛听秋风吗？你要少男少女也去看望死亡吗？不，他们刚刚从那儿醒来。上帝要他们涉过忘川，为的是重塑一个四季，重申一条旅程。他们如期而至。他们务必要搅动起春天，以其狂热，以其嚣张，风情万种放浪不羁，而后去经历无数夏天中的一个，经历生命的张扬，本能的怂恿，爱情的折磨，以及才华横溢却因那一条肉体的界线而束手无策！以期在漫长夏天的末尾，能够听见秋风。而这老人，走向他必然的墓地。披一身秋风,走向原野,看稻谷金黄,听熟透的果实砰然落地,闻浩瀚的葵林掀动起浪浪香风。祭拜四季;多少生命已在春天夭折,已在漫漫长夏耗尽才华,或因伤残而熄灭于习见的忽略。祭拜星空;生者和死者都将在那儿汇聚,浩然而成万古消息。写作的季节老人听见:灵魂不死——毫无疑问。

选自长篇随笔《记忆与印象》第二部分第11节
完稿于二〇〇二年,修订于二〇〇四年

诚实与善思

我来此史（铁生）眼看就是一个花甲了。这些年我们携手同舟，也曾在种种先锋身后紧跟，也曾在种种伟大脚下膜拜，更是在种种天才与博学的旋涡中惊悚不已。生性本就愚钝，再经此激流暗涌，早期症状是找不着北，到了晚期这才相信，诚实与善思乃人之首要。

良家子弟，从小都被教以谦逊、恭敬——"三人行必有我师""满招损，谦受益"以及"骄兵必败"，等等。却不知怎么，越是长大成人倒越是少了教养——单说一个我、你、他，或还古韵稍存，若加上个"们"字，便都气吞山河得要命。远而儒雅些的比如"问苍茫大地谁主沉浮？我们，我们，我们！"近且直白的则是"你们有什么资格指责我们！"

你们，他们，为啥就不能指责我们？我们没错，还是我们注定是没错的？倘人家说得对又当如何？即便不全对，咱不是还有一句尤显传统美德的"无则加勉"吗？就算全不对，你有你的申辩权、反驳权，怎么就说人家没资格？人均一脑一嘴，欲剥夺者倒错得更加危险。

古有"五十步笑百步"之嘲，今却有百步笑五十步且面无愧色者在，譬如阿Q的讥笑小D或王胡。不过，百步就没有笑五十步的权利吗？当然不是，但有愧色就好，就更具说服力。其实五十步也足够愧之有色了,甚至一步、半步就该有,或叫见微知著,或叫防患于未然。据说,"耻辱"二字虽多并用,实则耻辱大相径庭。"知耻而后勇"——"耻"是愧于自身之不足;"辱"却相反,是恨的酵母——"仇恨入心要发芽"。

电影《教父》中的老教父,给他儿子有句话:"不要恨,恨会使你失去判断。"此一黑道家训,实为放之诸道而皆宜。无论什么事,怨恨一占上风,目光立刻短浅,行为必趋逞强。为什么呢?被愤怒拿捏着,让所恨的事物牵着走,哪还会有"知己知彼"的冷静!

比如今天,欲取"西方中心"而代之者,正风起云涌。其实呢,中不中心的也不由谁说了算。常听到这样的话:"我们中国其实是最棒的!""他们西方有啥了不起!""你们美国算什么!"类似的话——我才是最棒的,他有啥了不起,你算个什么!——若是让孩子说了,必遭有教养的家长痛斥,或令负责任的老师去反省;怎么从个人换到国族,心情就会大变呢?看来,理性常不是本性的对手。一团本性的怒火尚可被理性控制,怒火一多,牵连成片,便能把整座森林都烧成怨恨,把诚实与善思都烧死在里面。老实说,我倒宁愿有一天,不管世人论及什么,是褒是贬,或对或错,都拿中国说事,那样,"中心"的方位自然而然就会有变化了。此前莫如细听那老教父的潜台词:若要不失判断,先不能让情绪乱了自己,所谓知己知彼,诚实是第一位的。

何谓诚实?见谁都一倾私密而后快吗?当然不能,也不必。诚实就像忏悔,根本是对准自己的。某些不光明、不漂亮、不好意思的事,或可对外隐瞒到底,却不能跟自己变戏法儿,一忽悠就看它没了。所以人要有独处的时间,以利反思、默问和自省。据说有人发明了一种药,人吃了精神百倍,夜以继日地"大干快上"也不觉困倦和疲劳,而且无损健康。但发明者一定是忘记了黑夜的妙用,那正是人自我面对或独问苍天的时候。那史写过一首小诗,拿来倒也凑趣——

　　黑夜有一肚子话要说/清晨却忘个干净/白昼疯狂扫荡/喷洒农药似的/喷洒光明。
　　于是/犹豫变得剽悍/心肠变得坚硬/祈祷指向宝座/语言显露凶光……/今晚我想坐到天明/坐到月影消失/坐到星光熄灭/从万籁俱寂一直坐到/人声泛起。
　　看看/白昼到底是怎样/开始发疯……

够不够得上诗另当别论。但黑夜的坦诚,确乎常被白昼的喧嚣所颠覆,正如天真的孩子,长大了却沾染一身"立场"。"立场"与"观点"和"看法"相近,原只意味着表达或陈述,后不知怎样一弄,竟成权柄,竟至要挟。"你什么观点?""你对此事怎么看?"——多么平和的问句,让人想起洒满阳光的课堂。若换成"你是什么立场?""你到底站在哪一边?"——便怎么听都像威胁,令人不由得望望四周与身后。我听见那史沉默中的回应——对前者是力求详述,认真倾听,反复思考;对后者呢,客气的是"咱只求把问题搞搞清楚",混账些的就容易惹事了:"孙子哎,你丫管着吗?!"不过呢,话粗理不粗,就事论事,有理说理,调查我立场干吗?要不要填写出身呢?"立场"一词,因"文革"而留下"战斗队"式的后遗症。不过,很可能其原初的创意就不够慎重——人除了站在地球上还能站在哪儿呢?故其明显是指一些人为勾画过的区域——国族、村镇,乃至帮帮派派。当然了,人家问的是思想——你的思想,立于何场?人类之场,博爱之场——但真要这么说,众多目光就会看你是没正经。那该怎么说呢？思想，难道不是大于国族或帮派？否则难道不是狭隘？思想的辽阔当属无边，此人类之一大荣耀；而思想的限制，盖出于自我。不是吗？思想只能是自己的思与想，即便有什么信奉，也是自思自想之后的选择。又因为自我的局限，思想所以是生于交流，死于捆绑——不管是自觉，还是被迫。一旦族同、党同、派同纷纷伐异，弃他山之石，灭异端之思，结果只能是阉割了思想，谋杀了交流。故"立场"一经唱响，我撒腿（当然是轮椅）就跑，深知那儿马上就没有诚实了。

诚实，或已包含了善思。善美之思不可能不始于诚实，起点若就闹鬼，那蝴蝶的翅膀就不知会扇动出什么了。而不思不想者又很难弄懂诚实的重要，君不见欺人者常自欺？君不见傻瓜总好挑起拇指拍胸脯？诚实与善思构成良性循环，反之则在恨与傻的怪圈里振振有词。

索洛维约夫在《爱的意义》中说：做什么事都有天赋，信仰的天赋是什么呢？是谦卑。那么，善思的源头便是诚实。

比如问：你是怎样选择了你的信仰的？若回答说"没怎么想，随大流儿呗"，这信仰就值得担忧，没准儿恰就是常说的迷信。碰巧了这迷信不干坏事，那算你运气好，但既是盲从，就难保总能碰得那么巧。或者是，看这信仰能带来好处，所以投其门下？好处，没问题，但世上的好处总分两种：一是净化心灵，开启智慧；一种则更像投资，或做成个乱世的班头。所以，真正的信仰，不可不经由妥善的思考。

又比如问：人为什么要有信仰呢？不思者不予理会，未思者未免一惊，而善思者嘴上不说，心里也有回答：与这无边的存在相比，人真是太过渺小，凭此人智，绝难为生命规划出一条善美之路。而这，既是出于谦卑而收获的诚实，又是由于诚实而达到的谦卑。

所以我更倾向于认为,诚实与善思是互为因果的。小通科技者常信人定胜天,而大科学家中却多见有神论者,何故?就因为,前者是"身在此山中",而后者已然走出群山,问及天际了。电视上曾见一幕闹剧:一位自称深谙科学的人物,请来一位据说精通"意念移物"的大师,一个说一个练。会练的指定桌上一支笔,佯作发功状,吸引住众人的视线,同时不动声色地嘘一口气,笔便随之滚动。会说的立刻予以揭穿:"大家注意,他的嘴可没闲着!"会练的就配合着再来一回。会说的于是宣布胜利:"明白了吧?这不是骗术是什么!"对呀,是骗术,可你是骗术就证明人家也是骗术?你是气儿吹的,人家就也得是?照此逻辑,小偷之所得为啥不能叫工资呢?幸好,科学已然证明了意念也具能量,是可以做功的!教训之一:不善思,也可以导致不诚实。教训之二:一个不诚实的,大可以忽悠一群不善思的。

那么诚实之后,善思,还需要什么独具的能力吗?当然。音乐家有精准的辨音力,美术家有非凡的辨色力,美食家有其更丰富的味觉受体,善思者则善于把问题分开更多层面。乱着层面的探讨难免会南辕北辙,最终弄成一锅糨糊。比如:你可以在种种不同的社会制度中辨其优劣,却不可以佛祖的慈悲来要求任何政府;你可以让"范跑跑"跟雷锋比境界,却不能让其中任何一位去跟耶稣基督论高低。再比如跳高:张三在第一个高度(一米二〇)上三次失败,李四也是在第一个高度(一米九〇)上三次失败,你可以说他们一样都没成绩,却不能笼统地说二位并无差别。又比如高考:A校有一百个被清华或北大录取,只一个名落孙山;B校有一个考上了清华或北大,却有一百个没考上大学。如果有人说这两所学校其实一样,都有上了清华、北大的,也都有被拒大学门外的,你会觉得此人心智正常吗?倘此时又有人义正词严地问:难道,教育的优劣只靠升学率来判断吗?——好了,我们就有一个头脑混乱的鲜活范例了。

乱了层面,甚至会使人情绪化到不识好歹。比如,人称黄河是我们的母亲河,而后载歌载舞地赞美她,这心情谁都理解,但曾经黄水泛滥,而今几度断流的黄河真还是那么美吗?你一准儿能听到这样的回答:在我们眼里她永远是最美的!理由呢是"儿不嫌母丑,狗不嫌家贫"。这就明显是昏话了,人有思想,凭啥跟狗比?再说了,"嫌"并不必然与"弃"相跟,嫌而不弃倒是爱的证明。喜欢,更可能激起对现成美物的占有欲,爱则意味着付出——让不美好的事物美好起来。母亲的美丑,没有谁比儿女更清楚,惟有那派"皇帝新衣"般的氛围让人不敢实话实说。麻烦的是外人来了,一瞧:"哟,这家儿的老太太是怎么了?"儿女们再嘴硬,怕也要暗自神伤吧。但这才是爱了!不过,一味吃老子、喝老子的家伙们,也都是口口声声地"爱";听说有个词叫"爱国贼",料其不是空穴来风。

据说,女人三十岁以前要是丑,那怨遗传,三十岁以后还丑就得怨自己了——美,更在于风度。何为风度?诚实、坦荡、谦恭、智慧等等融为一体,而后流露的深远消息。不过你发现没有,这诸多品质中,诚实仍属首要?风度不像态度,态度可以弄假,风度只能流露。风度就像幽默,是装不来的,一装就不是流露而是暴露了——心里藏半点儿鬼,也会把眼神儿弄得离奇。可你看,罗丹的"思想者",屈身弓背,却神情高贵;米洛的"维纳斯",赤身断臂,却优雅端庄。那岂是临时的装点?那是锤炼千年的精神熔铸!倘有一天,黄河上激流澎湃,碧波千里,男人看她风情万种,女人看他风度翩翩！两岸儿女还要处心积虑地为她辩护吗？可能倒要挑剔了——美，哪有个止境？那时候，人们或许就能听懂一位哲人的话了：我们要维护我们的文化，但这文化的核心是，总能看到自身的问题。

有件事常让我诧异：为什么有人会担心写作的枯竭？有谁把人间的疑难全部看清，并一一处置停当了吗？真若这样，写作就真是多余；若非如此，写作又怎么会枯竭呢？正是一条无始无终的人生路引得人要写作，正因为这路上疑难遍布，写作才有了根由，不是吗？所以，枯竭的忧虑，当与其初始的蝴蝶相关。有位年纪不轻的朋友到处诉苦："写作是我生命的需要，可我已经来不及了。"这就奇怪，可有什么离开它就不能活的事（比如呼吸），会来不及吗？我便回想自己那只初始的蝴蝶。我说过：我的写作先是为谋生，再是为价值实现，而后却看见了生命的荒诞，荒诞就够了吗？所以一直混迹在写作这条路上。现在我常暗自庆幸：我的写作若停止在荒诞之前，料必早就枯竭了。不知是哪位仙人指路，教我谋生懂"够"，尤其不使价值与价格挂钩，而后我那只平庸的蝴蝶才扇动起荒诞的翅膀。荒诞，即见生命的疑难识之不尽、思之不竭；若要从中寻出条路来，只怕是有始而无终，怎么倒会"来不及"呢？

可我自己也有过"来不及"的担忧。在那只蝴蝶起飞之后不久，焦灼便告袭来，走在街上也神不守舍地搜索题材，睡进梦里也颠三倒四地构思小说；瞧人家满山遍野地奔跑尚且担心着枯竭，便想：我这连直立行走的特征也已丢失的人又凭什么？看人家智慧兼而长寿，壮健并且博识，就急：凭我这体格儿，这愚钝，这孤陋寡闻，会有什么结果等着我？可写作这东西偏又是急不出来的。心中惶恐，驱车地坛,扑面而来的是一片郁郁苍苍的寂静,是一派无人问津的空荒……"而雨,知道何时到来/草木恪守神约/于意志之外/从南到北绿遍荒原",心便清醒了些:不是说重过程而轻结果吗?不是说暂且拖欠下死神的追债,好歹先把这生命的来因去果看看清楚吗?你确认你要这样干吗?那就干吧,没人能告诉你结果。是呀,结果!最是它能让人四顾昏眩,忘记零度。

人写的历史往往并不可靠,上帝给人的位置却是"天不变,道亦不变",所以要不断地回望零度。零度,最能让人诚实——你看那走出伊甸的亚当和夏娃,目光中悲喜交加。零度,最是逼人的善思——你看那眺望人间的男人和女人,心中兼着惊恐与渴盼。每一个人的出生,或人的每一次出生,都在重演这样的零度——也许人的生死相继就是为了成全这样的回归吧?只是这回归,越来越快地就被时尚吞没。但就算虚伪的舞台已比比皆是,好的演员,也要看护好伊甸门前的初衷。否则,虚构只图悬念,夸张只为噱头,戏剧的特权都拿去恭维现实,散场之后你瞧吧,一群群全是笑罢去睡的观众。所以诚实不等于写实,诚实天空地阔,虽然剧场中常会死寂无声。而彻底的写实主义,你可主的是什么义?倒更像屈从现状的换一种说辞。

戏剧多在夜晚出演,这事值得玩味。只为凑观众的闲暇吗?莫如说是"陌生化",开宗明义的"间离":请先寄存起白昼的娇宠或昏迷,进入这夜晚的清醒与诚实,进入一向被冷落的另种思绪——

但你要听,以孩子的惊奇/或老人一样的从命/以放弃的心情/从夕光听到夜静

> 在另外的地方/以不合要求的姿势/听星光全是灯火,遍野行魂/白昼的昏迷在黑夜哭醒

尤其千百年前,人坐在露天剧场,四周寂暗围拢、头顶星光照耀,心复童真,便易看清那现实边缘亮起的神光,抑或鬼气。燠热悄然散去,软风抚摸肌肤,至燥气全无时,人已随那荒歌梦语忘情于天地……可以相信,其时上演的绝不止台上的一出戏,千万种台下的思绪其实都已出场,条条心流扶摇漫展,交叠穿缠,连接起相距万里的故土乡情,连接起时差千年的前世今生,或早已是魂赴乌有之域(譬如《去年在马里昂巴》)……那才叫魂牵梦绕,那才是"一切皆有可能"。可能之路断于白昼的谎言与假面,趋真之心便在黑夜里哭醒。

> 我们是相互交叉的/一个个宇宙/我们是分裂的/同一个神
> 生命之花在黑夜里开放/在星光的隙间,千遍万遍/讲述着爱的寓言
> 梦的花粉飞扬,在黎明/结出希望……

写作,所以是始于诚实的思问,是面对空冥的祈祷,或就是以笔墨代替香火的修行。修行有什么秘诀神功吗?秘诀仍在诚实——不打诳语,神功还是善思——思之极处的别有洞天,人称"悟性"。

读书也是一样,不要多,要诚实;不在乎多,在乎善思。孩提之时,多被教导说,要养成爱读书的好习惯;近老之时才知,若非善思,这习惯实在也算不得太好。读而不思,自然省得出去惹事,但易养成夸夸其谈的毛病,说了一

大篇话而后不知所云。国人似乎更看重满腹经纶,但有奇思异想,却多摇头——对未知之物宁可认其没有,对不懂之事总好斥为胡说。现在思想开放,常听人笑某些"知识分子"是"知道分子";虽褒贬明确,却似乎位置颠倒。"道可道,非常道","君子爱财,取之有道","大道废,有仁义;智慧出,有大伪",读书所求莫过知此"道"也。而知也知之,识也识之,偏不入道者,真是"白瞎了你这个人儿"。

我写过一种人的坏毛病,大家讨论问题,他总要挑出个厚道的对手来斥问:"读过几本书呀,你就说话!"可问题是,读过几本书才能说话呢?有个标准没有?其实厚道的人心里都明白,这叫虚张声势。孔子和老子读过几本书呢?苏格拉底和亚里士多德读过几本书呢?那年月,书的数量本就有限吧。人类的发言,尤其发问,当在有书之前。先哲们先于书看见了生命的疑难,思之不解或知有不足,这才写书、读书、教书和解书,为的是交流——现在的话就是双赢——而非战胜。

读了一点刘小枫先生的书,才知道一件事:古圣贤们早有一门"隐微写作"的功夫,即刻意把某些思想写得艰涩难懂。这可是玩儿的什么花活?一点儿不花,就为把那些读而不思的人挡在门外,以免其自误误人。对肯于思考的人呢,则更利于他们自己去思去想,纳不过闷儿来的自动出局,读懂了的就不会乱解经文。可见,思考不仅是先于读书,而且是重于读书。"带着问题学"总还是对的,惟不必"立竿见影"。

于是我又弄懂了一件事:知识分子所以常令人厌倦,就因其自命博知,隔行隔山的也总好插个嘴。事事关心本不是坏品质,但最好是多思多问,万不可粗知浅尝就去插上一番结论,而后推广成立场让人去捍卫。不说别人,单那史就常让我尴尬,一个找不到工作只好去写小说的家伙,还啥都不服气;可就我所知,几十年来的社会重大事件,没有一回他能判断对的。这很添乱。其实所有的事,先哲们几乎都想过了,孰料又被些自以为是的人给缠瞎。可换个角度想,让这些好读书却又不善思想的人咋办呢?请勿插嘴?这恐怕很难,也很违背人权。几千年的路,说真的也是难免走瞎,幸好"江山代有才人出",他们的工作就是把一团团乱麻择开,令我等迷途知返。返向哪里?柏拉图说要"爱智慧",苏格拉底说"我惟一的知识就是我的无知",而上帝说"我是道路"。有一天那史忽有所悟,揪住我说:嗨,像你我这样的庸常之辈,莫如以诚实之心先去看懂常识。

常识?比如说什么事?

就说眼下这一场拍卖风波吧。那对"鼠首""兔首"往那儿一摆,你先说说这是谁的耻辱?

倒要请教。

是掠夺者的耻辱呀!那东西摆在哪儿也是掠夺者的罪证,不是吗?

毫无疑问。

可怎么大家异口同声,都说是被掠夺者的耻辱呢?

这还是一百多年前的愚昧观念在作怪。那时候弱肉强食,公理不明,掠夺者耀武扬威,被掠夺者反倒自认耻辱。

可是今天,文明时代,谁还会这样认为呢?

是呀,是呀。文明,看掠夺才是耻辱。

那么欺骗呢?文明,看欺骗是什么?

…………

哈,你心虚了,你既想站在那位赢得拍品又不肯付钱者的立场上,却又明知那是欺骗!以欺骗反抗掠夺,不料却跟掠夺一起步入愚昧。

可那东西本来就是我们的，我们有权要求他们还回来！

但不是骗回来。不还，说明有人宁愿保留耻辱。可您这一骗，尚不知国宝回不回得来，耻辱，肯定是让您又给弄回来了。

嗯……行吧，至少可以算逻辑严密。还有什么事呢？

还有就是当前这场经济危机。所谓"刺激消费"，我真是看不懂。人有消费之需，这才要工作，要就业，此一因果顺序总不能颠倒过来吧？总不会说，人是为了"汗滴禾下土"，才去食那"粒粒盘中餐"的吧？总不会是说，种种消费，原是为了"锄禾日当午"，为了"出没风波里"，为了"心忧炭贱愿天寒"吧？倘此逻辑不错，消费又何苦请谁来刺激呢？需要的总归是需要，用不着谁来拉动；不需要的就是不需要，刻意拉动只会造成浪费。莫非闲来无事，只好去"伐薪烧炭南山中"，不弄到"两鬓苍苍十指黑"就不踏实？可"赤日炎炎似火烧"，"公子王孙"咋就知道"把扇摇"呢？

好吧好吧，你这个写小说的又来插经济一嘴了！

这毛病，请问到底是出在哪里？

这个嘛……诚实地说，俺也不知道。

您不是口口声声地"诚实与善思"吗？请就此事教我。

那就接着往下问吧，任何关节上都别自己忽悠自己，不要坚定立场，而要坚定诚实，就这样一直问下去，直至问无可问……

二〇〇八年末

昼信基督夜信佛

大概是我以往文章中流露的混乱，使得常有人问我：你到底是信基督呢，还是信佛法？我说我白天信基督，夜晚信佛法。

这回答的首先一个好处是谁也不得罪。怕得罪人是我的痼疾，另方面，信徒们多也容易被得罪。当着佛门弟子赞美基督，或当着基督徒颂扬佛法，你会在双方脸上看到同样的表情：努力容忍着的不以为然。

这表情应属明显的进步，若在几十年前，信念的不同是要引发武斗与迫害的。但我不免还是小心翼翼，只怕那不以为然终于会积累到不可容忍。

怕得罪人的另一个好处，是有机会兼听博采，算得上是因祸得福。麻烦的是，人们终会看出，你哪方面的立场都不坚定。

可信仰的立场是什么呢？信仰的边界，是国族的不同，是教派的各异，还是全人类共通的理性局限，以及由之而来的终极性迷茫？

人的迷茫，根本在两件事上：一曰生，或生的意义；二曰死，或死的后果。倘其不错，那么依我看，基督教诲的初衷是如何面对生，而佛家智慧的侧重是怎样看待死。

这样说可有什么证据吗？为什么不是相反？——佛法更重生前，基督才是寄望于死后。证据是：大凡向生的信念，绝不会告诉你苦难是可以灭尽的。为什么？很简单，现实生活的真面目谁都看得清楚。清楚什么？比如说：乐观若是一种鼓励，困苦必属常态；坚强若是一种赞誉，好运必定稀缺；如果清官总是被表彰呢，则贪腐势力必一向强大。

在我看，基督与佛法的根本不同，集中在一个"苦"字上，即对于苦难所持态度的大相径庭。前者相信苦难是生命的永恒处境，其应对所以是"救世"与"爱愿"；后者则千方百计要远离它，故而祈求着"往生"或"脱离六道轮回"。而这恰恰对应了白天与黑夜所向人们要求的不同心情。

外面的世界之可怕，连小孩子都知道。见过早晨幼儿园门前的情景吗？孩子们望园却步，继而大放悲声；父母们则是软硬兼施，在笑容里为之哭泣。聪明些的孩子头天晚上就提前哀求了：妈妈，明天我不去幼儿园！

成年人呢，早晨一睁眼，看着那必将升起的太阳发一会儿愣，而后深明大义：如果必须加入到外面的世界中去，你就得对生命的苦难本质说是；否则呢？否则世上就有了"抑郁症"。

待到夕阳西下，幼儿园门前又是怎样的情景呢？亲人团聚，其乐陶陶，完全是一幅共享天伦的动人图画！及至黑夜降临，孩子在父母含糊其词的许诺中睡熟；父母们呢，则是在心里一遍遍祈祷，一遍遍驱散着白天的烦恼，但求快快进入梦的黑甜之乡。倘若白天挥之不去，《格尔尼卡》式的怪兽便要来祸害你一夜的和平。

所以，基督信仰更适合于苦难充斥的白天。他从不做无苦无忧的许诺，而是要人们携手抵抗苦难，以建立起爱的天国。

譬如耶稣的上十字架，一种说法是上帝舍了亲子，替人赎罪，从而彰显了他无比的爱愿。但另一种解释更具深意：创世主的意志是谁也更改不了的，即便连神子也休想走走他的后门以求取命运的优惠。于是便逼迫着我们去想，生的救路是什么和只能是什么。

爱，必是要及他的，独自不能施行。

白天的事，也都是要及他的，独自不能施行。

而一切及他之事，根本上有两种态度可供选择：爱与恨。

恨，必致人与人的相互疏远、相互隔离，白天的事还是难于施行。

惟有爱是相互的期盼、相互的寻找与沟通。白天的事不仅施行，你还会发现，那才是白天里最值得施行的事。

白天的信仰，意在积极应对这世上的苦难。

佛门弟子必已是忍无可忍了：听你的意思，我们都是消极的喽？

非也，非也！倘其如此，又何必去苦苦修行？

夜晚，是独自疗伤的时候，正如歌中所唱："这故乡的风，这故乡的云，帮我抚平伤痕。我曾经豪情万丈，归来却空空的行囊……"

你曾经到哪儿去了？伤在何处？

我曾赴白天，伤在集市。在那儿，价值埋没于价格，连人也是一样。

所以就,"归来吧!归来哟!别再四处漂泊……"

夜晚是心的故乡,存放着童年的梦。夜晚是人独对苍天的时候:我为什么要来?我能不能不来,以及能不能再来?"死去元知万事空",莫非人们累死累活就是为了最终的一场空?空为何物?死是怎么回事?死后我们会到哪儿去?"我"是什么?灵魂到底有没有?……黑夜无边无际,处处玄机,要你去听、去想,但没人替你证明。

白天(以及生)充满了及他之事,故而强调爱。黑夜(以及死)则完全属于个人,所以更要强调智慧。白天把万事万物区分得清晰,黑夜却使一颗孤弱的心连接起浩瀚的寂静与神秘,连接起存在的无限与永恒。所谓"得大自在",总不会是说得一份大号的利己之乐吧?而是说要在一个大于白天,乃无穷大的背景下,来评价自我,于是也便有了一份更为大气的自知与自信。

"自在"一词尤其值得回味。那分明是说:只有你——这趋于无限小的"自",与那无边无际趋于无限大的"在",相互面对、相互呼告与询问之时,你才能确切地知道你是谁。而大凡这样的时刻,很少会是在人山人海的白天,更多地发生于只身独处的黑夜。

倘若一叶障目不见泰山,拘泥于这一个趋于无限小的"自",烦恼就来了。所谓"驱散白天的烦恼",正是要驱散这种对自我的执着吧。

执着,实在是一种美德,人间的哪一项丰功伟绩不是因为有人执着于斯?惟执迷才是错误。但如何区分"执着"与"执迷"呢?常言道"但行好事,莫问前程","只问耕耘,不问收获"。执于前者即是美德,执于后者便生烦恼。

所以，其实，一切"迷执"皆属"我执"！用一位伟大的印第安巫士[1]的话说，就是"我的重要性"，——一切"迷执"都是由于把自我看得太过重要。那巫士认为，只因在"我的重要性"上耗费能量太多，以致人类蝇营狗苟，演变成了一种狭隘的动物。所以狭隘，更在于这动物还要以其鼠目寸光之所及，来标定世界的真相。

那巫士最可称道的品质是：他虽具备很多在我们看来是不可思议的神奇功能，但并不以此去沽名钓誉；他虽能够看到我们所看不到的另类存在，但并不以此自封神明，只信那是获取自由的一种方式；他虽批评理性主义的狭隘，却并不否定理性，他认为真正的巫士意在追求完美的行动，追求那无边的寂静中所蕴含的完美知识，而理性恰也是其中之一。我理解他的意思是：这世界有着无限的可能性，无论局限于哪一种都会损害生命的自由。这样，他就同时回答了生的意义和死的后果：无论生死，都是一条无始无终的、追求完美的路。

是嘛，历史并不随某一肉身之死而结束。但历史的意义又是什么呢？进步、繁荣、公正？那只能是阶段性的安慰，其后，同样的问题并不稍有减轻。只有追求完美，才可能有一条永无止境又永富激情的路。或者说，一条无始无终的路，惟以审美标准来评价，才不致陷于荒诞。

基督信仰的弱项，在于黑夜的匮乏。爱，成功应对了生之苦难。但是死呢？虚无的威胁呢？无论多么成功的生，最终都要撞见死，何以应对呢？莫非人类一切美好情怀、伟大

---

〔1〕 印第安巫士：参见《唐望巫士的教诲》。——编者注

创造、和谐社会以及一切辉煌的文明，都要在死亡面前沦落为一场荒诞不成？这是最大的也是最终的问题。

据说政治哲学是第一哲学，城邦利益是根本利益，而分清敌我又是政治的首要。但令我迷惑的仍然是：如果"死去元知万事空"，凭什么认为"及时行乐"不是最聪明的举措？既是最聪明的举措，难道不应该个个争先？可那样的话，谁还会顾及什么"可持续性发展"？进而，为了"及时行乐"而巧取豪夺他人——乃至他族与他国——之美，岂不也是顺理成章？

"但悲不见九州同"确是一种政治的高尚，但信心分明还是靠着"家祭无忘告乃翁"，就连"王师北定中原日"也难弥补"死去元知万事空"的悲凉与荒诞。所以我还是相信，生的意义和死的后果，才是哲学的根本性关注。

当然，哲学难免要向政治做出妥协。那是因为，次一等的政制也比无政府要好些，但绝不等于说哲学本身也要退让。倘若哲学也要随之退一等，便连城邦的好坏也没了标准，还谈什么妥协！妥协与同流合污毕竟两码事。

佛法虚无吗？恰恰相反，它把"真"与"有"推向了无始无终。而死，绝不等于消极，而是要根本地看看生命是怎么一回事，全面地看看生前与死后都是怎么一回事，以及换一个白天所不及的角度，看看我们曾经信以为真和误以为假的很多事都是怎么一回事……

故而，佛法跟科学有缘。说信仰不事思辨，显然是误解，只能说信仰不同于思辨，不止于思辨。佛门智慧，单凭沉思默想，便猜透了很多物理学几千年后才弄懂的事，比如"惟识"一派，早已道出了"量子"的关键。还有"薛定谔的猫"——那只可怜的猫啊!

便又想到医学。我曾相信中医重实践、轻理论的说法,但那不过是因为中医理论过于艰深,不如西医的解剖学来得具体和简明。中医理论与佛家信念一脉相承,也是连接起天深地远,连接起万事万物,把人——而非仅仅人体——看作自然整体之局部与全息。倒是白天的某些束缚(比如礼仪习俗),使之在人体解剖方面有失仔细。而西医一直都在白天的清晰中,招招落在实处,对于人体的机械属性方面尤其理解得透彻,手段高超。比如器官移植,比如史铁生正在享用着的血液透析。

要我说,所谓"中西医结合",万不可弄成相互的顶替与消耗,而当各司其职,各显其能;正如昼夜交替,阴阳互补,热情与清平的美妙结合。

不过,说老实话,随着科学逐步深入到纳米与基因层面,西医正在弥补着自身的不足,或使中医理念渐渐得其证实也说不定。不过,这一定是福音吗?据说纳米尘埃一旦随风飞扬,还不知人体会演出怎样的"魔术";而基因改造一经泛滥,人人都是明星,太阳可咋办!中医就不会有类似风险,——清心寡欲为医,五谷百草为药,人伦不改,生死随缘,早就符合了低碳要求。不过这就好了吗?至少我就担心,设若时至一九九八年春透析技术仍未发明,史铁生便只好享年四十七岁了,哪还容得我六十岁上昼信基督夜信佛!

世上的事总就是一利一弊。怕的是抱残守缺。

佛家反对"二元对立",我以为,反对的是二元的势不两立。二元的势不两立,实际是强烈的一元心态。然而,这世界所以是有而不是无，根本在于二元的对立。所以，佛家实际是在强调二元和谐。一切健康的事物，都是基于二元的和谐，身体、社会、理想、修行……莫不如此。

"万法归一"是说这世界的本源，"三生万物"是指这个现实的世界。二者的位置一旦颠倒，莫说他史铁生了，众生的享年都要回零。

佛法之"空"，料与"空空的行囊"之"空"绝不一致。亚里士多德说，无中生有是绝不可能的。老子却说，有生于无。不过佛家还有一说：万法皆空。空即是有，有即是空，所以我猜佛家必是相信：有生于空。空，并不等于无。根本的二元对立，并非有与无的两极，而是有与空的轮回，或如尼采所说的"永恒复返"。

而"有"，也不见得就是有物质。有什么呢？不知道。物理学说：抽去封闭器皿中的一切物质，里面似乎还是有点儿什么的。有点儿什么呢？还是不知道。那就可以猜想一回了：有的是"空"！万法皆空，而非万法皆无，所以"空"绝非是说一切皆无。空不是无，空只好是有了。那么它又是一种怎样的有呢？空极生有，料必是一种无比强大的势能！即强烈地要创生出无限时空、无限之可能性的趋势。创世的大爆炸，据说就始于一个无限小的奇点，这个"点"可否让我们对那个"空"有所联想？

说佛法跟科学有缘，佛门弟子多会引为骄傲。但，若说二者的问题也有同根，未必信众们就都能不嗔不痴。

所谓同根，是说二者的信念有一个相同的前提，即先弄清楚这个世界的究竟，而后，科学的理想叫"人定胜天"，佛法的心愿是"人人皆可成佛"。问题是谁都没说，如果世界尚未究竟或终难究竟,人当如何?就算可以究竟,究竟者也总在极少,尚未究竟和终难究竟的大多数又拿什么去做信的根基?我相信佛门确有其非凡的智慧,确有其慧眼独具的奇妙功法,能够知晓甚至看到理性所无从理解的事物。但是第一,这仍是极少数人的所能。第二,再强大的能力也是有限,因为无限意味着永不可及。第三,老调重弹——成佛是一条动态的恒途,绝非一处万事大吉的终点。然而,一个"成"字,一个"究竟",很容易被理解为认知的极点与困苦的穷尽。

所以,一条同根,很可能埋藏了近似的危险:大凡理想或心愿,一旦自负到"人定胜天",或许诺下一处终极乐园,总是要出事的。科学正在出事,譬如自然生态的破坏。信仰如果出事,料想会是在心态方面。

理想,若总就在理想的位置上起作用,"老夫聊发少年狂"倒也不是什么坏事。然而"言必信,行必果"一向是人间美德(柏拉图认为,政治可以有高贵的谎言,神却不可说谎),那么一旦行之未果,——世界依旧神秘,命运依旧乖张,信仰岂不要受连累?

首先质疑它的就是科学。科学以其小有成果而轻蔑信仰,终至促生了现代性迷障。问题是,在实证面前,信仰总显得理亏,——"看不见而信"最是容易被忘记。怎么办呢?便把"果"无限地推向来世。这固然也是一种方略,可以换得忍耐与善行,但根基无非是这么一句话:好处终归是少不了你的!可这样的根基难免另有滋生,比如贪心,比如进而的谋略,直至贿赂之风也吹进信仰。君不见庙堂香火之盛,有几个不是在求祈实际的福利!众生等不及"终归"——既可终归,何不眼前?这逻辑本来不错,更与科学的"多快好省"不谋而合！只是，这夜晚的信仰怎么就变得比白天还白了？

"不不，"于是有佛门高徒说，"这是误解，说明你还不懂佛！"随即举出诸多佛法经章、高僧本事，证明真正的佛说与那庙里的歪风毫不相干。

那，为什么您讲的就是真正的佛说？

那么您认为，我讲的对还是不对？

问题是，大众所信的佛法，未必跟个例高人所理解的一样。不管谁到那烟雾腾腾的庙堂里去看看，都会相信，这世上广泛流行的是另种"佛法"。

如何另种？

求财的，求官的，求不使东窗事发的……许愿的，还愿的，事与愿违而说风凉话的……有病而求健康的，健康而求长寿的，长寿而求福乐的，福乐不足而求点石成金或隔墙取物的……

那就是他们的事了。

怎么就成了他们的事呢，——莫非也是佛说？

何为神说？何为人传？基督信仰千百年来都有探讨。哪是佛说，哪是人言呢？佛门也曾有过几次集结。高僧们相约一处，论辩佛法真谛，可惜这一路香火已断多时。失去大师们的不断言说与探讨，习佛已流于照本宣科，徒具其表。失去高僧的指点与引领，人性就像流水，总是要往低处去的。如今是人们由着性儿地说佛与"佛说"，人性的贪婪便占上风；众生要"多快好省"地上天堂，庙堂前便"鼓足干劲"地卖起票来。这类"信"徒，最看佛门是一处大大的后门儿，近乎朝中有人好办事。办什么事呢？办一切利己利身之事。如何能办到呢？耐心听"芸芸众生"们说吧，其津津乐道者，终不免还是指向某些神功奇迹——免灾祛病呀，延年益寿呀，准确或近乎准确地推算前世和预测未来呀等等这些我都信，只不信这叫信仰。佛家（道家）的某些神奇功法我也见过，甚至亲身体验过，但我仍认为"看不见而信"才是信仰的根本。如果信仰竟在于某些神奇功法，高科技为什么不算？科学所创造的奇迹还少吗？可就算你上天入地、隔墙取物、福如东海、寿比南山，莫非这世上就不会有苦难了？没有了当然好，可那就连信仰也没有了。信仰，恰是人面对无从更改的生命困境而持有的一种不屈不挠、互爱互助的精神！

听说有人坐飞机赶往某地，只为与同仁们聚会一处，青灯古刹、焚香诵经地过一周粗茶淡饭、草履布衣的低碳生活。想来讽刺，那飞机一路的高排放岂是这一周的低消费所能补偿！真是算不过这笔账来？想必是另有期图。

又据说，有位国人对西人道："还是我佛的能耐大。瞧瞧你们那个上帝吧，连自己儿子的死活都管不了！"

先不论基督与佛均乃全人类所共有，岂分国族？！却只问这类求佛办事的心态，原因何在？说到基督与佛，何以前者让人想到的多是忏悔，后者却总让人想起许愿？忏悔，是请神来清理我的心灵；许愿，却是要佛来增补我的福利。忏悔之后，是顺理成章地继续检讨自己；许愿之后呢，则要看看佛的态度，满足我愿的我为你再造金身，否则备选的神明还很多。

哈！这不过是你的印象罢了。事实上，此类信徒各门各派里都有。

那么，您是否也有与我相同的印象呢？

印象能说明什么！可有什么"统计学"证据吗？

"现象学"的行吗？现象之下自有其本质在，正如佛说"因果"。

……那么你的"夜晚信佛法"，到底信的什么？

首先我相信佛法是最好的心理疗法。佛看这人间不过是生命恒途中极其短暂的一瞬，就好比大宴上的一碟小菜，大赛前的一次热身，甚或只是大道上的一处泥淖。佛的目光在无始与无终之间，对于这颗球体上千百年来的蝇营狗苟，对于这一片灯红酒绿的是非地、形同苦役的名利场，说到底，佛是一概地看不上！而如今的心理疾病多如牛毛，又都是为了什么？比如说方兴未艾的抑郁症，你去调查吧，统计吧，很少不是因为价值感的失落。说白了，就是"我的重要性"一旦在市场上滞销、掉价、积压而后处理，一向自视重要的"我"便承受不住，抑郁症即告得手。佛所以是最好的心理医生，因为他从根本上否定了人的市场价格，坚定了生命的恒久价值。而这样的疗法，还是那句话：很难在叫卖声声的白天里进行，而要等到夜深人静。

说到这儿想起件事，前不久与朋友谈起"城市文学"。"乡土文学"谁都知道，可什么是"城市文学"呢？两个人说来说去，忽有所悟："城市文学"的特点，根本在一个"市"字上。城市，乃市场的引发，而市场的突出作为是价格的诞生。正所谓异化吧，价格功高震主，渐渐就脱离开价值而自行其是了。于是乎讨价还价，袖子里掐手指，而后发展到满街贴广告和电视台上吹牛皮……原本是为了货通有无的集与市，慢慢竟变成了骗术比拼的大赛场。败下阵来的自然是郁郁寡欢,待其两眼发直、浑身发抖,便取名为抑郁症。有趣的是,先是亏本者抑郁,慢慢演化,亏心者倒荣耀起来,称为"成功人士",其居住地宏伟壮观,谓之"高尚社区"。久之,价格成长为重中之重,价值一败涂地。成者王侯败者寇。怕为寇者,或打肿自己充肥,或就做成宅男宅女不见天日,想起市场就显露出抑郁症所规定的种种症候。

其次我相信,佛家对死后的猜想并非虚妄。看看那些大和尚,圆寂之时是何等从容淡定,你自会相信那既非莽汉式的无畏,亦非志士般的凛然,而是深思熟虑,一切都已了然于心,或就像那位印第安巫士所说:一切都已"看见"。当然了,此等境界绝非吾辈常人所能为之,——譬如爱因斯坦看见了时间的弯曲,譬如霍金看见黑洞,咱咋就啥也不见呢?故凡俗之如我类,切莫指望什么神功奇迹,不如原原本本都留给极少数人吧。

不过呢,死亡毕竟在向你要求着态度。当然回避也是一种,勇敢也是一种,鲁莽还是一种——两眼一闭跳下去,跟蹦极一般。我选择钻牛角尖,死乞白赖地想一想,谁料结果却发现:死是不可能的。

> 死是什么?死就是什么都没有了,什么、什么都没有了。可什么、什么都没有了,怎么会还有个死呢?什么、什么都没有了,应该是连"没有"也没有了才对。所以,如果死意味着什么、什么都没有了,死也就是没有的。死如果是有的,死就不会是什么、什么都没有了。故而"有"是绝对的。
>
> "有"又是什么呢?有,是观察的确认——现代物理学也明确支持这一观点。"无"呢?"无"也一样是

观察——准确说是观察所不及——的确认,因而仍不过是"有"的一种形态。推而演之,死也就是生的一种形态。

那么,观察意味着什么呢?观察意味着观察者的确在。而这个观察者,既然能够认知他者,也就一定能够自认。这自认,便创生了"我"。

"我死了",此言若非畅想,就一定是气话,现实中绝没有这回事。

"你死了"呢,或用于诅咒,或用于告慰。前者是说,你没死但你该死。后者是说你并没有死,不过是到了另一世界,或处于另一种存在状态罢了。

只有"他死了"这句话没毛病,必有相应的现实为之做证。比如说"史铁生死了",这消息日夜兼程,迟早会被证实。

(由此也可见,我是我,史铁生是史铁生。)

总结一下吧:死,绝不意味着什么、什么都没有了。而一切"有"都是被观察的,一切"无"都是观察所不及的。所以"有"也好,"无"也好,都离不开观察者。那么,谁是最终的观察者呢?"我"!而"你"和"他","我们""你们"和"他们",都不免是被观察者。

最后一个问题:设若真有来世,我怎么能认出此一世的我即是彼一世的我呢?首先,无论哪一世的你,不自称"我"又自称什么?其次,柏拉图说"学习即回忆",被回忆者是谁?第三,一生止于吃喝屙撒睡的人太多太多,想必来世也就难于分辨,而一个独特的心魂自然就便于被回忆。

（以上四小节均引自史铁生作品《论死的不可能性》。）

在我想，求"往生"是不是有点儿多余？今生、来世其实是一样的，吃喝屙撒睡的固然一样，特立独行的也是一样，不知不觉的固然一样，大彻大悟的就更应该能看出些一样来。什么呢？生即是苦，苦即是生。如此又求的什么来世！今天就是昨天的明天，明天就是前天的后天……生还是苦，苦还是生，又何必在意此一生还是彼一生呢？我只相信，明天的意义，惟在进一步完美行动的可能。不过这已经有了保证：佛的目光在无始无终之间，——史铁生要死就让他死吧，"我"才是那目光的无限仰望者与承受者。

那么"脱离六道轮回"呢？说真的，我半信半疑。所信者，你下辈子可以不是人、畜生、饿鬼等等；所疑者，莫非你可以是"无"吗？你只要是"有"那就麻烦。"有"就是"有限"，正如"无限"其实就是"无"。你看吧，哪一种"有"不是有限的？你想吧，惟观察所不及者谓之"无"，而那正是因为它的无限。这样我们就有救了，就算我们有一天不再是人，也不是畜生、饿鬼和什么什么，我们总还得是"有"（因为"无"是无的呀），进而就还得是"我"。"我"位于有限而行一条无限的路，那才是佛或上帝的恩宠！

而一条无限的路，正所谓日夜兼程，必是昼夜轮换的路！如果黑夜过于深沉，独善其身或自在之乐享用得太久，就好比心病患者会依赖上心理医生，人也是会依赖于黑夜而不由得逃避白天的。然而白天就在黑夜近旁。不能使病者走进白天的医生是失败的医生，他培养了另一种"我执"。

况且此"执"是因乐而生。譬如乐不思蜀，乐居腐蚀，岂止是不思蜀，其实是不思苦，进而养成享乐的贪图。乐无止境，难免日趋狭隘，偶像繁多，倒给"菩萨"们都分配了工作，管升官的、管发财的、管文凭和职称的……最后连掩盖罪行都有专管。尤其，这享乐与灭苦的期求，一旦进入白天，与疯狂的市场合谋，爱愿常不是它们的对手。

所以我想，佛门弟子要特别地看重地藏菩萨。"我不下地狱谁下地狱"，"地狱不空誓不成佛"，——地藏的这两句伟大誓言，表明他是一位全天候的觉者！虽然一个"成"字似乎还是意味着终点，但他把终点推到了永远，从而暗示了成佛之路的无限性。道路的无限即是距离的无限，即是差别的无限，即是困苦的无限，也便意味着拯救之路的无限，幸而人之不屈不挠的美丽精神也可以无限，——惟此，无始无终的存在才不至于陷入荒诞。

"我不下地狱谁下地狱"，简直就是十字架上真理的翻版；"地狱不空誓不成佛"，明显与基督精神殊途同归。是呀，一切黑夜的面死之思，终要反身投入到白天的爱愿（当然，一切爱愿总也要面对死的诘难）。

你会发现，白天的事难免都要指向人群，指向他者，因而白天的信仰必然会指向政治。但政治并不等于政府，否则有政府的地方就不该再有不同政见。因而，政治的好坏也就不取决于国的强大与否，而在乎于民之福患。国之强大，仅仅是为了保卫民的福利，否则何用？所以，以强大为目的的政治是舍本求末，以爱为灵魂的政治才是奉天承运，才会是好政治。

然而，爱也是有危险的。比如以死相威胁的"爱情"，比如期求报答的"友爱"，比如只为谋权的"爱国爱民"，比如盛气凌人甚或结党营私式的种种"信徒"……问题是鱼目混珠，真假何辨？其实呢，以平常心观之，真假自明，——正所谓"人人皆有佛性"，也正是神在的最好证明。

我有个朋友，初到某地，两眼一抹黑，有个老太太帮他渡过了道道难关，他说我可怎么报答您呢，老太太说：你去帮助别人就是。我还听说有个过马路的老头儿，四望无车无人，却还是静静地等候红灯，人说您这不是犯傻嘛，他说：我不知道在哪个楼窗里，会不会有个孩子正看着我。我还知道有位女士，不知听哪个昏僧说，促成一桩婚姻便为来世积下一份善缘，于是不遗余力地乱点鸳鸯谱——管他们有情与无情！

爱的危险还有一条：仅仅的爱人。您信吗？仅仅的爱人，会养成铺张浪费甚至穷奢极欲的坏毛病，——情形就像被溺爱的孩子。所谓"爱上帝"说的是什么？是说要爱世间一切造物。所谓"爱命运"说的是什么？是说对一切顺心与不顺心的事，都要持爱的态度。

"我执"多种多样，并不以内容辨；无论什么事，一旦"我的重要性"领衔，即是"我执"。譬如常说的"立功、立德、立言"，尤其前面再加一句"为天下人"，都是再好没有。但请留神，"我"字一重，多么慷慨大义的言辞也要变味儿。不过，这事最为诡异的地方是：一味地表现"自我"是"我执",刻意地躲避"自我"还是"我执";趋炎附势的是"我执",自命清高的还是"我执";刚愎自用的是"我执",自怨自艾也是"我执"。那么"我"就得变傻子吗?对不起,您又"我执"了。我什么都不说成吗?成是成,但这仍然是"我执"。简直就没好人走的道儿了!不,这才是好人走的道儿呀:好人,才看见"我执",才放弃"我执",才看见放弃"我执"有多难,才相信多难也得放弃"我执",——这下明白了,成佛的路何以是一条永行的恒途。

《伊索寓言》中有一篇说到舌头,说那是人间最好和最坏的东西,因为它可以说出最美和最丑的语言。信仰的事着实跟舌头有一拼,它既可让人行无比的善,也可让人做滔天的恶。譬如曾经和现在,也譬如此地和别处,人们为信仰而昏昏,也为信仰而昭昭;为信仰而大乱,也为信仰而大治;为信仰而盛气凌人,也为信仰而谦恭下士;为信仰而你死我活,也为信仰而乐善好施……再问何根何源,以我的愚钝来想,大凡前一类都还是那个"我执"。

如何灭尽"我执"呢?不知道。我真的不知道,因为我感到我永远都灭不尽那玩意儿。我感到我只能是见一个杀一个,没什么彻底的办法。我感到诚实是第一位的,比如说白天就是白天,黑夜就是黑夜。黑白颠倒你试试看,或者只需想一想,会不会把白天弄成了自闭症,一到夜里又妄想狂?

二〇一〇年十一月四日

病隙碎笔 5

一

生命到底有没有意义？——只要你这样问了，答案就肯定是：有。因这疑问已经是对意义的寻找，而寻找的结果无外乎有和没有；要是没有，你当然就该知道没有的是什么。换言之，你若不知道没有的是什么，你又是如何判定它没有呢？比如吃喝拉撒，比如生死繁衍，比如诸多确有的事物，为什么不是？此既不是，什么才是？这什么，便是对意义的猜想，或描画，而这猜想或描画正是意义的诞生。

二

存在，并不单指有形之物，无形的思绪也是，甚至更是。有形之物尚可因其未被发现而沉寂千古，无形的思绪——比如对意义的描画——却一向喧嚣、确凿，与你同在。当然，生命中也可以没有这样的思绪和喧嚣，永远都没有，比如狗。狗也可能有吗？那就比如昆虫。昆虫也未必没有吗？但这已经是另外的问题了。

三

既然意义是存在的,何以还会有上述疑问呢?料其真正的疑点,或者忧虑,并不在意义的有无,而在于:第一,这类描画纷纭杂沓,到底有没有客观正确的一种?第二,这意义,无论哪一种,能否坚不可摧?即:死亡是否终将粉碎它?一切所谓意义,是否都将随着生命的结束而变得毫无意义?

四

如果不是所有的生命(所有的人)都有着对意义的描画与忧虑,那就是说,意义并非与生俱来。意义不是先天的赋予,而显然是后天的建立。也就是说,生命本无意义,是我们使它有意义,是"我",使生命获得意义。

建立意义,或对意义的怀疑,乃一事之两面,但不管哪面,都是人所独具。动物或昆虫是不屑这类问题的,凡无此问题的种类方可放心大胆地宣布生命的无意义。不过它们一旦这样宣布,事情就又有些麻烦,它们很可能就此成精成怪,也要陷入意义的纠缠了。你看传说中的精怪,哪一位不是学着人的模样在为生命寻找意义?比如白娘子的"千年等一回",比如猪八戒的梦断高老庄。

五

生命本无意义,是"我"使生命获得意义——此言如果不错,那就是说:"我",和生命,并不完全是一码事。

没有精神活动的生理性存活,也叫生命,比如植物人和草履虫。所以,生命二字,可以仅指肉身。而"我",尤其是那个对意义提出诘问的"我",就不只是肉身了,而正是通常所说的:精神,或灵魂。但谁平时说话也不这么麻烦,一个"我"字便可通用——我不高兴,是指精神的我;我发烧了,是指肉身的我;我想自杀,是指精神的我要杀死肉身的我。"我"字的通用,常使人忽视了上述不同的所指,即人之不同的所在。

六

不过,精神和灵魂就肯定是一码事吗?那你听听这句话:"我看我这个人也并不怎么样。"——这话什么意思?谁看谁不怎么样?还是精神的我看肉身的我吗?那就不对了,"不怎么样"绝不是指身体不好,而"我这个人"则明显是就精神而言,简单说就是:我对我的精神不满意。那么,又是哪一个我不满意这个精神的我呢?就是说,是什么样的我,不仅高于(大于)肉身的我并且也高于(大于)精神的我,从而可以对我施以全面的督察呢?是灵魂。

七

但什么是灵魂呢?精神不同于肉身,这话就算你说对了,但灵魂不同于精神,你倒是解释解释这为什么不是胡说?

因为，还有一句话也值得琢磨："我要使我的灵魂更加清洁。"这话说得通吧？那么，这一回又是谁使谁呢？麻烦了，真是麻烦了。不过，细想，这类矛盾推演到最后，必是无限与有限的对立，必是绝对与相对的差距，因而那必是无限之在（比如整个宇宙的奥秘）试图对有限之在（比如个人处境）施加影响，必是绝对价值（比如人类前途）试图对相对价值（比如个人利益）施以匡正。这样看，前面的我必是联通着绝对价值，以及无限之在。但那是什么？那无限与绝对，其名何谓？随便你怎么叫他吧，叫什么其实都是人的赋予，但在信仰的历史中他就叫做：神。他以其无限，而真。他以其绝对的善与美，而在。他是人之梦想的初始之据，是人之眺望的终极之点。他的在先于他的名，而他的名，碰巧就是这个"神"字。

这样的神，或这样来理解神性，有一个好处，即截断了任何凡人企图冒充神的可能。神，乃有限此岸向着无限彼岸的眺望，乃相对价值向着绝对之善的投奔，乃孤苦的个人对广博之爱的渴盼与祈祷。这样，哪一个凡人还能说自己就是神呢？

八

精神，当其仅限于个体生命之时，便更像是生理的一种机能，肉身的附属，甚至累赘（比如它有时让你食不甘味，睡不安寝）。但当它联通了那无限之在（比如无限的人群和困苦，无限的可能和希望），追随了那绝对价值（比如对终极意义的寻找与建立），它就会因自身的局限而谦逊，因人性的丑陋而忏悔，视固有的困苦为锤炼，看琳琅的美物为道具，既知不断地超越自身才是目的，又知这样的超越乃是永远的过程。这样,它就不再是肉身的附属了,而成为命运的引领——那就是它已经升华为灵魂,进入了不拘于一己的关怀与祈祷。所以那些只是随着肉身的欲望而活的,你会说他没有灵魂。

九

比如希特勒,你不能说他没有精神,由仇恨鼓舞起来的那股干劲儿也是一种精神力量,但你可以说他丧失了灵魂。灵魂,必当牵系着博大的爱愿。

再比如希特勒,你可以说他的精神已经错乱——言下之意,精神仍属一种生理机能。你又可以说他的灵魂肮脏——但显然,这已经不是生理问题,而必是牵系着更为辽阔的存在,和以终极意义为背景的观照。

这就是精神与灵魂的不同。

精神只是一种能力。而灵魂,是指这能力或有或没有的一种方向,一种辽阔无边的牵挂,一种并不限于一己的由衷的祈祷。

这也就是为什么不能歧视傻人和疯人的原因。精神能力的有限,并不说明其灵魂一定龌龊,他们迟滞的目光依然可以眺望无限的神秘,祈祷爱神的普照。事实上,所有的人,不都是因为能力有限才向那无边的神秘眺望和祈祷吗?

十

其实,人生来就是跟这局限周旋和较量的。这局限,首先是肉身，不管它是多么聪明和健壮。想想吧，肉身都给了你什么？疾病、伤痛、疲劳、孱弱、丑陋、孤单、消化不好、呼吸不畅、浑身酸痛、某处瘙痒、冷、热、饥、渴、馋、人心隔肚皮、猜疑、嫉妒、防范……当然，它还能给你一些快乐，但这些快乐既是肉身给你的就势必受着肉身的限制。比如，跑是一种快乐，但跑不快又是烦恼，跳也是一种快乐，可跳不高还是苦闷，再比如举不动、听不清、看不见、摸不着、猜不透、想不到、弄不明白……最后是死和对死的恐惧。我肯定没说全，但这都是肉身给你的。而你就像那块假宝玉，兴冲冲地来此人间原是想随心所欲玩它个没够，可怎么先就掉进这么一个狭小黢黑的皮囊里来了呢？这就是他妈的生命？可是，问谁呢你？你以为生命应该是什么样儿？呆着吧哥们儿！这皮囊好不容易捉你来了，轻易就放你走吗？得，你今后的全部任务就是跟它斗了，甭管你想干吗，都要面对它的限制。这样一个冤家对头你却怕它消失。你怕它折磨你，更怕它倏忽而逝不再折磨你——这里面不那么简单，应该有的可想。

但首先还是那个问题：谁折磨你？折磨者和被折磨者，各是哪一个你？

十一

有一种意见认为：是精神的你在折磨肉身的你，或灵魂的你在折磨精神的你。前者，精神总是想冲破肉身的囚禁，肉身便难免为之消损，即"为伊消得人憔悴"吧。后者，无论是"众里寻他千百度"，还是"独上高楼望尽天涯路"，总归也都使你殚思竭虑耗尽精华。为此，这意见给你的忠告是：放弃灵魂的诸多牵挂吧，惟无所用心可得逍遥自在，或平息那精神的喧嚣吧，惟健康长寿是你的福。

还有一种意见认为：是肉身的你拖累了精神的你，或是精神的你阻碍了灵魂的你。前者，比如说，倘肉身的快感湮灭了精神的自由，创造与爱情便都是折磨，惟食与性等等为其乐事。然而，这等乐事弄来弄去难免乏味，乏味而至无聊难道不是折磨？后者呢，倘一己之欲无爱无畏地膨胀起来，他人就难免是你的障碍，你也就难免是他人的障碍，你要扫除障碍，他人也想推翻障碍，于是危机四伏，这难道不是更大的折磨？总之，一个无爱的人间，谁都难免于中饱受折磨，健康长寿惟使这折磨更长久。因此，爱的弘扬是这种意见看中的拯救之路。

十二

但是，当生命走到尽头，当死亡向你索要不可摧毁的意义之时，便可看出这两种意见的优劣了。

如果生命的意义只是健康长寿（所谓身内之物），死亡便终会使它片刻间化作乌有，而在此前，病残或衰老必早已使逍遥自在遭受了威胁和嘲弄。这时，你或可寄望于转世来生，但那又能怎样呢？路途是不可能没有距离的，存在是不可能没有矛盾的，生是不可能绕过死的，转世来生还不是要重复这样的逍遥和逍遥的被取消，这样的长寿和长寿的终于要完结吗？那才真可谓是轮回之苦哇！

但如果，你赋予生命的是爱的信奉，是更为广阔的牵系，并不拘于一己的关怀，那么，一具肉身的溃朽也能使之灰飞烟灭吗？

好了,最关键的时刻到了,一切意义都不能逃避的问题来了:某一肉身的死亡,或某一生理过程的中止,是否将使任何意义都掉进同样的深渊,永劫不复?

十三

如果意义只是对一己之肉身的关怀,它当然就会随着肉身之死而烟消云散。但如果,意义一向牵系着无限之在和绝对价值,它就不会随着肉身的死亡而熄灭。事实上,自古至今已经有多少生命死去了呀,但人间的爱愿却不曾有丝毫的减损,终极关怀亦不曾有片刻的放弃!当然困苦也是这样,自古绵绵无绝期。可正因如此,爱愿才看见一条永恒的道路,终极关怀才不至于终极地结束,这样的意义世代相传,并不因任何肉身的毁坏而停止。

也许你会说:但那已经不是我了呀!我死了,不管那意义怎样永恒又与我何干?可是,世世代代的生命,哪一个不是"我"呢?哪一个不是以"我"而在,哪一个不是以"我"而问,哪一个不是以"我"而思,从而建立起意义呢?肉身终是要毁坏的,而这样的灵魂一直都在人间飘荡,"秦时明月汉时关",这样的消息自古而今,既不消逝,也不衰减。

十四

你或许要这样反驳:那个"我"已经不是我了,那个"我"早已经不是(比如说)史铁生了呀!这下我懂了,你是说：这已经不是取名为史铁生的那一具肉身了，这已经不是被命名为史铁生的那一套生理机能了。

但是，首先，史铁生主要是因其肉身而成为史铁生的吗？其次，史铁生一直都是同一具肉身吗？比如说，三十年前的史铁生，其肉身的哪一个细胞至今还在？事实上，那肉身新陈代谢早不知更换了多少回！三十年前的史铁生——其实无需那么久——早已面目全非，背驼了，发脱了，腿残了，两个肾又都相继失灵……你很可能见了他也认不出他了。总之，仅就肉身而论，这个史铁生早就不是那个史铁生了，你再说"那已经不是我了"还有什么意思？

十五

可是，你总不能说你就不是史铁生了吧？你就是面目全非，你就是更名改姓，一旦追查起来你还得是那个史铁生。

好吧你追查，可你的追查根据着什么呢？根据基因吗？据说基因也将可以更改了。根据生理特征吗？你就不怕那是个克隆货？根据历史吗？可书写的历史偏又是任人打扮的小姑娘。你还能根据什么？根据什么都不如根据记忆，惟记忆可使你在一具"纵使相逢应不识"的肉身中认出你曾熟悉的那个人。根据你的记忆唤醒我的记忆，根据我的记忆唤醒你的记忆，当我们的记忆吻合时，你认出了我，认出了此一史铁生即彼一史铁生。可我们都记忆起了什么呢？我曾有过的行为，以及这些行为背后我曾有过的思想、情感、心绪。对了，这才是我，这才是我这个史铁生，否则他就是另一个史铁生，一个也可以叫做史铁生的别人。就是说，史铁生的特点不在于他所栖居过的某一肉身，而在于他曾经有过的心路历程，据此，史铁生才是史铁生，我才是我。不信你跟那个克隆货聊聊，保准用不了多一会儿你就糊涂，你就会问：哥们儿你到底是谁呀？这有点儿"我思故我在"的意思。

十六

打个比方：一棵树上落着一群鸟儿，把树砍了，鸟儿也就没了吗？不，树上的鸟儿没了，但它们在别处。同样，此一肉身，栖居过一些思想、情感和心绪，这肉身火化了，那思想、情感和心绪也就没了吗？不，它们在别处。倘人间的困苦从未消失，人间的消息从未减损，人间的爱愿从未放弃，它们就必定还在。

树不是鸟儿，你不能根据树来辨认鸟儿。肉身不是心魂，你不能根据肉身来辨认心魂。那鸟儿若只看重那棵树，它将与树同归于尽。那心魂若只关注一己之肉身，它必与肉身一同化作乌有。活着的鸟儿将飞起来，找到新的栖居。系于无限与绝对的心魂也将飞起来，永存于人间；人间的消息若从不减损，人间的爱愿若一如既往，那就是它并未消失。那爱愿，或那灵魂，将继续栖居于怎样的肉身，将继续有一个怎样的尘世之名，都无关紧要，他既不消失，他就必是以"我"而在，以"我"而问，以"我"而思，以"我"为角度去追寻那亘古之梦。这样说吧：因为"我"在，这样的意义就将永远地被猜疑，被描画，被建立，永无终止。

这又是"我在故我思"了。

十七

人所以成为人,人类所以成为人类,或者人所以对类有着认同,并且存着骄傲,也是由于记忆。人类的文化继承,指的就是这记忆。一个人的记忆,是由于诸多细胞的相互联络,诸多经验的积累、延续和创造;人类的文化也是这样,由于诸多个体及其独具的心流相互沟通、继承和发展。个人之于人类,正如细胞之于个人,正如局部之于整体,正如一个音符之于一曲悠久的音乐。

但这里面常有一种悲哀,即主流文化经常地湮灭着个人的独特。主流者,更似万千心流的一个平均值,或最大公约数,即如诗人西川所说:历史仅记录少数人的丰功伟绩/其他人说话汇合为沉默。在这最大公约中,人很容易被描画成地球上的一种生理存在,人的特点似乎只是肉身功能(比之于其他生命)的空前复杂,有如一台多功能的什么机器。所以,此时,艺术和文学出面。艺术和文学所以出面,就为抗议这个最大公约,就为保存人类丰富多彩的记忆,以使人类不单是一种多功能肉身的延续。

十八

生命是什么?生命是永恒的消息赖以传扬的载体。因那无限之在的要求,或那无限之在的在性,这消息必经某种载体而传扬。就是说,这消息,既是在的原因,也是在的结果。否则它不在。否则什么问题都没有。否则我们无话可说,如同从不吱声的X。X是什么？废话，它从不吱声怎么能知道它是什么？

它是什么，它就传扬什么消息，反过来也一样，它传扬什么消息，它就是什么。并非是先有了消息，之后有其载体，不不，而是这消息，或这传扬，已使载体被创造。那消息，曾经比较简陋，比较低级，低级到甚至谈不上意义，只不过是蠕动，是颤抖，是随风飘扬，或只是些简单的欲望，由水母来承载就够了，由恐龙来表达就行了。而当一种复杂而高贵的消息一旦传扬，人便被创造了。是呀，当亚当取其一根肋骨，当他与夏娃一同走出伊甸园，当女娲在寂寞的天地间创造了人，那都是由于一种高贵的期待在要求着传扬啊！亚当、夏娃、女娲，或许都是一种描画，但那高贵的消息确实在传扬，确实的传扬就必有其确实的起点，这起点何妨就叫做亚当、夏娃、女娲和伏羲呢？正如神的在先于神的名，其名用了哪几个字本无需深虑。传说也正是这样：亚当和夏娃走出伊甸园，人类社会从而开始。女娲和伏羲的传说大致也是如此。

十九

但这消息已经是高贵得不能再高贵了吗？只要你注意到了人性的种种丑恶、肉身的种种限制，你就是在谛听或仰望那更为高贵的消息了。那更为高贵的消息，也许不能再经由蛋白质所建构的肉身来传扬，不能再以三维的有形而存在，或者仅仅是因为我们受这三维肉身的限制而不能直接与它相遇，甚至不能逻辑性地与之沟通，因而要以超越时空的梦想、描画和祈祷来追寻它，来使这区区肉身所承载的消息得以辽阔，得以升华。这便是信仰无需实证的原因；实证必为有限之实，信仰乃无限之虚的呼唤。

二十

因而也可以猜想，生命未必仅限于蛋白质的建构，很可能有着千变万化的形式，这全看那无限的消息要求着怎样的传扬了。但不管它有怎样的形式（是以蛋白质还是以更高级的材料来建构），它既是消息的传扬，就必意味着距离和差异。它既是无限，就必是无限个有限的相互联络。因此，个人便永远都是有限，都是局部。那么，这永远的局部，将永远地朝向何方呢？局部之困苦，无不源于局部之有限，因而局部的欢愉必是朝向那无限之整体的皈依。所以皈依是一条永恒的路。这便是爱的真意，爱的辽阔与高贵。

无聊的人总是为皈依标出一处终点，期求着一劳永逸的福果，一尊宝座，或种种超出常人的功能（比如特异功能）。没有证据说那神乎其神的功能全属伪造，但这样的期求哪里还是爱愿呢？不过是宫廷朝政中的权势之争，或绿林草莽间的称王称霸的变体罢了。究其原因，仍是囿于一己之肉身的福乐。然而你就是钢筋铁骨，还不是"荒冢一堆草没了"？你就是金刚不坏之身，还不是"沉舟侧畔千帆过"？那无限的消息不把任何一尊偶像视为永恒，惟爱愿于人间翱飞飘缭历千古而不死。

二十一

你要是悲哀于这世界上终有一天会没有了你，你要是恐惧于那无限的寂灭，你不妨想一想，这世界上曾经也没有你，你曾经就在那无限的寂灭之中。你所忧虑的那个没有了的你，只是一具偶然的肉身。所有的肉身都是偶然的肉身，所有的爹娘都是偶然的爹娘，是那亘古不灭的消息使生命成为可能，是人间必然的爱愿使爹娘相遇，使你诞生。

这肉身从无中来，为什么要怕它回到无中去？这肉身曾从无中来，为什么不能再从无中来？这肉身从无中来又回无中去，就是说它本无关大局。大局者何？你去看一出戏剧吧，道具、布景、演员都可以全套地更换，不变的是什么？是那台上的神魂飘荡，是那台上台下的心流交汇，是那幕前幕后的梦寐以求！人生亦是如此，毁坏的肉身让它回去，不灭的神魂永远流传，而这流传必将又使生命得其形态。

二十二

我常想，一个好演员，他/她到底是谁？如果他/她用一年创造了一个不朽的形象，你说，在这一年里他/她是谁？如果他/她用一生创造了若干个独特的心魂，他/她这一生又是谁呢？我问过王志文，他说他在演戏时并不去想给予观众什么，只是进入，我就是他，就是那个剧中人。这剧中人虽难免还是表演者的形象，但这似曾相识的形象中已是完全不同的心流了。

所以我又想，一个好演员，必是因其无比丰富的心魂被困于此一肉身，被困于此一境遇，被困于一个时代所有的束缚，所以他/她有着要走出这种种实际的强烈欲望，要在那千变万化的角色与境遇中，实现其心魂的自由。

艺术家都难免是这样，乘物以游心，所要借助和所要克服的，都是那一副不得不有的皮囊。以美貌和机智取胜的，都还是皮囊的奴隶。最要受那皮囊奴役的，莫过于皇上；皇上一旦让群臣认不出，他就什么也没有了。所以，凡高是"向日葵"，贝多芬是"命运"，尼采是"如是说"，而君王是地下宫殿和金缕玉衣。

二十三

无论对演员还是对观众，戏剧是什么？那激情与共鸣是因为什么？是因为现实中不被允许的种种愿望终于有了表达并被尊重的机会。无论是恨，是爱，是针砭、赞美，是缠绵悱恻、荒诞不经，是唐·吉诃德或是哈姆雷特，总之，如是种种若在现实中也有如戏剧中一样的自由表达，一样地被倾听和被尊重，戏剧则根本不会发生。演员的激情和观众的感动，都是由于不可能的一次可能，非现实的一次实现。这可能和实现虽然短暂，但它为心魂开辟的可能性却可流入长久。

不过，一旦这样的实现成为现实，它也就不再能够成为艺术了。但是放心，不可能与非现实是生命永恒的背景，因此，艺术，或美的愿望，永远不会失其魅力。

二十四

然而，有形的或具体的美物，很可能随着时间的推移而丧失其美。美的难于确定，使毛姆这样的大作家也为之迷惑，他竟得出结论说："艺术的价值不在于美，而在于正当的行为。"（见《毛姆随想录》）可什么是正当呢？由谁来确定某一行为的正当与否呢？以更加难于确定的正当，来确定难于确定的美，岂不荒唐？但毛姆毕竟是毛姆，他在同一篇文章中不经意地说了一句话："他们（指艺术家）的目标是解除压迫他们灵魂的负担。"好了，这为什么不是美的含意呢？你来了，你掉进了一个有限的皮囊，你的周围是隔膜，是限制，是数不尽的墙壁和牢笼，灵魂不堪此重负，于是呼喊，于是求助于艺术，开辟出一处自由的时空以趋向那无限之在和终极意义，为什么这不是美的恒久品质，同时也是人类最正当的行为呢？

二十五

所以要尊重艺术家的放浪不羁。那是自由在冲破束缚，是丰富的心魂在挣脱固定的肉身，是强调梦想才是真正的存在，而肉身不过是死亡使之更新以前需要不断克服和超越的牢笼。

因此有件事情饶有趣味：男演员 A 饰男角色甲，女演员 B 饰女角色乙，在剧中有甲和乙做爱的情节，那么这时候，做爱的到底是谁？简直说吧，你能要求 A 和 B 只是模仿而互相毫无性爱的欲望吗？这样的事，尤其是这样的事，恐怕单靠模仿是不成的，仅有形似必露出假来——三级片和艺术片的不同便是证明；前者最多算是两架逼真的模型，后者则牵连着主人公的浩瀚心魂和历史。讲台前或餐桌上可以逢场作戏，此时并不一定要有真诚，惟符合某种公认的规矩就够。可戏剧中的（比如说）性爱，却是不能单靠肉身的，因为如前所说，人们所以需要戏剧，是需要一处自由的时空，需要一回心魂的酣畅表达，是要以艺术的真去反抗现实的假，以这剧场中的可能去解救现实中的不可能，以这舞台或银幕上的实现去探问那布满于四周的不现实。这就是艺术不该模仿生活，而生活应该模仿艺术的理由吧。

二十六

但这是真吗？或者其实这才是假？不是吗，戏剧一散，A和B还不是各回各的妻子或丈夫身边去？刚才的怨海情天岂非一缕轻风？刚才的卿卿我我岂不才是逢场作戏？这就又要涉及到对真与假的理解，比如说，由衷的梦想是假，虚伪的现实倒是真吗？已有的一切都是真理，未有的一切都是谬误吗？看来还要对真善美中的这个真字做一点分析：真，可以指真实、真理，也可以指真诚。毛姆在他的《随想录》中似乎全面地忽视了后者，然后又因真理的流变不居和信念的往往难于实证而陷入迷途。他说："如果真理是一种价值，那是因为它是真的，不是因为说出真理是勇敢的。"又说："一座连接两个城市的桥梁，比一座从一片荒地通往另一片荒地的桥梁重要。"这些话真是让我吃惊。事实上，很多真理，是在很久以后才被证明了它的真实的，若在尚未证明其真实之前就把它当做谬误扫荡，所有的真理就都不能长大。而在它未经证实之前便说出它，不仅需要勇敢，更需要真诚。至于桥梁，也许正因为有从荒地通往荒地的桥梁，城市这才诞生。真诚正是这样的桥梁，它勇敢地铺向一片未知，一片心灵的荒地，一片浩渺的神秘，这难道不是它最重要的价值吗？真理，谁都知道它是要变化，要补充和要不断完善的，别指望一劳永逸。但真诚，谁会说它是暂时的呢？

二十七

科学的要求是真实，信仰的要求是真诚。科学研究的是物，信仰面对的是神。科学把人当做肉身来剖析它的功能，信仰把人看作灵魂来追寻它的意义。科学在有限的成就面前沾沾自喜，信仰在无限的存在面前虚怀若谷。科学看见人的强大，指点江山，自视为世界的主宰，信仰则看见人的苦弱与丑陋，沉思自省，视人生为一次历练与皈依爱愿的旅程。自视为主宰的，很难控制住掠夺自然和强制他人的欲望，而爱愿，正是抵挡这类欲望的基础。但科学，如果终于，或者已经，看见了科学之外的无穷，那便是它也要走进信仰的时候了。而信仰，亘古至今都在等候浪子归来，等候春风化雨，狂妄归于谦卑，暂时的肉身凝成不朽的信爱，等候那迷恋于真实的眼睛闭上，向内里，求真诚。

二十八

让人担心的是 A 和 B 从剧场回家之后的遭遇，即 A 之妻和 B 之夫会怎么想？

从一些这样的妻子和丈夫并未因此而告到法院去，也未跟 A 或 B 闹翻天的事实来看，他们的爱不单由于肉身，更由于灵魂。醋罐子所以不曾打破，绝不是因为什么肚量，而是因为对艺术的理解，既然艺术是灵魂要突破肉身限定的昭示，甚至探险，那飞扬的爱愿惟使他们感动。此时，有限的肉身已非忠贞的标识，宏博的心魂才是爱的指向——而他们分明是看到了，他们的爱人不光是一具会行房的肉身，而是一个多么丰盈、多么懂得爱又是多么会爱的灵魂啊。

这未免有些理想化。但理想化并不说明理想的错误，而艺术本来就是一种理想。"理想化"三个字作为指责，惟一的价值是提醒人们注意现实。现实怎样？现实有着一种危险：A 之妻或 B 之夫很可能因此提出一份离婚申请。在现实中，这不算出格，且能为广大群众所理解。但这毕竟只是现实，这样的爱情仍止于肉身。止于肉身又怎样，白头偕老的不是很多吗？是呀，没说不可以，可以，实在是可以。只是别忘了，现实除了是现实还是对理想的吁求，这吁求也是现实之一种。因此 A 和 B，他们的戏剧以及他们的妻与夫，是共同做着一次探险。险从何来？即由于现实，由于肉身的隔离和限制，由于灵魂的不屈于这般束缚，由于他们不甘以肉身为"我"而要以灵魂为"我"的愿望，不信这狭小的皮囊可以阻止灵魂在那辽阔的存在中汇合。这才是爱的真谛吧，是其永不熄灭的原因。

二十九

我正巧在读《毛姆随想录》，所以时不时地总想起他的话。关于爱，我比较同意他的意见：爱，一是指性爱，一是指仁爱（我猜也就是指宏博的爱愿吧）。前者会消逝，会死亡，甚至会衍生成恨。后者则是永恒，是善。

可他又说："人生莫大的悲哀……是他们会终止相爱。……两个情人之中总是一个爱而另一个被爱；这将永远妨碍人们在爱情中获得完美幸福……。爱情总是少不了一种性腺的分泌，这当是无可置疑的。对于极大多数的人，同一的对象不能永久引发出他们的这种分泌,还有随着年事增长,性腺也萎缩了。人们在这个问题上十分虚伪,不肯面对现实……难道爱怜与爱情可以同日而语吗?"性爱是不能忽视荷尔蒙的,这无可非议。但性爱就是爱情吗?从"这将永远妨碍人们在爱情中获得完美幸福"一语来看,支持性爱的荷尔蒙,并不见得也能够支持爱情。由此可见,性爱和爱情并不是一码事。那么,支持着爱情的是什么呢?难道"性腺也萎缩了",一对老夫老妻就不再可能有爱情了吗?并且,爱情若一味地拘于荷尔蒙的领导,又怎能通向仁爱的永恒与善呢?难道爱情与仁爱是互不相关的两码事?

三十

单纯的性爱难免是限于肉身的。总是两个肉身的朝朝暮暮,真是难免有互相看腻的一天。

但,若是两个不甘于肉身的灵魂呢?一同去承受人世的危难,一同去轻蔑现实的限定,一同眺望那无限与绝对,于是互相发现了对方的存在、对方的支持,难离难弃……这才是爱情吧。在这样的栖居或旅程中,荷尔蒙必相形见绌,而爱愿弥深,衰老的肉身和萎缩的性腺便不是障碍。而这样的爱一向是包含了怜爱的,正如苦弱的上帝之于苦弱的人间。毛姆还是糊涂哇。其实怜爱是高于性爱的。在荷尔蒙的激励下,昆虫也有昂扬的行动;这类行动,只是被动地服从着优胜劣汰的自然法则,最多是肉身间短暂的娱乐。而怜爱,则是通向仁爱或博爱的起点啊。

仁爱或博爱,毛姆视之为善。但我想,一切善其实都是出于这样的爱。我看不出在这样的爱愿之外,善还能有什么独具的价值,相反,若视"正当"为善,倒要有一种危险,即现实将把善制作成一副枷锁。

三十一

耶稣的话:"我还有不多的时候与你们同在。后来你们要找我,但我所去的地方,你们不能到。这话我曾对犹太人说过,如今也照样对你们说。我赐给你们一条新命令,乃是叫你们彼此相爱。我怎样爱你们,你们也要怎样相爱。"

林语堂说:"这就是耶稣温柔的声音,同时也是强迫的声音,一种近二千年来浮现在人了解力之上的命令的声音。"

我想,"正当"也会是一种强迫和命令的声音,但它不会是温柔的声音。差别何在?就在于,前者是"近二千年来浮现在人了解力之上的声音",是无限与绝对的声音,是人不得不接受的声音,是人作为部分而存在其中的那个整体的声音,是你终于不要反抗而愿皈依的声音。而后者,是近二千年来人间习惯了的声音,是人智制作的声音,是肉身限制灵魂、现实胁迫梦想的声音,是人强制人的声音。

三十二

我希望我并没有低估了性爱的价值,相反,我看重这一天地之昂扬美丽的造化,便有愁苦,便有忧哀,也是生命鲜活地存在。低估性爱,常是因为高估了性爱而有的后果。将性腺作为爱的支撑,或视为等值,一旦"东风无力百花残"

或"无边落木萧萧下",则难免怨屋及乌,叹"人生苦短"及爱也无聊。尚能饭否或尚能性否,都在其次,尚能爱否才是紧要,值得双手合十,谓曰:善哉,善哉!

我曾在另外的文章里猜想过:性爱,原是上帝给人通向宏博之爱的一个暗示,一次启发,一种象征,就像给戏剧一台道具,给灵魂一具肉身,给爱愿一种语言……是呀,这许多器具都是何等精彩,精彩到让魔鬼也生妒意!但你若是忘记了上帝的期待,一味迷恋于器具,糜菲斯特定会在一旁笑破肚皮。

三十三

性爱,实在是借助肉身而又要冲破肉身的一次险象环生的壮举。你看那姿态,完全是相互融合的意味;你听那呼吸,那呼喊,完全是进入异地的紧张、惊讶,是心魂破身而出才有的自由啊!性爱的所谓高峰体验,正是心魂与心魂于不知所在之地——"太虚幻境"或"乌托之邦"——空前的相遇。不过,正也在此时,魔鬼要与上帝赌一个结局:也许他们就被那精彩的器具网罗而去,也许,他们由此而望见通向天国的"窄门"。

三十四

因此,我虽不是同性恋者,却能够理解同性恋。爱恋,既是借助肉身而冲破肉身,性别就不是绝对的前提,既是心魂与心魂的相遇,则要紧的是他者。他者即异在。异性只是异在之一种,而且是比较习常的一种,比较地拘于肉身的一种,而灵魂的异在却要辽阔得多,比如异思和异趣,尤其是被传统或习常所歧视、所压迫着的异端,更是呼唤着爱去照耀和开垦的处女地。在我想,一切爱恋与爱愿,都是因异而生的。异是隔离,爱便是要冲破这隔离;异又是禁地,是诱惑,爱于是有着激情;异还可能是弃地,是险境,爱所以温柔并勇猛(我琢磨,性腺的分泌未必是爱的动因,没准儿倒是爱的一项后果或辅助)。这隔离与诱惑若不单单地由于性之异,凭什么爱恋只能在异性之间?超越了性之异的爱恋,超越了肉身而在更为辽阔的异域团聚的心魂,为什么不同样是美丽而高贵的呢?

三十五

人与人之间是这样,群、族乃至国度之间也应该是这样——异,不是要强调隔离与敌视,而是在呼唤沟通与爱恋。总是自己恋着自己,狭隘不说,其实多么猥琐。党同伐异,群同、族同乃至国同伐异,我真是不懂为什么这不是猥琐而常常倒被视为骨气?我们从小就知道要对别人怀有宽容和关爱,怎么长大了倒糊涂?作为个人,谦虚和爱心是美德,怎么一遇群、族、国度就要以傲慢和警惕取而代之?外交和国防自然是不可不要,就像家家门上都得有把锁,可是心里得明白:这不是人类的荣耀,这是不得已而为之。千万别把这不得已而为之看成美德,一说"我们"便意味着迁就和表彰,一提"他们"就已经受了伤害。

三十六

"第三者"怎么样?"第三者"不也是不愿受肉身的束缚,而要在更宽阔的领域中实现爱愿吗?可能是。也可能不是。比如诗人顾城的故事,开始时仿佛是,结果却不是。"第三者"的故事各不相同,绝难一概而论。

"第三者"的故事通常是这样:A 和 B 的爱情已经枯萎,这时出现了 C——比如说 A 和 C,崭新的爱情之花怒放。倘没有什么法律规定人一生只能爱一次,这当然就无可指责。问题是,A 和 B 的爱情已经枯萎这一判断由谁做出?倘由 C 来做出,那就甭说了,其荒唐不言而喻;所以 C 于此刻最好闭嘴。由 B 做出吗?那也甭说,这等于没有故事。当然是由 A 做出。然而 B 不同意,说:"A,你糊涂哇!"所以 B 不退出。C 也不退出,A 既做出了前述判断,C 就有理由不退出。我曾以为其实是 B 糊涂,A 既对你宣布了解散,你再以什么理由坚持也是糊涂。可是,故事也可能这样发展:由于 B 的坚持,A 便有回心转意的迹象。然而 C 现在有理由不闭嘴了,C 也说:"A,你糊涂哇!"于是 C 仍不退出。如果诗人顾城最初的梦想能够在 A、B、C 间实现,那就会有一个非凡的故事了。但由 B 和 C 都说"A,你糊涂哇"这件事看来,A 可能真是糊涂——试图让水火相融,还不糊涂吗?可是,糊涂是个理性概念,而爱情,都得盘算清楚了才发生吗?我才明白,在这样的故事里,并没有客观的正确,决不要去找一条放之四海而皆准的真理。这不是理性的领域,但也不是全然放弃理性的领域,这是存在先于本质的证明;一切人的问题,都在这样的故事里浓缩起来,全面地向你提出。

三十七

我想,在这样的处境中,惟一要做并且可以做到的是诚实。惟诚实,是灵魂的要求,否则不过是肉身之间的旅游,"江南""塞北"而已,然而"小桥流水"和"大漠孤烟"都可能看腻,而灵魂依然昏迷未醒。"第三者"的故事中,最可悲哀、最可指责也是最为荒唐的,就是欺骗——爱情,原是要相互敞开、融合,怎么现在倒陷入加倍的掩蔽和逃离了呢?

通常的情况是 A 和 C 骗着 B。不过这也可能是出于好意——何苦让 B 疯癫,跳楼或者割腕呢?尤其 B 要是真的出了事,A 和 C 都难免一生良心不安。于是欺骗似乎有了正当的理由。可是,被骗者的肉身平安了,他的灵魂呢,二位可曾想过吗?B 至死都处在一个不是由自己选择而是由别人决定的位置上;所有人都笑着他的愚蠢,只他自己笑着自己的幸福。然而,你要是人道的,你总不能就让他去跳楼吧?你要是人道的,你也不能丢弃爱情一辈子守着一个随时可能跳楼的人吧?是呀,甭说那么多好听的,倘这故事真实地发生在你身上,说吧,简单点儿,你怎么办?

三十八

我真的不知道该怎么办。

我的第一个想法是:在这样的故事里我宁愿是 B。不要疯癫,也别跳楼,痛苦到什么程度大约由不得我,但我必须拎着我的痛苦走开。不为别的,为的是不要让真变成假,不要逼着 A 和 C 不得不选择欺骗。痛苦不是丑陋，结束也不是，惟要挟和诅咒可以点金成石，化珍宝为垃圾，使以往的美丽毁于一旦。是呀，这是 B 的责任，也是一个珍视灵魂相遇的恋者的痛苦和信念。"第三者"的故事，通常只把 B 看作受害者而免去了他的责任，免去了对他的灵魂提问。第二个想法是：在这样的故事里，柔弱很可能美于坚强，痛苦很可能美于达观。爱情不是出于大脑的明智，而是出于灵魂的牵挂，不是肉身的捕捉或替换，而是灵魂的漫展和相遇。因而一个犹豫的 A 是美的，一个困惑的 B 是美的，一个隐忍的 C 是美的；所以是美的，因为这里面有灵魂在彷徨，这彷徨看似比不上理智的决断，但这彷徨却通向着爱的辽阔，是爱的折磨，也是命运在为你敲开信仰之门。而果敢与强悍的"自我"，多半还是被肉身圈定，为荷尔蒙所胁迫，是想象力的先天不足或灵魂的尚未觉悟。

三十九

　　爱情，从来与艺术相似，没有什么理性原则可以概括它、指引它。爱情不像婚姻是现实的契约，爱情是站在现实的边缘向着神秘未知的呼唤与祈祷，它根本是一种理想或信仰。有一句诗：我爱你，以我童年的信仰。你说不清它是什么，所以它是非理性的，但你肯定知道它不是什么，所以它绝不是无理性。对于现实，它常常是脆弱的——比如人们常问艺术：这玩意儿能顶饭吃？——明智而强悍的现实很可能会泯灭它。但就灵魂的期待而言，它强大并且坚韧，胜败之事从不属于它，它就像凡高的天空和原野，燃烧，盛开，动荡着古老的梦愿，所有的现实都因之显得谨小慎微，都将聆听它对生命的解释。因而我在《向日葵》的后面常看见一个赴死的身形,又在《有松树的山坡》上听见亘古回荡的钟声。

四十

那回荡的钟声便是灵魂百折不挠的脚步,它曾脱离某一肉身而去,又在那儿无数次降临人世,借无数肉身而万古传扬。生命的消息,就这样永无消损,永无终期。不管科学的发展——比如克隆、基因、纳米——将怎样改变世界的形象,改变道具和布景,甚至改变人的肉身,生命的消息就如这钟声,或这钟声之前荒野上的呼唤,或这呼唤之上的浪浪天风,绝不因某一肉身的枯朽而有些微减弱,或片刻停息。这样看,就不见得是我们走过生命,而是生命走过我们;不见得是肉身承载着灵魂,而是灵魂订制了肉身。就比如,不是音符连接成音乐,而是音乐要求音符的连接。那是固有的天音,如同宇宙的呼吸,存在的浪动,或神的言说,它经过我们然后继续它的脚步,生命于是前赴后继永不息止。为什么要为一个音符的度过而悲伤?为什么要认为生命因此是虚幻的呢?一切物都将枯朽,一切动都不停息,一切动都是流变,一切物再被创生。所以,虚无的悲叹,寻根问底仍是由于肉身的圈定。肉身蒙蔽了灵魂的眼睛,单是看见要回那无中去,却忘了你原是从那无中来。

四十一

当然,每一个音符又都不容忽略,原因简单:那正是音乐的要求。这要求于是对音符构成意义，每一个音符都将追随它，每一个音符都将与所有的音符相关联，所有的音符又都牵系和铸造着此一音符的命运。这就是爱的原因，和爱的所以不能够丢弃吧。你既是演奏者，又是欣赏者，既是脚步，又是聆听。孤芳自赏从根本上说是不可能的，单独的音符怎么听也像一声噪响，孤立的段落终不知所归。音符和段落，倘不能领悟和追随音乐的要求，便黄钟大吕也是过眼烟云，虚无的悲叹势在必然。以肉身的不死而求生命的意义，就像以音符的停滞而求音乐的悠扬。无论是今天的克隆，还是古时的炼丹，以及各类自以为是的功法，都不可能使肉身不死。不死的惟有上帝写下的起伏跌宕、苦乐相依的音乐，生命惟在这音乐中获得意义，驱散虚无。而这永恒的音乐，当然是永恒地要求着音符的死生相继，又当然会跳过无爱的噪响，一如既往保持其美丽与和谐。

四十二

爱，即孤立的音符或段落向着那美丽与和谐的皈依，再从那美丽与和谐中互相发现：原来一切都是相依相随。倘若是音符间的相互隔离与排拒，美丽与和谐便要破坏。但上帝的音乐岂容破坏？比如说，地球的美丽是不容破坏的，生态的和谐是不容破坏的，被破坏的只可能是破坏者自己。比如说，上帝之手将借助干旱、沙尘暴、艾滋病、环境污染、臭氧层破洞……删除造成这一切不和谐的赘物。癌症是什么？是和谐整体中的一个失去控制的部分，这差不多是对无限膨胀着的人类欲望的一个警告。艾滋病是什么？是自身免疫系统的失灵，而生态的和谐正是地球的自身免疫系统。上帝是严厉而且温柔的,如果自以为是的人类仍然听不懂这暗示,地球上被删除的终将是什么应该是明显的。

四十三

书架上的书,一本一本几千本,看似各成一体相互孤立,其实全有关联。几千年的消息都在那儿排开,穿插、叠摞,其相互关联的路径更是玄机无限,鬼神莫测。真可谓"横看成岭侧成峰",但其中任何一本都是"不识庐山真面目"。

我猜想,基因谱系也并不是孤立的每人一份,上帝不见得有那样的耐心,上帝写的是大文章,每个人的基因谱系只是其中一个小小的段落,把这些段落连成一气才可能领悟上帝的意图。领悟,而非破解。用陈村的话说,上帝的手艺哪能这么简单?比如,基因谱系中何以会有很多不知所云的段落?不知所云只是对人而言,只是对"岭"和"峰"而言,是整体对部分而言。部分只好是"知不知,尚矣"。这便是命运永远的神秘,便是人要对上帝保持谦恭,要对他说"是",要以爱作为祈祷的缘由。

四十四

听说有个人称"易侠"的人,《易经》研究得透彻,不仅可以推算过去,还能够预测未来。我先是不信,可是说的人多了,有的还是亲身体验,我便将信将疑地有些怕——倘那是真的,岂不是说未来早都安排妥当,那人的努力还有什么用处？再那么认真地试图改变什么岂不是冒傻气？但后来想想，也没什么可怕，未来的已定与未定其实一样，未定得往前走，已定也还是得往前走，前面呢，或一个死字挡道，或一条无限的路途。这就一样了——反正你在过程之外难有所得。

我写过，神之下凡与人之下放异曲同工，都是"在改造客观世界的同时改造主观世界"。很可能"改造客观世界"倒是瞎说，前面终于是死亡或无限，你改造什么？而"改造主观世界"确凿是你躲不开的工作。比如戏剧，演员身历其境，其体会自然与旁观者的不同。下凡或下放大约就是基于这样的考虑：下去吧，亲身经历一回，感受会不一样。倘"易侠"的预测真的准确，就更可以坚定这改造的决心了——是呀，剧本早都写好了，演员的责任就很明确：把戏演好，别的没你什么事。何谓演好？就是在那戏剧的曲折与艰难中体会生命的意义，领悟那飘荡在灯光与道具之上的戏魂，改变你固有的迷执。

四十五

说文学（和艺术）的根本是真实，这话我想了又想还是不同意。真实，必当意味着一种客观的标准，或者说公认的标准，否则就不能是真实，而是真诚。客观或公认的标准，于法律是必要的，于科学大约也是必要的，但于文学就埋藏下一种危险，即取消个人的自由，限定探索的范围。文学，可以反映现实，也可以探问神秘和沉入梦想；比如梦想，你如何判定它的真实与否呢？就算它终于无用，或是彻底瞎掰，谁也不能取消它存在与表达的权利。即便是现实，也会因为观察点的各异，而对真实有不同的确认。一旦要求统一（即客观或公认）的真实，便为霸权开启了方便之门。而不必统一的真实则明显是一句废话。

四十六

不必统一的真实，不如叫做真诚。文学，可以是从无中的创造，就是说它可以虚拟，可以幻想，可以荒诞不经，无中生有，只要能表达你的情思与心愿，其实怎么都行，惟真诚就好。真诚，不像真实那样要求公认，因此它可以保障自由，彻底把霸权关在了门外。

不过，当然，在真诚的标牌下完全有可能瞎说，胡闹，毫无意义地扯淡——他自称是真诚，你有什么话讲？可是，你以为真实的旗帜下就没人扯淡吗？总是有扯淡的，但真诚下的扯淡比真实下的扯淡整整多出了一个自由，这可是多么值得！说到底，文学（和艺术）是一种自由，自由的思想，自由的灵魂。倘不是没有自我约束的自由，那就叫做真诚，或者是谦恭吧。

四十七

不过，我对文学二字宁可敬而远之。一是我确实没什么学问，却又似乎跟文学沾了一点儿关系。二是，我总感到，在各种学（包括文学）之外，仍有一片浩瀚无边的存在；那儿，与我更加亲近，更加难离难弃，更加缠缠绕绕地不能剥离，更是人应该重视却往往忽视了的地方。我愿意把我与那儿的关系叫做：写作。到了那儿就像到了故土，倍觉亲切。到了那儿就像到了异地，倍觉惊奇。到了那儿就像脱离了这个残损而又坚固的躯壳，轻松自由。到了那儿就像漫游于死中，回身看时，一切都有了另外的昭示。

四十八

有位评论家，隔三差五地就要宣布一回：小说还是得好看！我一直都听不出他到底要说什么。这世界上，可有什么事物是得不好看的吗？要是没有，为什么单单拧着小说的耳朵这样提醒？再说了，你认为谁看着你都好看吗？谁看着你看着好看的东西都好看吗？要是你给他一个自以为好看的东西，他却拧着你的耳朵说："你最好给我一个好看的东西！"——你是否认为这是一次有益的交流？也许有益：你知道了好看是因人而异的。还有：但愿你也知道了，总是以自己的好看要求别人的好看，这习惯在别人看来真是不好看。

好看，在我理解，只能是指易读。把文章尽量写得易读，这当然好，问题是众生思绪千差万别，怎能都易到同一条水平线上去？最易之读是不读，最易之思是不思，易而又易，终于弄到没有差别时便只剩下了简陋。

四十九

不知自何时起，中国人做事开始提倡"别那么累"，于是一切都趋于简陋。比如"文革"中的简易楼，简易到没有上下水，清晨家家都有人端出一个盆来在街上走，里面是尿。比如我坐下的国产轮椅,一辆简似一辆,有效期递减;直到最近又买了一辆进口的,这辆真是做得细致,做得"累",然而坐着却舒服。再比如我家的屋门——80年代的作品,我无力装修故保留至今——不过是盖房时空出一个方洞,挡之以一块同大的板,再要省事就怕不是人居了。

五十

爱因斯坦说:"凡是涉及实在的数学定律都是不确定的,凡是确定的定律都不涉及实在。"因为,任何实在,都有着比抽象(的定律)更为复杂的牵系。各种科学的路线,都是要从复杂中抽象出简单,视简单为美丽,并希望以此来指引复杂。但与此同时,它也就看见了抽象与实在之间其实有着多么复杂的距离。而文学,命定地是要涉及实在,所以它命定地也就不能信奉简单。人类所以创造了文学,就是因为在诸多科学的路线之外看见了复杂,看见了诸学所"不涉及"的"实在",看见了实在的辽阔、纷繁与威赫。所以,文学有理由站出来,宣布与诸学的背道而驰,即:不是从复杂走向简单,而是由简单进入复杂。因此我常有些很可能是偏颇的念头:在看似已然明朗的地方,开始文学的迷茫路。

五十一

简单与复杂,各有其用,只要不独尊某术就好。一旦独尊,就是牢狱。牢狱并不都由他人把守,自觉自愿画地为牢的也很多。牢狱也并不单指有限的空间,有的人满世界走,却只对一种东西有兴趣。比如煽情。有那么几根神经天底下的人都是一样，不动则已，一动而泪下，谙熟了弹拨这几根神经的，每每能收获眼泪。不是说这不可以，是说单凭这几根神经远不能接近人的复杂。看见了复杂的，一般不会去扼杀简单，他知道那也是复杂的一部分。倒是只看见了简单的常常不能容忍复杂，因而愤愤然说那是庸人自扰，是"不打粮食"，是脱离群众，说那"根本就不是文学"，甚至"什么都不是"，这样一来牢狱就有了。话说回来，不是文学又怎么了？什么都不是又怎么了？一种思绪既然已经发生，一种事物既然已经存在，就像一个人已经出生，它怎么可能什么都不是呢？它只不过还没有一个公认的名字罢了。可是文学，以及各种学，都曾有过这样的遭遇啊！

五十二

文如其人，这话并不绝对可信。文，有时候是表达，是敞开，有时候是掩盖，是躲避，感人泪下的言词后面未必没有隐藏。我自己就有这样的经验，常在渴望表达的时候却做了很多隐藏，而且心里明白，隐藏的或许比表达的还重要。这是为什么？为什么心里明白却还要隐藏？知道那是重要的却还要躲避？

不久前读到陈家琪的一篇文章，使我茅塞顿开。他说："'是人'与'做人'在我们心中是不分的；似乎'是人'的问题是一个不言而喻的事实，要讨论的只是如何做人和做什么样的人。"又说："'做人'属于先辈或社会的要求。你就是不想学做人，先辈和社会也会通过教你说话、识字，通过转换知识，通过一种文明化的进程，引导或强迫你去做人。"要你如何做人或标榜自己是如何做人的文学,其社会势力强大,不由得使人怕,使人藏,使人不由得去筹谋一种轻盈并且安全的心情;而另一种文学,恰是要追踪那躲避的,揭开那隐藏的,于是乎走进了复杂。

五十三

那复杂之中才有人的全部啊,才是灵魂的全面朝向。刘小枫说:"人向整体开放的部分只有灵魂,或者说,灵魂是人身上最靠近整体的部分。"又说:"追求整体性知识需要与社会美德有相当程度的隔绝……"要看看隐藏中的人是怎么一回事,不仅复杂而且危险。最大的危险就是要遭遇社会美德的阴沉的脸色。

五十四

我一直相信,人需要写作与人需要爱情是一回事。

人以一个孤独的音符处于一部浩瀚的音乐中,难免恐惧。这恐惧是因为,他知道自己的心愿,却不知道别人的心愿;他知道自己复杂的处境与别人相关,却不知道别人对这复杂的相关取何种态度;他知道自己期待着别人,却没有把握别人是否对他也有着同样的期待;总之,他既听见了那音乐的呼唤,又看见了社会美德的阴沉脸色。这恐惧迫使他先把自己藏起来,藏到甚至连自己也看不到的地方去。但其实这不可能,他既藏了就必然知道藏了什么和藏在了哪儿,只是佯装不知。这,其实不过是一种防御。他藏好了,看看没什么危险了,再去偷看别人。看别人的什么呢？看别人是否也像自己一样藏了和藏了什么。其实，他是要通过偷看别人来偷看自己，通过看见别人之藏而承认自己之藏，通过揭开别人的藏而一步步解救着自己的藏——这从恋人们由相互试探到相互敞开的过程，可得证明。是呀，人，都在一个孤独的位置上期待着别人，都在以一个孤独的音符而追随那浩瀚的音乐，以期生命不再孤独，不再恐惧，由爱的途径重归灵魂的伊甸园。

五十五

奇斯洛夫斯基的《情戒》，就是要为这样的偷看翻案，使这背了千古骂名的行为得到世人的理解，乃至颂扬。影片说的是一个身心初醒的大男孩，爱上了对面楼窗里的一个成熟女人，不分昼夜地用望远镜偷看她，偷看她的美丽与热情、孤独与痛苦。当这女人知道了这件事后，先是以不齿的目光来看他。幸而这是个善良的女人，善良使她看见了大男孩的满心虔诚。但她仍以为这只是性的萌动与饥渴，以为可以用性来解救他。但当她真的这样做了，大男孩却痛不欲生，惊慌地逃离，以致要割腕自杀。为什么呢？因为他的期待远不止于性啊！他的期待中，当然，不会没有性。其身心初醒就像刚刚走出了伊甸园，感到了诱惑，感到了孤独，感到了爱——这灵魂全面且巨大的吁求！性只是其一部分啊，部分岂能代替整体？尤其当性仅仅作为性的解救之时，性对那整体而言就更加陌生，甚至构成敌意。大男孩他说不清，但分明是感到了。他的灵魂正渴望着接近那浩瀚的音乐，却有一种筹谋——试图把复杂的沉重解救到简单的轻盈中去的筹谋，破坏了这音乐之全面的交响。

五十六

当然,这大男孩会逐日成熟,就像人出了伊甸园会越走越远。未来,他也许仍会记得灵魂所期待的全面解救,性从而成为爱的仆从,部分将永久地仰望整体。但也许他就会忘记整体,沉湎于部分所摆布的快乐之中;就像那个成熟的女人,以为性即可解救被逐出了伊甸园的人。未来什么都是可能的。但现在,对于这个大男孩,灵魂的吁求正全面扑来,使他绝难满足于部分的快乐。所幸者,在影片的末尾,那成熟的女人似也从这男孩的迷茫与挣扎中受了震动,仿佛重新听见了什么。

五十七

应该为这样的偷看平反昭雪。除了陷害式的偷看,世间还有一种"偷看",比如写作。写作,便是迫于社会美德的围困,去偷看别人和自己的心魂,偷看那被隐藏起来的人之全部。所以,这样的写作必"与社会美德有相当程度的隔绝"。这样的偷看应该受到颂扬,至少应该受到尊重,它提醒着人的孤独,呼唤着人的敞开,并以爱的祈告去承担人的全部。

五十八

所以,别再到那孤独的音符中去寻找灵魂,灵魂不像大脑在肉身中占据着一个有形的位置，灵魂是无形地牵系在那浩瀚的音乐之中的。

据说灵魂是有重量的。有人做过试验，人在死亡的一瞬间体重会减轻多少多少克，据说那就是灵魂的重量。但是，无论人们如何解剖、寻找，"升天入地求之遍"，却仍然是"两处茫茫皆不见"。假定灵魂确有重量，这重量就一定是由于某种有形的物质吗？它为什么不可以是由于那浩瀚音乐的无形牵系或干涉呢？

这很像物理学中所说的波粒二象性。物质，"可以同时既是粒子又是波"。"粒子是限制在很小体积中的物体，而波则扩展在大范围的空间中"。它所以又是波，是"因为它产生熟知的干涉现象，干涉现象是与波相联系的"。我猜，人的生命，也是有这类二象性的——大脑限制在很小的体积中，灵魂则扩展得无比辽阔。大脑可以孤立自在，灵魂却牵系在历史、梦想以及人群的相互干涉之中。因此，惟灵魂接近着"整体性知识"，而单凭大脑（或荷尔蒙）的操作则只能陷于部分。

五十九

这使我想到文学。文学之一种，是只凭着大脑操作的，惟跟随着某种传统，跟随着那些已经被确定为文学的东西。而另一种文学，则是跟随着灵魂，跟随着灵魂于固有的文学之外所遭遇的迷茫——既是于固有的文学之外，那就不如叫写作吧。前者常会在部分的知识中沾沾自喜。后者呢，原是由于那辽阔的神秘之呼唤与折磨，所以用笔、用思、用悟去寻找存在的真相。但这样的寻找孰料竟然没有尽头，竟然终归"知不知",所以它没理由洋洋自得,其归处惟有谦恭与敬畏,惟有对无边的困境说"是",并以爱的祈祷把灵魂解救出肉身的限定。

六十

这就是"写作的零度"吧?当一个人刚刚来到世界上,就如亚当和夏娃刚刚走出伊甸园,这时他知道什么是国界吗?知道什么是民族吗?知道什么是东、西方文化吗?但他却已经感到了孤独,感到了恐惧,感到了善恶之果所造成的人间困境,因而有了一份独具的心绪渴望表达——不管他动没动笔,这应该就是,而且已经就是写作的开端了。写作,曾经就是从这儿出发的,现在仍当从这儿出发,而不是从政治、经济和传统出发,甚至也不是从文学出发。"零度"当然不是说什么都不涉及,什么都不涉及你可写的什么作!从"零度"出发,必然也要途经人类社会之种种——比如说红灯区和黑社会,但这与从红灯区和黑社会出发自然是不一样。

一个汉人在伊甸园外徘徊、祈祷,一个洋人也在伊甸园外徘徊、祈祷,如果他们相遇并且相爱,如果他们生出一个不汉不洋或亦汉亦洋的孩子,这孩子在哪儿呢?仍是在伊甸园外,在那儿徘徊和祈祷。这似乎有着象征意味。这似乎暗示了人或写作的永恒处境,暗示了人或写作的必然开端。什么国界呀、民族呀、甲方乙方呀,那原是灵魂的阻碍,是伊甸园外的堕落,是爱愿和写作所渴望冲开的牢壁,怎么倒有一种强大的声音总要把这说成是写作的依归呢?

六十一

回到原来的话题吧。从人的"魂（波）脑（粒）二象性"——恕我编造此名，也是一种无知无畏吧——来看，人就不能仅仅是有形的肉身。就是说，生命既是有形的、单独的粒子，又是无形的、呈互相干涉的波。甚至一个人的出生，一个承载着某种意义的生命之诞生，也很像量子理论的描述："在亚原子水平上，物质并不确定地存在于一定的地方，而是显示出'存在的倾向性'；原子事件也不在确定的时间以一定的方式发生，而是显示出'发生的倾向性'。""亚原子粒子并非孤立的实体，而只能被理解为实验条件与随后的测定之间的相互关系，量子论从而揭示了宇宙的一种基本的整体性。"人的生命，或生命的意义，也是这样不能孤立地理解的，还是那句话，它就像浩瀚音乐中的一个音符，一个段落，孤立看它不知所云，惟在整体中才能明了它的意义。什么意义？简单说，就是音符或段落间的相关相系，不离不弃，而这正是爱的昭示啊！

六十二

那么，灵魂与思想的区别又是什么呢？任何思想都是有限的，既是对着有限的事物而言，又是在有限的范围中有效。而灵魂则指向无限的存在，既是无限的追寻，又终归于无限的神秘，还有无限的相互干涉以及无限构成的可能。因此，思想可以依赖理性。灵魂呢，当然不能是无理性，但他超越着理性,而至感悟、祈祷和信心。思想说到底只是工具,它使我们"知"和"知不知"。灵魂则是归宿,它要求着爱和信任爱。思想与灵魂有其相似之处,比如无形的干涉。但是,当自以为是的"知"终于走向"知不知"的谦恭与敬畏之时,思想则必服从乃至化入灵魂和灵魂所要求的祈祷。但也有一种可能,因为理性的狂妄,而背离了整体和对爱的信任,当死神必临之时,孤立的音符或段落必因陷入价值的虚无而惶惶不可终日。

图书在版编目（CIP）数据

树林里的上帝/史铁生著. --北京：华夏出版社有限公司，2021.1（2022.11重印）
ISBN 978-7-5222-0016-3

Ⅰ.①树… Ⅱ.①史… Ⅲ.①小说集－中国－当代 ②散文集－中国－当代 Ⅳ.①I217.2

中国版本图书馆CIP数据核字（2020）第200088号

树林里的上帝

作　　者	史铁生
责任编辑	刘雨潇
美术编辑	殷丽云
责任印制	刘　洋
出版发行	华夏出版社有限公司
经　　销	新华书店
印　　装	北京汇林印务有限公司
版　　次	2021年1月北京第1版 2022年11月北京第2次印刷
开　　本	880×1230　1/32
印　　张	8.5
字　　数	190千字
定　　价	59.00元

华夏出版社有限公司　地址：北京市东直门外香河园北里4号 邮编：100028
网址：www.hxph.com.cn　电话：（010）64663331（转）
若发现本版图书有印装质量问题，请与我社营销中心联系调换。